阮劇團台語劇本集 II

十殿

作者 阮劇團

作 者 簡 介

阮劇團是一個致力於為喜愛台灣文化的人們打造獨特體驗的劇團。

2003 年，一群不到二十歲的年輕人回到故鄉嘉義創立了「阮劇團」，成為當地首個現代劇團。以「阮」為名，象徵著台語中的「我們」，意指人與人之間的支持與關懷。阮劇團勇敢地跨界融合了傳統文化和當代精神，並進行實驗性創新，創作出具有獨特觀點和風格的台灣文化作品，為觀眾帶來獨特的體驗。

此外，阮劇團關注「地方創生」，積極透過藝術行動影響社會各個角落，相信戲劇不僅能啟發人心，也能改變生活。希望將這樣的信念傳播出去，為社會帶來更多元的可能性。

除了在地文化的培育外，阮劇團也積極與國際合作，拓展視野，展現台灣文化的風采。同時，劇團致力於建立產業培育平台，從人才培養到作品孵育、議題倡議，再到產業共融，為社會注入活力，創造永續的文化風景。

阮劇團的理念是「阮的故事，咱來交陪」，代表人們互動、共享、共創、共好的願景。阮期盼與更多人共同創造新的故事，不僅追求卓越、開創更多可能性，也履行「永續」的社會責任，成為台灣文化內容的代表品牌。

官網	ourtheatre.net
FB	www.facebook.com/ourtheatre
IG	阮劇團 (@our_theatre)
Podcast《這聲好啊！》	open.firstory.me/user/ourtheatre

劇本創作者	吳明倫
	嘉義市人，台大戲劇所畢業。現為阮劇團副藝術總監、駐團編劇。曾任國家兩廳院「藝術基地計畫」駐館藝術家（2019-2020 年）。創作形式以劇場劇本為主，偶有小說作品。著迷於生死鬼神與民間信仰、在地文化，期望說出屬於台灣的故事。近年劇場作品有阮劇團《十殿》、《我是天王星》等。著有短篇小說集《湊陣》（九歌出版）。
	MC JJ
	嘉義民雄人，阮劇團副團長，《金水飼某》、《熱天酣眠》、《ㄞ國party》、《馬克白 Paint it Black!》、《愛錢 A 恰恰》、《嫁妝一牛車》、《台灣有個好萊塢》、《泥巴》、《十殿》、《熱帶天使》、《天中殺》等劇台語翻譯。

目 次

* 凡例：本書內容以台文本為主，部分字詞隨文附有台羅拼音。台文本優先呈現於單數頁，翻頁後的偶數頁則為內容相同之華文本，以供參照。

目　次

作者：吳明倫	台文校對：吳明倫、陳晉村
台語翻譯：MC JJ	華文校對：吳明倫、許惠淋

凡例	＊加底線表示用華語，會當自由斟酌調整。 ＊外來語以台羅標記。		

人物表 ＊＊年代佮年齡等等細節請看每一場開頭的說明。 ＊演員兼演群眾角色。	邱老師	退休教師。	忠明	中年警察。邱老師以前的學生。佮百惠有性關係。
	家瑜	生理人，冰宮頭家。邱老師前某。	阿棠/Candy	百惠的查某囝。幼妓。
	安然	邱老師師妹、光的藝術家。	阿壽	純純的翁。百惠的囝。阿棠的阿兄兼保鑣。
	阿丙	工地主任。	駿洋	純純的小弟。
	彥博	工地工人。	文成	浪子。
	梅玲	工地工人。彥博的某。印尼外配。	黎月	文成的某。中年食頭路人。
	佑佑	彥博、梅玲的囝。紅嬰仔。	貴興	文成的父親。重病老人。
	怡慧	保齡球館員工。	建志	黎月、文成的後生。
	蔡董	生理人，保齡球館頭家，宗翰的父親。	素蘭	文成的母親。飼一隻貓仔叫 Momo。
	阿彰	少年。蔡董的外甥，保齡球館員工。	三藏	除了特定場景愛搬演西遊記角色以外，是機動的角色。演員的性別無限定。 這四个角色同齊出現的時陣，用「西遊記組」表示。
	宗翰	少年。蔡董的後生。保齡球館員工。怡慧的男朋友。	悟空	
	純純	家庭理髮設計師。	八戒	
	百惠	邱老師共一層的厝邊。前酒家女。	悟淨	

十殿：奈何橋　華語本

作者：吳明倫

台語翻譯：MC JJ

台文校對：吳明倫、陳晉村

華文校對：吳明倫、許惠淋

人物表　◎年代與年齡等細節請見每場開場的說明。

邱老師：退休教師。

家瑜：商人，冰宮老闆。邱老師前妻。

安然：邱老師師妹、光的藝術家。

阿丙：工地主任。

彥博：工地工人。

梅玲：工地工人。彥博之妻。印尼外配。

佑佑：彥博、梅玲之子。嬰兒。

怡慧：保齡球館員工。

蔡董：商人，保齡球館老闆，宗翰父。

阿彰：少年。蔡董的外甥，保齡球館員工。

宗翰：少年。蔡董的兒子。保齡球館員工。怡慧的男朋友。

純純：家庭理髮設計師。

百惠：邱老師同一層的鄰居。前酒家女。

忠明：中年警察。邱老師以前的學生。與百惠有性關係。

阿棠/Candy：百惠的女兒。雛妓。

阿壽：純純的丈夫。百惠的兒子。阿棠的哥哥與保鏢。

駿洋：純純的弟弟。

文成：浪子。

黎月：文成的妻子。中年上班族。

貴興：文成的父親。重病老人。

建志：黎月、文成的兒子。

素蘭：文成的母親。有一寵物貓 Momo。

三藏、悟空、八戒、悟淨：

除了特定場景搬演西遊記角色以外，是機動的角色。演員的性別不限定。

這四個角色同時出現時，用「西遊記組」表示。

觀

◆ 音樂：十殿閻君歌。
◆ 一聲牛角吹的聲音，邱老師引炁（ín-tshuā）所有演員上台，伊手提木魚，用伊發出固定的節奏。這個節奏上好會當定定（tiānn-tiānn）出現，貫穿全劇。這個節奏以後攏用「十殿節奏」來表示。

邱老師	無啥行、無啥走，來到遮，啥物所在？

◆ 頓蹬（tùn-tenn/tinn）。

邱老師	有看著一个涼亭仔無？
演員們	（輪流攑 [giáh] 手講）有喔！
邱老師	有看著山無？
演員們	（輪流攑手講）有喔！

◆ 演員們輪流講出以下的事件、人名。

演員們	白賊七 李田螺 賣芳屁 好鼻師 水鬼城隍 八寶公主 大稻埕，周成過台灣 府城呂祖廟，掠籃仔假燒金 赤崁，林投姐 府城，陳守娘顯聖 高雄，林半仙

◆音樂：十殿閻君歌。

◆一聲號角聲後，邱老師引領所有演員們上，手持木魚，以之發出固定節奏。這個
節奏希望能頻繁出現，貫穿全劇。這個節奏以後皆以「十殿節奏」表示。

邱老師： 沒啥行、沒啥走，來到這，什麼地方？

◆頓。

邱老師： 有看到一個涼亭嗎？

演員們： （輪流舉手說）有喔！

邱老師： 有看到山嗎？

演員們： （輪流舉手說）有喔！

◆演員們輪流說出以下事件、人名。

	白賊七
	李田螺
	賣香屁
	好鼻師
	水鬼城隍
演員們：	八寶公主
	大稻埕，周成過台灣
	府城呂祖廟，提籃子假燒金
	赤崁，林投姐
	府城，陳守娘顯聖
	高雄，林半仙

		台南，運河奇案 基隆，七號房慘案 彰化，二林奇案 台北，心中雪解車 大稻埕，江山樓，乞食開藝旦 台北，十三號水門命案 （仝聲）西港，痟（siáu）女十八年
●	**邱老師**	無啥行、無啥走，來到遮，啥物所在？
	◆ 邱老師佇眾人之間遊走。	
◎	**演員們**	麥寮朱秀華借屍還魂 瑠公圳分屍案 湯英伸事件 北投翠嶺路滅門案 五股箱屍案 江子翠分屍案 鍾正芳命案 林宅血案 朱瑞真案 陳文成事件 陸正案 屏東，陳高連葉毒殺兒童案 汐止，蘇建和 宜蘭，尹清楓 板橋，鄧如雯 士林，潘明秀 桃園，劉邦友 高雄，彭婉如 林口，五股，泰山，白曉燕 桃園，江國慶

	台南，運河奇案
	基隆，七號房慘案
	彰化，二林奇案
	台北，心中雪解車
	大稻埕，江山樓，乞丐睡藝旦
	台北，十三號水門命案
	（同聲）西港，瘋女十八年

邱老師： 沒啥行、沒啥走，來到這，什麼地方？

◆邱老師在眾人間遊走。

	麥寮朱秀華借屍還魂
	瑠公圳分屍案
	湯英伸事件
	北投翠嶺路滅門案
	五股箱屍案
	江子翠分屍案
	鍾正芳命案
	林宅血案
	朱瑞真案
	陳文成事件
演員們：	陸正案
	屏東，陳高連葉毒殺兒童案
	汐止，蘇建和
	宜蘭，尹清楓
	板橋，鄧如雯
	士林，潘明秀
	桃園，劉邦友
	高雄，彭婉如
	林口，五股，泰山，白曉燕
	桃園，江國慶

新竹，清華大學王水溶屍案
台北，軍史館命案
台中，蠻牛牽下毒事件
花蓮，五子命案
南投，林于如連繼殺人案
台北，李宗瑞癲瘸 (thái-ko) 相片事件
嘉義，公共便所跂（sīnn）頭案
彰化，日月明功
桃園，洪仲丘事件
台北，八里雙屍案
桃園，翁仁賢放火案
捷運江子翠站
台大研一女子宿舍大廳
華山草埔
台鐵嘉義站

（一半的演員）
少年殺手
烏寡婦
嘉義人魔
台中殺女魔
台灣食人魔

（另一半的演員）
新店之狼
西門之狼
士林之狼
計程車之狼
網路之狼

消失中
通緝中
交保候傳

新竹，清華大學王水溶屍案
台北，軍史館命案
台中，毒蠻牛事件
花蓮，五子命案
南投，林于如連續殺人案
台北，李宗瑞淫照事件
嘉義，公廁醃頭案
彰化，日月明功
桃園，洪仲丘事件
台北，八里雙屍案
桃園，翁仁賢縱火案
捷運江子翠站
台大研一女宿大廳
華山草原
台鐵嘉義站

（一半的演員）
少年殺手
黑寡婦
嘉義人魔
台中殺女魔
台灣食人魔

（另一半的演員）
新店之狼
西門之狼
士林之狼
計程車之狼
網路之狼

消失中
通緝中
交保候傳

	一審 二審 最高法院 非常上訴 無期徒刑 （一半的演員）死刑 （另一半的演員）無罪 （一半的演員）我是予人苦毒（khóo-tȯk）死的 我是予人毒（thāu）死的 我是予人摧（tshui）死的 我是予人刜（phut）死的 我是自殺死的 （頓蹬）我是冤枉死的 （另一半的演員）我閣咧等死 （頓蹬）我閣咧等死
	◆邱老師孤人來到舞台的中央，對觀眾擛（iȧt）手。
●　邱老師	無啥行、無啥走，來到遮，啥物所在？
◎　演員們	（無同齊）金國際大樓、金國際大樓、金國際大樓……
	◆邱老師繼續行，所有的人搖搖擺擺，綴（tuè/tè）伊行，落台。
	◆音樂慢禁。

一審
二審
最高法院
非常上訴
無期徒刑

（一半的演員）死刑

（另一半的演員）無罪

（一半的演員）我是被虐待死的
我是被毒死的
我是被勒死的
我是被砍死的
我是自殺死的
（頓）我是冤死的

（另一半的演員）我還在等死
（頓）我還在等死

◆邱老師來到舞台中央，向觀眾招手。

邱老師：　沒啥行、沒啥走，來到這，什麼地方？

演員們：　（此起彼落）金國際大樓、金國際大樓、金國際大樓……

◆邱老師繼續走，所有人搖搖晃晃尾隨他下台。
◆音樂，漸淡。

樓起

1993 年

	彥博	梅玲	阿丙	邱老師	家瑜
出生年份	1962	1972	1969	1950	1954
本單元年齡	31	21	24	43	39
	文成	黎月	蔡董	宗翰	阿彰
出生年份	1957	1960	1947	1981	1981
本單元年齡	36	33	46	12	12

樓起 -1

◆ 工地機具的聲音。金國際大樓工地。有鷹架。

◆ 彥博、梅玲當咧摒掃（piànn-sàu）。佑佑開始哭，梅玲去共安搭（an-tah）。梅玲對伊講一段母語，但是哭聲傷大，聽袂清。

●	**彥博**	是咧哭衰的喔？閣哭落去，全世界攏知影咱焉囝仔來矣。

◆ 佑佑沓沓仔（tauh-tauh-á）恬去，彥博聽著梅玲咧講伊的母語。

◎	**彥博**	你咧講啥？
●	**梅玲**	講阮遐的一个故事。
◎	**彥博**	啥物故事。

◆ 西遊記上台，搬演梅玲講的故事。

●	**八戒**	講兩个神仙做毋著代誌。

樓起

1993 年

	彥博	梅玲	阿丙	邱老師	家瑜
出生年份	1962	1972	1969	1950	1954
本單元年齡	31	21	24	43	39
	文成	黎月	蔡董	宗翰	阿彰
出生年份	1957	1960	1947	1981	1981
本單元年齡	36	33	46	12	12

樓起 -1

◆工地機具的聲音。金國際大樓工地。有鷹架。

◆彥博、梅玲正在打掃。佑佑開始哭，梅玲去哄他。梅玲對他講一段母語，被淹沒在哭聲中。

彥博： 是在觸霉頭喔？再哭下去全世界都知道我們帶小孩來了。

◆佑佑逐漸安靜，彥博聽見了梅玲在說她的母語。

彥博： 你在說什麼？

梅玲： 就是我們那邊的一個故事。

彥博： 什麼故事。

◆西遊記上，扮演梅玲講的故事。

八戒： 有兩個神仙做錯事情。

◎	**三藏**	予人拍落人間,變成豬佮狗。
●	**悟空**	後來有一个國王去樹林拍獵,一時尿緊,就佇一欉樹仔跤清彩(tshìn-tshái)放尿。
◎	**悟淨**	彼垺(pû)尿,去予彼隻豬啉(lim)著……
●	**八戒**	彼隻豬就有身矣。
◎	**悟空**	自按呢生出國王的查某囝——
●	**彥博**	(拍斷)你後擺,袂當共囡仔講這款故事,不答不七(put-tap-put-tshit),無水準。
◆ 梅玲頭犁犁(thâu lê-lê),恬恬(tiām-tiām)。		
◎	**彥博**	嘛袂當講這款我聽無的話,較免予你偷偷咧共我罵。
◆ 梅玲頭犁犁,恬恬。		
●	**彥博**	有聽著無啦。
◎	**彥博**	問袂應,是土地公喔?
●	**梅玲**	有。
◎	**彥博**	是閣咧等啥?等投胎喔?
◆ 梅玲無了解伊的意思。		
●	**彥博**	囡仔都(to)無咧哭矣,是袂緊做穡(sit)喔?
◆ 梅玲兇兇狂狂(hiong-hiong-kông-kông)將佑佑囥(khǹg)一邊,繼續做穡。 ◆ 佑佑閣開始哭。彥博趕梅玲轉去。 ◆ 但是梅玲袂當講母語閣袂當講故事,突然間毋知影欲按怎顧囝,無法度,往彥博看去,閣驚彥博閣生氣。		
◎	**梅玲**	我……我雄雄毋知影,欲共伊講啥。

三藏：	被打落人間，變成豬跟狗。
悟空：	後來，有一個國王在樹林打獵，一時尿急，就在一棵樹下隨便尿尿。
悟淨：	那泡尿被那隻豬喝到……
八戒：	豬就懷孕了。
悟空：	就這樣生下了國王的女兒──
彥博：	（打斷）以後不准你跟我兒子講這種故事。不三不四，沒水準。

◆梅玲低頭沉默。

彥博：	也不准你講我聽不懂的話，免得你偷罵我。

◆梅玲低頭沉默。

彥博：	聽到了嗎？
彥博：	問了也不應，是土地公喔？
梅玲：	有。
彥博：	還在等什麼？等投胎嗎？

◆梅玲不懂他的意思。

彥博：	孩子已經沒在哭了，還不快工作？

◆梅玲慌慌張張放下佑佑，繼續工作。
◆佑佑又開始哭。彥博趕梅玲回去。
◆但是梅玲不能講母語又不能講故事，突然間不知道怎樣哄小孩，無助看往彥博，同時也怕彥博又生氣。

梅玲：	我……我突然不知道要跟他說什麼了。

●	**彥博**	戀甲袂扒癢（pê-tsiūnn）呢。連這抑袂曉？
	◆ 欲拍某的款，但是竟然無拍落去。	
◎	**彥博**	你袂共講白雪公主、桃太郎？抑無，西遊記，攏會使啊！
●	**梅玲**	西遊記……？
	◆ 西遊記組一聽，趕緊閣準備一堆道具、配件來用。	
◎	**彥博**	就是有一个和尚、猴佮豬啊！
●	**梅玲**	啊，孫悟空。
◎	**彥博**	著啦，會曉講，袂緊共騙。
●	**梅玲**	真久進前，有一个和尚，毛三個徒弟做伙去西方，欲去揣（tshuē/tshē）佛祖……
	◆ 紅嬰仔（âng-enn/inn-á）的哭聲漸禁。燈暗。	

彥博：	這麼笨。這也不會？

◆即將要打老婆的樣子，但是出乎意料地沒打。

彥博：	你不會跟他講白雪公主、桃太郎，不然西遊記也可以啊。

梅玲：	西遊記……？

◆西遊記組一聽，趕快又準備一堆道具配件來用。

彥博：	有和尚、猴子跟豬的那個啊！

梅玲：	啊，孫悟空。

彥博：	對啦，會講就快哄他啊。

梅玲：	很久很久以前，有一個和尚，他帶著三個徒弟一起，去西方要找佛祖……

◆嬰兒哭聲漸止。燈暗。

樓起 -2

◆ 工地。
◆ 西遊記組演工人，當咧食便當休睏。

●	悟空	（對三藏）駛恁婆仔咧，逐擺攏烏白放尿，你真正毋捌字閣兼無衛生呢！
◎	三藏	無要緊啦，放一下龍尿，做一个仔記號啊。
●	悟空	記恁娘咧水雞啦，無你是狗公諾（hioh）？羼鳥（lān-tsiáu）捎（sa）咧烏白濺（tsuānn），便當閣囥佇邊仔呢！
◎	三藏	我有節力，袂濺著啦！這支袂輸若水道頭（tsuí-tō-thâu）咧，欲愛偌濟就濺偌濟。
●	悟空	姦恁娘，你是煞（suah）袂！

◆ 彥博、梅玲上台。彥博提走兩个便當，梅玲抱紅嬰仔咧騙。工人看個來，就毋講話，等個走較遠咧，看個開始食飯，才繼續講。

◎	悟淨	遮一間房間毋知愛偌好額（hó-giàh）才買會起。恁敢知影，伊遮下跤欲創啥？
●	悟空	啊就商店、冰宮佮電影院遐的有的無的啊。

◆ 遙遠的想像，知影家己消費（siau-huì）袂起。

◎	八戒	其實咱遮第九樓，逐間套房的便所，我攏有去放過屎呢。
●	悟淨	啊你毋就真勢（gâu）放。
◎	悟空	講著這，我共恁講，我咧抹壁進前，攏會先提鐵樂士噴漆，佇壁頂畫一支大羼鳥，閣附兩粒大羼脬（lān-pha），然後唸咒語：

樓起 -2

◆工地。
◆西遊記組飾演工人，正在吃便當休息中。

悟空：	（對三藏）操你媽的！每次都亂尿！真的是不認識字又沒衛生！
三藏：	沒關係啦，尿個龍尿做個記號啊。
悟空：	記你媽屎啦，你是公狗喔？老二抓起來亂噴，便當放在旁邊欸！
三藏：	我有控制力氣，不會噴到啦！我這支跟水龍頭一樣，要多少就噴多少。
悟空：	幹你娘，你還講！

◆彥博、梅玲上。彥博拿走兩個便當，梅玲抱著嬰兒在哄。工人們看他們來，就不講話，等他們走遠一點，看他們開始吃飯了，才繼續說。

悟淨：	這裡一間房間不知道要多有錢才買得起。你們知道樓下以後要做什麼？
悟空：	就商店街、電影院、冰宮那些有的沒的。

◆遙遠的想像，知道自己消費不起。

八戒：	其實九樓每間套房的廁所我都有去拉過屎。
悟淨：	啊不就真會拉，真厲害喔。
悟空：	說到這個，我跟你們說，我在粉刷以前，都會先拿鐵樂士在牆上噴漆，畫一根大老二再附贈兩粒大的！然後唸咒語：

		（雙手比來比去、尾仔蹔）「夜夜來拗跤，明年生羼脬！喝！」按呢後擺個若佇我彼个壁前相幹的時陣，就有我這個羼神，來保庇個嘛生一个有羼脬的！
◆眾人奸笑。		
●	**悟淨**	我看台灣的人口，後擺就愛靠你矣。
◎	**三藏**	安呢你毋著是註生娘娘咧乎（honnh）？
●	**悟空**	恁爸是羼神啦！
◆眾人笑。		
◎	**八戒**	欸，你壁頂的羼鳥，攏畫偌大支？
●	**悟空**	痟大的啊！佮恁爸的羼鳥平大！
◎	**三藏**	平大？啊毋就 3 公分？來，文公尺幫你量一下（拿出文公尺）3 公分，「財旺」，你若有法度鵤（tshio）甲 4 公分，就「登科」矣。
●	**悟空**	（將文公尺接過來）姦恁娘咧，啥物 3 公分！是這个啦，30 公分──添丁啦！
◎	**悟淨**	呼，恁有夠無聊的呢！
●	**悟空**	講彼，你攏無量過喔？
◎	**悟淨**	無啊。
●	**悟空**	按呢是你較無聊！
◆三藏、八戒認同悟空。		
◎	**悟空**	咱這人的羼鳥啊……
●	**悟淨**	（低聲）欸，恁看閣毛囡仔來矣。
◎	**三藏**	主任對個敢是較好？

（雙手筆畫、最後踩腳）「夜夜來折腳，明年生小寶！喝！」這樣之後如果有人在我這面牆壁前面相幹的時候，我這個屌神，就會保佑他們也生一個有老二的！

◆眾人賊笑。

悟淨： 我看台灣的人口以後就靠你了。

三藏： 那這樣你不就是註生娘娘？

悟空： 我是屌神啦！

◆眾人笑。

八戒： 欸，你在牆上畫的老二有多大支？

悟空： 當然超大，跟你爸我一樣大。

三藏： 一樣大？那不就 3 公分？來，文公尺幫你看一下（拿出文公尺）3 公分，「財旺」，你若有辦法翹到 4 公分就「登科」了。

悟空： （接文公尺過來）幹，什麼 3 公分！是這個，30 公分——添丁啦！

悟淨： 駒，你們有夠無聊的欸！

悟空： 講這樣，你沒量過嗎？

悟淨： 沒有啊。

悟空： 你才無聊咧！

◆三藏、八戒認同悟空。

悟空： 說到這人的老二啊……

悟淨： （低聲）欸，你們看，他們又帶小孩來了。

三藏： 主任對他們是不是比較好？

●	**悟空**	煞毋知影，主任個某，佮博仔個某，攏是越南來的。
◎	**悟淨**	毋是啦！伊猶未結婚啦。
●	**八戒**	就是講咩，伊彼種身分的人，袂娶外國番仔啦。
◎	**悟淨**	（殺氣）外國番仔按怎？
●	**悟空**	無啦，那有按怎。
	◆ 緊張。	
◎	**三藏**	莫閣冤這啦。
	◆ 暫時安靜，食便當。	
●	**三藏**	（看往彥博方向）彼个囡仔是主任的抑是博仔的，猶真歹講呢！
◎	**另三人**	（同時）真的抑假的啦！毋通烏白講呢！
●	**三藏**	噓！噓！較細聲咧啦！
◎	**悟空**	欸，啊個是歡喜甘願，抑是主任甲人用強的？
●	**三藏**	有人講這，有人講彼，攏有聽過。
◎	**悟空**	無你去共問看覓。
●	**三藏**	我無咧痟講！
◎	**悟淨**	博仔敢知？
●	**八戒**	我看是毋知，若知那有可能閣安呢對個母仔囝遮好。
◎	**梅玲**	啊，我袂記得紮（tsah）佑佑的尿苴仔（jiō-tsū-á）。

悟空：	誰不知道，主任的老婆跟彥博的老婆都越南來的啊。
悟淨：	不是啦！他還沒結婚啦。
八戒：	就是說嘛，那種身分的人，不會娶外國番仔啦。
悟淨：	（殺氣）外國番仔怎樣？
悟空：	沒有啦哪有怎樣。

◆緊張。

三藏：	不要再吵這個了。

◆短暫安靜，吃便當。

三藏：	（看往彥博方向）那個小孩是主任的還是博仔的，可是很難說呢！
另三人：	（同時）真的假的！不能亂講呢！
三藏：	噓！噓！小聲點啦！
悟空：	欸，那他們兩個是歡喜甘願，還是主任硬上人家啊？
三藏：	有人說這樣，有人說那樣，都有聽過。
悟空：	不然你去問看看。
三藏：	我又不是瘋了！
悟淨：	博仔知道嗎？
八戒：	我看是不知道，不然哪有可能還對他們母子那麼好。
梅玲：	啊，我忘記帶佑佑的尿布了。

●	**彥博**	姦！我出門的時陣，毋是才共你講過。（看錶）好啦，我先轉來提。你較細膩（sè-jī/suè-lī）咧，莫予主任看著。
◎	**梅玲**	好。
●	**彥博**	（袂爽）飯食到一半。
◎	**梅玲**	（勼 [kiu] 勼）歹勢啦。

◆彥博落台。
◆梅玲哼一條育囡仔歌，先毋免唱歌詞。參考曲 Bintang Kecil。

●	**悟空**	伊咧唱啥？
◎	**三藏**	姦，袂歹聽呢。
●	**西遊記組**	好聽！

◆燈暗。

彥博：	幹！我出門的時候，不是才提醒你。（看錶）好啦，我先回去拿。你小心一點喔，不要讓主任看到了。
梅玲：	好。
彥博：	（不爽）飯吃到一半。
梅玲：	（畏縮）對不起啦。

◆彥博下。

◆梅玲哼唱一首搖籃曲，先不用唱歌詞。參考曲：Bintang Kecil。

悟空：	她在唱什麼？
三藏：	幹，好聽欸。
西遊記組：	好聽！

◆燈暗。

樓起 -3

●	阿丙	欸，共恁講過幾擺啊，工地袂當焄囡仔來，恁是聽無人話喔？工地遮危險，恁若出代誌，我愛負責任呢！
◎	梅玲	歹勢啦，阮厝裡都無人通好顧，佑佑閣遮細漢，伊猶袂曉行路，袂烏白走啦，阮摒掃爾，袂有危險啦。
●	阿丙	你頂禮拜是按怎講的？
◎	梅玲	（細聲）我講，阮大家官（ta-ke-kuann），這禮拜會來共鬥焄。
●	阿丙	啊個人咧？
◎	梅玲	雄雄閣講無法度。
●	阿丙	是按怎無法度。
◎	梅玲	個無佮意我是外國人。
●	阿丙	個敢講嘛無佮意個的金孫？
◎	梅玲	拜託咧啦，阮佑佑真乖，伊攏袂亂，嘛袂哭。
●	阿丙	我聽你咧嘐潲（hau-siâu），彼囡仔若是袂哭，毋是帶病，就是卡著陰啦。
◎	梅玲	你莫烏白講，人阮佑佑，有時仔嘛是會哭。
●	阿丙	好矣啦，莫閣佇遐咧五四三，恁博仔人咧？
◎	梅玲	伊轉去拿尿苴仔。

樓起 -3

◆燈光轉換。工地。梅玲正在哄嬰兒。阿丙叫她，她嚇了一跳。

阿丙：	欸，跟你說過多少次，不能帶小孩來工地，你是聽不懂人話喔？工地這麼危險，要是出事，是我要負責欸。
梅玲：	對不起啦，我家裡沒人可以帶小孩，佑佑他這麼小，還不會走路，不會亂跑啦。我們打掃而已，不會危險啦。
阿丙：	你上禮拜怎麼說的？
梅玲：	（小聲）我說我公公婆婆這禮拜會來幫忙帶。
阿丙：	他們人咧？
梅玲：	突然又說沒辦法。
阿丙：	為什麼沒辦法。
梅玲：	他們不喜歡我是外國人。
阿丙：	他們難道也不喜歡他們的金孫？
梅玲：	拜託啦。我們佑佑很乖，不會吵不會哭。
阿丙：	少唬人了，小孩子不哭，不是有病，就是卡到陰啦。
梅玲：	你不要亂講。佑佑有時候也會哭啊。
阿丙：	你不要講那些五四三，彥博人呢？
梅玲：	他回家去拿尿布。

●	**阿丙**	提尿苴仔！姦恁娘咧，恁翁仔某就是按呢，攏無欲共我當做是主任諾？我共恁警告過遐濟擺矣喔，好，無要緊，我這馬就去算錢，恁兩个明仔載攏毋免來矣。
◎	**梅玲**	（將伊拉著）對不起啦！歹勢啦！拜託啦！阮是真正無法度毋才會——
●	**阿丙**	放手喔。
◎	**梅玲**	抑無、抑無、抑無……咱像頂擺仝款……三分鐘。
●	**阿丙**	三分鐘，三分鐘無夠矣，彼是頂擺。十分鐘。
	◆ 梅玲躊躇。	
◎	**阿丙**	無愛就汰（thài）。（裝作欲走）
●	**梅玲**	等咧！（阿丙越頭）好啦。
◎	**梅玲**	五分鐘。
●	**阿丙**	哭爸啊，是你欠我抑是我欠你？
◎	**梅玲**	好啦好啦十分鐘。
●	**阿丙**	我無共你威脅喔，你家己歡喜甘願的喔。
	◆ 頓蹬。	
◎	**阿丙**	猶閣咧等啥？（指向褲底）緊咧阿。
●	**梅玲**	囡仔佇遮，歹看啦，咱來去便所。
	◆ 兩人同齊落台，梅玲停落來，越頭閣看一擺囡仔，才繼續行。	

阿丙：	拿尿布！幹你娘咧，你們夫妻老是這樣，有當我是主任嗎？我警告你們那麼多次了，好，沒關係，我現在就去算錢，你們兩個明天不用再來了。
梅玲：	（拉著他）對不起啦！抱歉啦！拜託啦！我們真的是沒有辦法才會——
阿丙：	放手喔。
梅玲：	不然、不然、不然⋯⋯跟上次一樣⋯⋯三分鐘。
阿丙：	三分鐘不夠，那是上次。十分鐘。

◆梅玲猶豫。

阿丙：	不要拉倒。（假裝要走）
梅玲：	等一下！（阿丙回頭）好啦。
梅玲：	五分鐘。
阿丙：	奇怪欸，是你欠我還是我欠你？
梅玲：	好啦好啦十分鐘。
阿丙：	我沒有威脅你喔，你自己心甘情願的喔。

◆頓。

阿丙：	還在等什麼？（指褲襠）快點啊。
梅玲：	小孩子在這裡看到不好，我們去廁所。

◆兩人同下，梅玲停下來，回頭再看了嬰兒一眼，才繼續走。

樓起 -4

◆工地。梅玲上台，頭毛淡薄仔（tām-póh-á）亂。阿丙隨後上台，那行那調整伊的褲頭。

◆彥博上台，看到阿丙，趕緊向前。

●	彥博	啊！主任，歹勢啦！我都叫伊莫焄囝仔來伊硬欲焄來…… 梅玲，你過來。（梅玲過來，伊低聲講）你閣忍一擺，去予伊摸一下。

◆梅玲無反應。阿丙感覺好笑。

◎	梅玲	博仔！
●	彥博	有聽著無啦。（頓蹬）叫你去就去。是講袂聽諾？
◎	阿丙	（嗽一个，假影大方）佇遮無好看啦，咱來便所，乎？

◆梅玲佮阿丙落台。

◆彥博將尿苴仔抾（khioh）起來，沓沓仔走向佑佑，全無表情，使人驚惶（kiann-hiânn）。伊將佑佑抱起來，閣囥落，反覆幾擺，一直到佑佑開始哭。伊想起彼包尿苴仔，去提，抽一片，拍開。一開始伊敢若是欲替佑佑換尿苴仔，但是後來，伊提彼片尿苴仔，欲將佑佑翕（hip）死。這个時陣，梅玲、阿丙轉來矣。

●	梅玲	（將彥博捒 [sak] 開）你是咧創啥！

◆兩人生氣對看，頓蹬。

◎	阿丙	恁兩个是咧創啥？按呢大細聲，見擺（kiàn-pái）攏來亂。我共恁講，恁這馬物件攏收收咧，綴我來去算錢。

樓起 -4

◆場景同前。梅玲上，頭髮微亂。阿丙稍後一點上，調整一下褲頭。
◆彥博上，看到阿丙，急急忙忙迎上前去。

彥博： 啊！主任，歹勢啦！我叫她不要帶小孩來她硬要……
梅玲，你過來。（梅玲過來，他低聲說）你再忍耐一次，給他摸一下。

◆梅玲沒反應。阿丙覺得好笑。

梅玲： 博仔！

彥博： 聽到沒啦。（頓）叫你去就去。你是講不聽喔？

阿丙： （咳嗽一下，故作大方）直接在這裡太難看了，我們去廁所吧。

◆梅玲與阿丙下。
◆彥博去撿起尿布，緩緩走向佑佑，表情木然到讓人害怕。他將佑佑抱起來，又放下，反反覆覆，直到佑佑開始哭。他想起那包尿布，去拿起來，抽出一片，打開來。一開始像是要幫忙換尿布，但是後來，拿著尿布要悶死佑佑。此時梅玲、阿丙回來了。

梅玲： （將彥博推開）你是在做什麼！

◆兩人怒視彼此，稍頓。

阿丙： 你們兩個在幹嘛？吵吵鬧鬧的，老是給我找麻煩。我跟你們說，你們現在就把東西收一收，跟我去把錢結了。

◆彥博共囝仔搶來，爬去鷹架頂懸。	
阿丙	博仔，你咧創啥？莫衝碰（tshóng-pōng）喔！
◆梅玲逐（jiok）過去。 ◆彥博刁工將梅玲揀落樓。	
阿丙	你、你——
彥博	我按怎？
阿丙	你哪會共伊捙（tshia）落去啦！
彥博	毋是我共伊捙落去，是你共伊捙落去的。
阿丙	你是咧講啥？
彥博	你想欲強姦阮某，阮某反抗，你著將伊捙落去，我攏看著矣。
◆阿丙驚甲講袂出話。	
彥博	你的名聲你家己知影。就算你無承認，阮某的身軀驗落去，你全款脫（thuat）袂離。
◆阿丙全無氣勢，只賰（tshun）擔憂。	
彥博	免煩惱，警察猶未來，咱閣有時間，你若欲予伊變成意外，需要我鬥相共（tàu-sann-kāng），條件，攏閣會當撨（tshiâu），乎（honnh），主任。

◆彥博把嬰兒搶回，爬到鷹架上。

阿丙：　你在幹嘛？不要衝動喔！

◆梅玲追上去。
◆彥博蓄意將梅玲推落樓下。

阿丙：　你、你——

彥博：　我怎樣？

阿丙：　你怎麼會把她推下去啊！

彥博：　不是我推的，是你。

阿丙：　你是在說什麼？

彥博：　你想要強姦我太太，她拼死反抗，你就把她推下去，我都看到了。

◆阿丙目瞪口呆。

彥博：　你的名聲你自己知道。就算你不承認，我太太的身體驗下去，你也脫不了身。

◆阿丙氣勢全失，只剩擔憂。

彥博：　別擔心，警察還沒來，我們還有時間，你若想讓這變成意外，需要我幫忙，條件，都可以談喔，主任。

樓起 -5

梅玲	我已經真久無飛轉去我的故鄉矣。毋管是因為時間，抑是金錢。佑佑出世了後，我就予人縛佇這個海島。佑佑，你攏猶未看過媽媽的故鄉呢。遐的天氣，比台灣閣較熱、閣較寒。雖然散（sàn），毋過敢若（kánn-ná）較快樂。你應該真緊就會共我放袂記，恁爸爸應該會閣娶一个某，一个比我閣較媠（suí）、閣較乖的某。佑佑，希望你的新媽媽，會當親像我，遐爾仔愛你，媽媽來去矣喔。你一定愛好好仔大漢喔。 （梅玲閣唱一擺育囡仔歌 [io-gín-á-kua]，這擺有歌詞。） 參考曲：Bintang Kecil（印尼） Bintang kecil, di langit yang biru 細粒星停佇藍色夜空中 Amat banyak, menghias angkasa 足濟足濟的細粒星 規个天頂滿滿是 Aku ingin, terbang dan menari 我想欲飛 jauh tinggi ke tempat kau berada 飛去遙遠的懸懸的所在 你的身邊

◆警車警報聲入，仝時，燈光轉換，炮仔聲佮音樂進。金國際大樓商場聯合盛大開幕典禮開始矣：一段強烈九空年代感覺、金光閃閃而且俗（sông）閣有力的開幕表演。

文成	哇你看，搬來遮偌好，建志會當去樓跤趨冰（tshu-ping）、拍保齡球、看電影，你欲踅街（sèh-ke）直接去商店街，嘛毋免去百貨公司矣。

十殿：奈何橋 台語本 037

樓起 -5

◆墜落中／飛行中的梅玲，背景可投影呈現極速而無止境的墜落感。

我已經很久沒有飛回去我的故鄉了。不管是時間問題或是金錢問題，生了佑佑以後，我就被綁在這座海島上。佑佑，你都還沒有看過媽媽的家呢。那裡的天氣比台灣更熱更悶，雖然貧窮，但是好像比較快樂。你應該很快就會忘了我，你爸爸應該會再娶一個比我更漂亮、更聽話的太太，佑佑，希望你的新媽媽，會像我這麼愛你。媽媽要走了，你要好好長大喔。

梅玲：

（梅玲再唱一次搖籃曲，這次有歌詞。）
參考曲：Bintang Kecil（印尼）
Bintang kecil, di langit yang biru
小星星在藍色夜空中
Amat banyak, menghias angkasa
很多很多的小星星 布滿了整個天空
Aku ingin, terbang dan menari
我想要飛舞
jauh tinggi ke tempat kau berada
飛舞到遙遠的高處 你的身邊

◆警車警報聲入的同時燈光轉換，鞭炮聲與音樂進，金國際大樓商場聯合盛大開幕典禮開始了：一段強烈九〇年代感、金光閃閃而俗氣的開幕表演。

文成：

哇你看，搬來這邊多好，建志可以去樓下溜冰、打保齡球、看電影，你要逛街直接去商店街，也不用去百貨公司了。

	黎月	建志都干焦（kan-na）佮意變魔術爾。
◎	文成	（連伊攏無啥認同）魔術？啥物款的魔術？
●	黎月	一日到暗，都講啥物，欲共家己變無去。都攏欲考跳級考矣，閣佇遐咧想遐的有的無的。
◎	文成	彼無要緊啦，囡仔人，愛歡歡喜喜較重要。
●	黎月	毋是講過矣，他咧欲考跳級考試矣。
◎	文成	建志才幾歲爾，你就逼伊去考跳級考，人生毋是干焦讀冊爾，愛交朋友、愛運動、愛去體驗人生，我的人生，你無愛支持就準拄煞（tsún-tú-suah），毋過建志，應該愛有伊家己的人生啊！
●	黎月	人生，講甲遮好聽，我若無共建志顧予好，大漢了後，毋就佮你全款，變成一个無負責任無路用的人？
	◆ 頓蹬。	
◎	文成	建志人咧（黎月指向舞台外），恁先去樓頂等搬厝公司搬物件入去，我佇遮先踅一下，看敢有適合開咖啡廳的店面。
●	黎月	咖啡廳。（對場外）建志，來走矣。
	◆ 黎月落台。文成看個離開，去開幕人群中揣家瑜。 ◆ 家瑜看著文成，喙笑目笑。	
◎	家瑜	文成！（勾伊的手）我感覺你頂擺講的彼个餐廳（文成：咖啡廳啦）——咖啡廳——這个想法，真正袂穤（bái）。恁巧巧仔人，有影想較遠，我就攏想袂著。（頓蹬）你搬過來了後，咱後擺欲見面就較方便矣。

黎月：	他只喜歡變魔術。
文成：	（連他都不太認同）魔術？哪種魔術？
黎月：	一天到晚都說什麼要把自己變不見，就已經要去考跳級考了，還老是想那些有的沒的。
文成：	那不要緊啦，小孩子開心比較重要。
黎月：	就說了他快要考跳級考試了。
文成：	建志才幾歲，你就逼他去考跳級考，人生不是只有讀書而已，要交朋友、要運動、要去體驗人生，我的人生，你不支持就算了，但是建志應該要有他自己的人生啊！
黎月：	人生，說得這麼好聽，我要是不把建志看得緊緊的，長大以後，不就跟你一樣，變成一個不負責任的人？

◆頓。

文成：	建志人咧（黎月指向舞台外），你們先上去接搬家公司搬東西進去，我在這邊逛一下，看有沒有合適開咖啡廳的店面。
黎月：	咖啡廳。（對場外）建志，走囉。

◆黎月下。文成確認他們離開以後，拿出手機打電話。
◆家瑜看見文成，眉開眼笑。

家瑜：	文成！（勾著他的手）我覺得你上次說的那個餐廳（文成：咖啡廳啦）——咖啡廳——那想法真的不錯，你們聰明人就是有遠見，我就想不到。（頓）你搬來以後，我們見面就越來越方便了呢。

文成	著啊，後擺欲相「拄」（tú）就方便啊。
家瑜	三八。
文成	唉，我共阿月仔講咖啡廳的代誌，伊袂輸若鴨仔咧聽雷咧。
家瑜	哎唷，像你這款較有生理頭殼、行較頭前的人，本來就毋是人人攏有法度理解的啊。

◆文成笑。

| 家瑜 | 阮冰宮欲開幕矣，想欲辦一寡（tsit-kuá）促銷活動，你敢有啥物想法？ |

◆家瑜焦文成去俗蔡董等其他商場老闆開講、熟似。邱老師拉伊的回收車上台，四界檢查開幕會場敢有啥物物件是已經會當予伊提去回收的。

| 家瑜 | 其實乎，這馬的少年人，攏較無愛運動矣啦，這个趨冰閣有法度衝（tshìng）偌久乎，我嘛毋是無咧拍算—— |

◆家瑜看著邱老師，頓蹬，但是真緊閣繼續。

文成	我是感覺遮閣會當開一間撞球間啦。
家瑜	著著著，我哪會攏無想著，這馬撞球這流行著，選手攏袂輸若大明星咧。
蔡董	開撞球間這我嘛有想過。但是這馬看會當恁的冰宮俗阮保齡球館，聯合來辦一下活動無，因為這馬人客攏少年人較濟，按呢嘛較結市。雖然講，這馬才想遮的，已經有較晏（uànn）矣……（對外口喝）宗翰啊！過來。

◆宗翰、阿彰上台，穿保齡球館 polo 衫制服。

文成：	對啊，「性」致來了就很方便。
家瑜：	三八。
文成：	唉，我跟黎月講咖啡廳的事情，她都不懂。
家瑜：	哎唷，像你這種有商業頭腦、走得比較前面的人，本來就不是人人都理解的啊！

◆文成笑。

家瑜：	我們冰宮開幕，想辦一些促銷的活動，你有沒有什麼想法？

◆家瑜帶文成去和蔡董等其他商場老闆閒聊、認識。邱老師拉著他的回收車上，到處檢視開幕會場有沒有什麼是已經可以拿去回收的。

家瑜：	是說愛運動的年輕人越來越少，溜冰不知道還會流行多久，我也不是沒在打算──

◆家瑜看到了邱老師，短暫停頓，但很快恢復。

文成：	我覺得這裡可以再開一間撞球館。
家瑜：	對對對！我怎麼沒想到，現在撞球也很流行。選手都好像大明星。
蔡董：	開撞球館我也有想過。不過現在我是在想，能不能你們的冰宮和我們保齡球館聯合辦一些活動，因為現在年輕客人比較多，這樣也比較帶動人潮。雖然，現在才想到，已經有一點慢了……（對外喊）宗翰啊！宗翰你過來。

◆宗翰、阿彰上，穿保齡球館 polo 衫制服。

◎	**蔡董**	何董仔，這小犬啦。（對宗翰）看著人袂叫喔？
●	**宗翰**	（對家瑜）何阿姨你好。（對文成）阿叔你好。
◎	**蔡董**	（用下頦比邱老師）你去共彼个人趕走。歹看。
	◆ 家瑜想欲阻止，但是無阻止。	
●	**宗翰**	啊？無愛啦。你叫媽去啦。
◎	**蔡董**	叫你去就去。（對家瑜）愈大漢愈毋是款。
●	**家瑜**	袂啦，囡仔攏嘛按呢，恁宗翰，無問題啦。
◎	**蔡董**	抑無，其他投資的代誌，咱來去後壁講。
●	**文成**	抑是咱去樓尾頂的酒吧看覓咧？我猶毋捌去過呢。
◎	**蔡董**	好啊，彼游泳池的水，毋知加滿未？
●	**家瑜**	彼都水池仔爾，袂當泅水啦。
	◆ 蔡董、家瑜、文成落台。	
◎	**宗翰**	（對阿彰）哥，你去啦。
●	**阿彰**	無愛啦。彼是我以早的老師呢！
◎	**宗翰**	（提一疊廣告傳單予阿彰）無你提這宣傳單去予伊啊。伊若有扶著，應該就會走矣。（看阿彰猶是真無願意的款）欸，你有領阮兜薪水呢，閣愛我共你拜託喔？
●	**阿彰**	（行去邱老師遐，真有禮貌）老師，這予你。
◎	**邱老師**	<u>帥哥</u>，多謝。

蔡董：	何董，這小犬啦。（對宗翰）看到人不會叫喔？
宗翰：	（對家瑜）何阿姨你好。（對文成）叔叔你好。
蔡董：	（下巴指邱老師）你去把那個人趕走。難看。

◆家瑜想阻止，但沒有阻止。

宗翰：	啊？我不要啦。你叫媽去。
蔡董：	叫你去就去。（對家瑜）越大越不聽話啦。
家瑜：	不會啦小孩子都是這樣啦。你們宗翰沒問題的啦。
蔡董：	不然，其他投資的事，我們進去裡面聊。
文成：	不然我們去頂樓的酒吧看看？我還沒去過。
蔡董：	好啊，游泳池的水不知道加滿了沒？
家瑜：	那個是水池而已，不能游泳啦啦。

◆蔡董、家瑜、文成下。

宗翰：	（對阿彰）哥，你去啦。
阿彰：	不要啦。他是我以前的老師欸！
宗翰：	（拿一疊廣告傳單給阿彰）不然你拿這廣告單給他。他有收到東西就會走了。（見阿彰還是很不願意的樣子）你是領我家薪水的，還要我求你喔？
阿彰：	（往邱老師，很客氣地）老師，這給你。
邱老師：	帥哥，多謝啦。

阿彰	老師，歹勢啦，阮頭家請你去別位。	
邱老師	阮厝都蹛（tuà）佇遮，是欲叫我去佗？這厝阮前某買的啦，若毋是阮離婚，我閣無知影伊有這間厝。是講，她欲買厝，嘛無先叫我來看風水，就大主大意買落來，實在是誠不應該。你看，這大樓的中央遐爾空，四邊若共圍起來，毋就變成一個口字，口的中央一个人，毋就變成囚犯的囚字，啊這个人若跤手共伸予開開，來，考試，按呢，你講變做啥物字？	
阿彰	因？	
邱老師	著嘛！「因」果的因嘛！菩薩畏因，眾生畏果。口的中央若是一个查埔人咧？毋就變成困難的「困」？你若是蹛佇內底，就袂輸去予人關，烏烏臭臭，一世人攏袂出脫（tshut-thuat）。	
阿彰	歹勢啦老師，我——	
邱老師	破財、血光、犯小人。	

◆ 邱老師離開。宗翰過去問阿彰。

宗翰	伊是共你講啥？	
阿彰	我抑知。	
宗翰	無代誌矣，你轉去顧店。拄才彼个妝做唐三藏的是一个媠仔（tshit-á）呢，我來去熟似一下，阮阿爸阿母若問，你就講我去看電影矣。	

◆ 宗翰落台。
◆ 阿彰攑頭看天。暗場。

阿彰：	老師，不好意思，我老闆請你去別的地方。
邱老師：	我就住在這裡，是要我去哪？房子是我前妻買的啦，如果不是離婚，我也不知道她在這裡買房。是說，她要買在這裡，也不先找我看看風水怎麼樣，就這樣自作主張買了，實在是不應該。你看，這大樓中間空空的，四面圍起來，就變成一個「口」字，口的中央一個人，不就變成囚犯的「囚」嗎？這人若是把手腳張開，來，考試，這樣，你說變成什麼字？
阿彰：	因？
邱老師：	對嘛！「因」果的「因」嘛！菩薩畏因，眾生畏果。口的中央若是一個男人咧？豈不就是困難的「困」？你要是住在裡面，就好像被關起來，陰陰暗暗，永遠、永遠出不了頭。
阿彰：	不好意思啦老師，我──
邱老師：	破財、血光、犯小人。

◆邱老師離開。宗翰過去問阿彰。

宗翰：	他跟你說什麼？
阿彰：	我也聽不懂。
宗翰：	沒事了，你回去顧店。剛才那個扮成唐三藏的是一個美女呢，我去認識一下，我爸我媽如果找我，你就說我去看電影了。

◆宗翰下。
◆阿彰抬頭看天。暗場。

孽鏡

1996 年

	邱老師	家瑜	文成	安然	百惠	忠明
出生年份	1950	1954	1957	1964	1962	1969
本單元年齡	46	42	39	32	34	27

孽鏡 -1

◆金國際大樓，邱老師的厝。厝內有足濟抾轉來的物件。他佇一个足大的紙箱內底，這个紙箱親像他的城堡全款，一開始觀眾看袂著伊的人，但是會當看著伊對紙箱內底一直搝（tàn）一寡糞埽（pùn-sò）出來，一屏（pîng）是會當回收的，另外一屏袂當回收的。

◆家瑜在紙箱外口對伊講話。邊仔的桌頂有一个相框，內底是一个查甫囡仔的照片，相框邊仔是一个高級的蛋糕盒。家瑜看到了相框，伸手去摸，吐一口氣。

◆一陣煙對紙箱衝出來。

●	家瑜	你莫佇遐食薰啦，等咧燒起來欲按怎，你家己毋驚死，莫共別人拖拖落去。

◆邱老師的手伸出來，提一支薰。

◎	家瑜	（提過來食）佮你這款人做伙，真正足無健康的。
●	邱老師	啊佮我離婚了後，你身體著有變較好是無？
◎	家瑜	你都有退休金，閣有我予你的贍養費，創啥共家己舞甲按呢。抑無，你嘛會當開相命館啊，你毋是誠勢算。

孽鏡

1996 年

	邱老師	家瑜	文成	安然	百惠	忠明
出生年份	1950	1954	1957	1964	1962	1969
本單元年齡	46	42	39	32	34	27

孽鏡 -1

◆金國際大樓，邱老師家。邱老師家堆積了很多撿回來的東西。他在一個大紙箱裡，紙箱像是他的堡壘一樣，觀眾一開始看不到他，但可以看到他從裡面丟一些垃圾出來，一邊是可回收的，一邊是不可回收的。

◆家瑜在紙箱外對他講話，附近桌上有個相框，裡頭是小男孩的照片，相框旁有一個高級蛋糕盒。家瑜看到了相框，伸手碰觸，嘆一口氣。

◆一陣煙從箱子裡冒出來。

家瑜： 你不要在這裡抽菸啦，等一下燒起來怎麼辦，你不怕死，也不要拖累其他人。

◆邱老師的手伸出來，拿著一根菸。

家瑜： （接過來抽）跟你在一起真的很不健康。

邱老師： 跟我離婚以後你身體就有變比較好嗎？

家瑜： 你有退休金，還有我給你的贍養費，幹嘛把自己搞成這樣？不然，你也可以開個命相館啊，你不是很會算嗎。

	邱老師	算啥物命，連自己的後生身在何方都算袂出來矣。是欲算啥物命，早就無咧算矣。
	◆ 沉默。	
	邱老師	你若是欲來共我教示（kà-sī）乎，這馬會當走矣，順行無送。
	家瑜	周文成最近敢若攏咧閃避我。
	邱老師	怹的關係遮複雜著，我無想欲聽啦。
	家瑜	想講會當靠伊閣生一个——無啦，我清彩講講的。
	◆ 頓蹬。	
	邱老師	你遐好額，抱幾个仔轉來飼，哪有差？你負擔會起矣。
	家瑜	我若是會當佮你仝款，啥物攏無差，自由自在，我就免遮艱苦矣。
	邱老師	你若是有咧顧慮旭恆乎，那會閣想欲共別的查埔人閣生一个？你才是無要無緊，自由自在。
	家瑜	你哪會當講這款話，你明明就知影毋是按呢。（甲薰擲入去紙箱）
	邱老師	欸欸欸！會火燒厝啦！
	家瑜	叫是你毋驚死咧。
	邱老師	你放心啦，我袂遐早死，我一定欲等旭恆轉來。
	家瑜	邱仔。旭恆伊袂轉來矣啦。

邱老師：	算什麼命，連自己的小孩身在何方都算不出來。是要算什麼命，早就沒在算了。

◆沉默。

邱老師：	你若是要來跟我說教，現在可以走了，慢走不送。
家瑜：	周文成最近好像在躲我。
邱老師：	你們的關係那麼複雜我不想聽。
家瑜：	要不是想靠他再生一個——沒有啦，我講講而已。

◆頓。

邱老師：	你那麼有錢，去領養幾個回來養都可以啊，哪有差。你負擔得起啊。
家瑜：	要是可以跟你一樣，什麼都不在乎，自由自在，就好了。
邱老師：	你要是還在乎旭恆，怎麼會想要再跟別人生一個？你才是什麼都不在乎，自由自在。
家瑜：	你怎麼可以說這麼殘忍的話。你明明知道不是這樣。（把菸丟進去紙箱）
邱老師：	欸欸欸！房子會燒起來！
家瑜：	還以為你不怕死。
邱老師：	你放心，我不會那麼早死，我一定要等旭恆回來。
家瑜：	老邱。旭恆不會回來了。

◎	**邱老師**	旭恆無死啦，伊退古錐乎，人毋甘共刣（thâi）掉啦，人一定是留落來家己咧飼，有一工，伊一定會轉來。
	◆ 沉默。	
●	**邱老師**	我遮勢算，千算萬算嘛算袂到，佮伊做伙的時間，竟然是遐爾短。
◎	**家瑜**	邱仔。
●	**邱老師**	我若是會當知影旭恆蹛佇佗就好矣，安呢，我就會使紮一个雞卵糕，偷偷仔去共看，予伊歡喜。
◎	**家瑜**	你較清醒咧好無？
●	**邱老師**	姦，全世界你上清醒啦，你莫閣來揣我矣啦。
	◆ 家瑜落台。 ◆ 一陣煙對紙箱內底衝出來。	

| 邱老師： | ——旭恆沒有死啦！他那麼可愛，誰會捨得殺他。他們一定是留著自己養了。總有一天，他會回來的。 |

◆沉默。

| 邱老師： | 我再會算，千算萬算也算不到，跟他在一起的時間，竟然會那麼短。 |

| 家瑜： | 老邱。 |

| 邱老師： | 要是我可以知道旭恆住哪就好了，這樣，我就可以帶個蛋糕，偷偷去看他，讓他開心。 |

| 家瑜： | 你清醒一點好嗎？ |

| 邱老師： | 幹，全世界你最清醒啦。你不要再來找我了啦。 |

◆家瑜下。
◆一陣煙從箱子裡冒出來。

孽鏡 -2

●	家瑜	頭前正斡（uat）——
◎	文成	——我知，今仔日已經踅第三輾（liàn）矣。
●	家瑜	駛較慢咧。
◎	文成	已經足慢的矣。
●	家瑜	你若是無想欲陪我無要緊，我會當家己駛。
◎	文成	我無彼个意思，我只是……

◆ 沉默。

●	家瑜	歹勢，我拄才有較歹。（越頭過來，搭文成的肩胛頭、大腿抑是手） 多謝你閣陪我出來揣。（頓蹬）我想講，若是按呢一直重來，我會感覺較好過。我叫是按呢，會當治好我家己。
◎	文成	敢無？
●	家瑜	（閣看往窗外）無。

◆ 沉默。

◎	文成	抑是咱去別的所在，來去海邊仔行行咧，看會較好無？

◆ 沉默。

●	文成	攏已經遮濟年矣。

◆ 沉默。
◆ 邱老師上台，揀車佇舞台頂踅。

華鏡 -2

◆街頭，西遊記組在發傳單。
◆文成開車，家瑜在副駕，家瑜看著窗外，心慌。

家瑜：	前面右轉——
文成：	——我知道，今天已經繞第三圈了。
家瑜：	開慢點。
文成：	已經很慢了。
家瑜：	你如果不想陪我就算了沒關係。不，我也可以自己開。
文成：	我沒那個意思，我只是……

◆沉默。

家瑜：	對不起，剛才有點兒。（轉頭過來，拍拍文成的肩膀大腿或手）謝謝你老是陪我來找。（頓）我以為這樣重複，我就會好過一點。我以為這樣能夠治療我自己。
文成：	沒有嗎？
家瑜：	（又往窗外看）沒有。

◆沉默。

文成：	我們去別的地方，去海邊走走，會不會比較好？

◆沉默。

文成：	都已經這麼多年了。

◆沉默。
◆邱老師上，推著車在舞台上繞。

◎	文成	邱老師咧,伊攏按怎排解?
●	家瑜	(勉強笑)伊都袂輸若死人咧,逐工攏親像我這馬全款,遮爾仔顧人怨,我毋才會佮伊離緣。
◆一種預感文成早慢嘛會袂堪得家瑜。		
◎	文成	恁兩个攏無簡單。
●	家瑜	扰著矣。
◆文成停車。		
◎	文成	揣著矣。
●	家瑜	(緊張)揣著啥?
◎	文成	我是講停車位啦。來,咱來去行行咧。
◆個落車。扰著西遊記組。家瑜提一張傳單過來看,那看那哭。		
●	文成	是閣按怎?
◎	家瑜	又閣有囡仔失蹤去矣。
●	文成	哪有遮濟囡仔失蹤啥(hannh)?
◎	家瑜	恁阿月仔就袂共恁建志顧甲無去。
●	文成	我毋是咧怪你啦。
◎	家瑜	當然啊,彼抑毋是恁囝啊。
●	文成	你心情無好,我無想欲佮你冤。(頓蹬)你無共囡仔顧甲無去,伊是去予人縛(pák)去的,彼無全款。
◎	家瑜	(大聲)攏全款!(較平靜)攏全款。

| 文成： | 邱老師都是怎麼調適的？ |

| 家瑜： | （勉強笑）他就是個活死人，每天都像我現在這樣討人厭。所以我才跟他離婚。 |

◆一種文成遲早也會因此受不了家瑜的預感。

| 文成： | 你們兩個都不容易。 |

| 家瑜： | 就遇到了。 |

◆文成停車。

| 文成： | 找到了。 |

| 家瑜： | （緊張）找到什麼？ |

| 文成： | 我是說車位。下車走走吧。 |

◆他們下車。遇見西遊記組。家瑜接了一張傳單看，邊看邊哭。

| 文成： | 怎麼了？ |

| 家瑜： | 又有孩子不見了。 |

| 文成： | 怎麼會有這麼多小孩失蹤啊？ |

| 家瑜： | 你們阿月就不會把建志弄丟。 |

| 文成： | 我沒有在怪你啦。 |

| 家瑜： | 當然，旭恆又不是你的小孩。 |

| 文成： | 你心情不好我不要跟你吵。（頓）你沒有把孩子弄丟，他是被綁票的，不一樣。 |

| 家瑜： | （大聲）都一樣！（較平靜）都一樣。 |

◆ 家瑜、文成下。
◆ 西遊記組綴佇邱老師後壁行。

●	**悟淨**	伊是有認真咧拚無。
◎	**八戒**	有啦，遮都拄仔好，無物件好拚啊。
●	**悟空**	這馬攏垃圾不落地矣。而且資源回收閣足競爭的。
◎	**八戒**	伊攏無咧看路呢。行佇路中央，毋驚去予人撞死喔。
●	**悟淨**	唉，有心事啦。
◎	**三藏**	唉，嘛是可憐啦。我看，彼支電話，提去予伊啦。
●	**悟淨**	佗一支？
◎	**悟空**	喔！彼支喔！按呢敢好？

◆ 八戒提出一台破糊糊的電話機。
◆ 三藏接過來，閣傳予邱老師。

●	**邱老師**	師父，感恩。

◆ 西遊記組看邱老師落台。

◆家瑜、文成下。
◆西遊記組跟在邱老師後面走。

悟淨： 他到底有沒有在撿。

八戒： 有啦，啊這邊又沒東西給他撿。

悟空： 現在都垃圾不落地了。而且資源回收也是很競爭。

八戒： 他都沒在看路欸。走馬路中間，不怕被撞死喔。

悟淨： 唉，有心事啦。

三藏： 唉，也是可憐。不然那支電話拿去給他。

悟淨： 哪一支？

悟空： 喔！那支！這樣好嗎？

◆八戒拿出一台破爛的電話機。
◆三藏接過去，又傳給邱老師。

邱老師： 師父，謝謝。

◆西遊記組目送邱老師下。

孽鏡 -3

◆ 邱老師的厝。門鈴響。
◆ 邱老師去應門。是忠明和百惠。百惠行較入來一寡，忠明穿警察的制服，佇門外看。

●	**百惠**	邱先生，恁厝裡按呢臭咪摸，咱規層樓，逐家攏鼻著矣。
◎	**邱老師**	啊是佗位咧臭，物件我攏整理甲好勢好勢啊。
●	**百惠**	新新厝才蹛無幾年，就予你舞甲按呢癩瘄爛癆（thái-ko-nuā-lô），按呢厝會落價啦……
◎	**邱老師**	這是我的厝呢，我歡喜按怎，就按怎啦。是關你啥物代誌？你若是蹛了會孽潲（giat-siâu），就厝共賣賣咧，搬走就好矣啊。
●	**百惠**	你講彼啥物痟話啊！就是有你這款厝邊，阮的厝母才賣袂掉！神經病！（對忠明）你共伊講啦！

◆ 百惠生氣嘁（tsàm）跤離開，忠明才行入來。

◎	**忠明**	喔，物件遮濟。（鼻）敢若，真正有味呢。

◆ 頓蹬。

●	**忠明**	邱老師，你好，我是遮的管區啦。你可能袂記得矣，我有予你教過呢。我是七十一年畢業，六年一班鄭忠明。
◎	**邱老師**	毋捌啦。
●	**忠明**	啊你搬入來遮偌久矣？

◆ 忠明揣一个所在坐。

孽鏡 -3

◆邱老師家。門鈴響。
◆邱老師去應門。是忠明和百惠，百惠走得比較進來一點，忠明穿警察制服，在門口觀望。

百惠：	邱先生，你家裡這麼臭，我們整層樓的鄰居都聞到了……
邱老師：	是哪裡臭，我都整理得很好啊。
百惠：	新新的房子沒幾年就被你弄得這麼噁心，房價會跌啦……
邱老師：	這是我的房子，我高興怎樣就怎樣，關你什麼事？你要是住得不爽，就賣把房子賣掉，搬走就好了啊。
百惠：	你在說什麼瘋話！有你這種鄰居，房子賣不掉啦！神經病！（對忠明）你跟他講啦！

◆百惠生氣踩腳離開，忠明這才走進來。

忠明：	哇，東西真多。（嗅）好像真的有味道耶。

◆頓。

忠明：	邱老師，我是管區的警察。你大概忘了，你有教過我，我是七十一年畢業，六年一班鄭忠明。
邱老師：	我不認識你啦。
忠明：	你搬來多久了？

◆忠明找一個地方坐下。

◎	**忠明**	唉呦,這是眠床喔?這敢睏有路?
●	**邱老師**	民國八十二年,大樓拄起好,我就搬入來矣。
◎	**忠明**	自彼个時陣,老師就開始……抾遮的有的無的物件喔?
●	**邱老師**	有抾一寡啦,是講乎,真濟物件袂當烏白擲啦,若傷討債乎,會予雷公敲死啦。
◎	**忠明**	老師,你敢若自以早,就無啥佮意我乎?彼時陣,你拄來學校報到,對咱學校的代誌,猶閣真生疏(tshenn/tshinn-soo)。欸,老師,你以早定定講,相由心生,啊你看我按怎?
●	**邱老師**	啊就警察仔面啊,抑無你是期待啥?
◎	**忠明**	是警察,毋是警察仔啦。其實乎,細漢的時,我足討厭你的。
●	**邱老師**	是按怎?
◎	**忠明**	你攏共放袂記得喔。(頓蹬,瞬間有恨意,隨閣消失)嘛無要緊啦。(恢復原本的模樣)欸老師,有一件代誌,愛共你拜託。(頓)拄才來佮你冤家彼齒(khí)的,是阮姼仔啦,伊佇這搭遮,咧做生理——
●	**邱老師**	好啦,三點半矣。下課。
◎	**忠明**	好啦,按呢老師,我另工閣來拜訪。(頓蹬)老師,恁囝的代誌,阮警察這方面,真正盡力矣。
●	**邱老師**	出去啦。

◆ 忠明落台。
◆ 安然對大紙箱內底徛(khiā)起來,搖鈴。邱老師驚著。

忠明：	哇，這是床？這上面有地方睡嗎？
邱老師：	民國八十二年，大樓剛蓋好我就搬進來了。
忠明：	你那時候就開始……撿這些東西喔？
邱老師：	有撿一些啦，是說喔，有很多東西是不能亂丟的，太浪費會被雷公打死。
忠明：	你以前就不太喜歡我齁。當年，你剛來學校報到，對學校的事情都不知道怎麼處理。老師你以前有對我說過相由心生。老師覺得我現在怎樣？
邱老師：	就警察仔臉阿，不然你期待我說什麼？
忠明：	是警察，不是警察仔喔。其實，小時候我超討厭你的。
邱老師：	為什麼？
忠明：	哇，你是真的不記得。（頓，瞬間有恨意，又馬上消逝）沒關係。（恢復原本的樣子）老師，有件事要拜託你。（頓）剛才跟你吵架的那個，是我的女朋友，她在這一帶做生意——
邱老師：	好啦，三點半了。下課。
忠明：	好啦，我了解了。我改天再來拜訪。（頓）你兒子的事情我們警察盡力了。
邱老師：	出去啦。

◆忠明下。
◆安然從大紙箱裡站起來，搖鈴。邱老師嚇到。

◎	**邱老師**	啊你是揞壁鬼（mooh-piah-kuí）喔？當時入來的？
●	**安然**	透早啊，你無佇咧的時陣。等甲去予睏去。
◎	**邱老師**	你哪有阮兜的鎖匙？
●	**安然**	門無鎖啊。
	◆ 頓蹬。	
◎	**邱老師**	門無鎖，啊你就家己入來喔？你嘛傷大範（tuā-pān）矣？你來遮欲創啥？
●	**安然**	師父欲走的時陣有交代，叫我愛共你顧予好。
◎	**邱老師**	啊我好食好睏，是欲注意我啥？
●	**安然**	（變鬼變怪，感應）我有感應著，旭恆，就佇這附近。
	◆ 邱老師躊躇，決定莫相信。	
◎	**邱老師**	毋免你家婆（ke-pô）啦。
●	**安然**	你敢無想欲知影旭恆佇佗位？
◎	**邱老師**	你彼套對我無路用啦。
●	**安然**	你敢無想欲解脫？
	◆ 安然搖鈴。	
◎	**安然**	無啥行、無啥走，來到遮，啥物所在……
●	**邱老師**	原來就是你咧假鬼假怪喔。
◎	**安然**	我予你較好睏呢！
●	**邱老師**	我警告你喔，趕緊共你的魔術解掉。

邱老師：	你是要嚇死我喔！哪時候進來的！
安然：	早上你不在的時候。等太久睡著了。
邱老師：	你怎會有我家鑰匙。
安然：	門沒鎖。

◆頓。

邱老師：	門沒鎖，那你就自己進來喔？你也太自動了。你來這想要怎樣？
安然：	啊就師父走的時候有交代我要注意你一點。
邱老師：	我吃好睡好，是要注意我什麼？
安然：	（裝神弄鬼，感應）我感覺得到，旭恆在很近的地方。

◆邱老師猶豫，決定不信。

邱老師：	不用你雞婆。
安然：	你不想知道他在哪嗎？
邱老師：	你那套對我無效。
安然：	你不想要解脫嗎？

◆安然搖鈴。

安然：	沒啥行、沒啥走，來到這，什麼地方……
邱老師：	原來是你在裝神弄鬼。
安然：	我讓你比較好睡欸！
邱老師：	我警告你喔，快把你的魔術解掉。

◎	**安然**	喔好啦。
	◆ 安然對紙箱內底爬出來,搖鈴。 ◆ 鈴聲共電話鈴聲接作伙。	
●	**安然**	接啊。
	◆ 邱老師迷茫。	
◎	**安然**	綁匪敲電話來矣,緊接啊。
	◆ 邱老師接電話。 ◆ 電話內底傳來囡仔人的聲。	
●	**聲音**	爸爸,遮足烏,我足想欲轉去,你敢會使緊來救我?
	◆ 邱老師愣(gāng)去,跤軟,坐佇塗跤(thôo-kha)。	
◎	**邱老師**	(好不容易)喂?旭恆?旭恆,敢是你?你佇佗位?
●	**聲音**	爸爸,我予人綁票矣,你緊來救我,個講欲五十萬、五十萬——
	◆ 電話斷線。邱老師繼續震驚、迷茫。 ◆ 安然搖鈴,鈴聲接著電話鈴聲。 ◆ 邱老師接電話。	
◎	**邱老師**	喂?旭恆?你佇啥物所在?
●	**安然**	(溫柔)你的痛苦,我攏知,毋過,彼已經攏無要緊矣。共你的目睭瞌(kheh/khueh)瞌,透過你的想像,聽我沓沓仔講。咱宇宙的中央,有一道真白真白的光芒,比全宇宙所有的星系內底所有的太陽攏閣較白、閣較光,這个光芒,射過咱這个銀河系,迵(thàng)過太陽,鑽過所有的光,穿(tshng)過地球表面的眾生,然後,貫(kng)入去地球的中心。

安然： 喔好啦。

◆安然從紙箱裡爬了出來，搖鈴。
◆鈴聲跟電話鈴聲接在一起。

安然： 接電話啊。

◆邱老師迷惑。

安然： 綁匪打電話來了，快接啊。

◆邱老師接電話。
◆電話裡傳來兒童的聲音。

聲音： 爸爸，這裡好黑，我好想回家，可不可以快來救我？

◆邱老師愣住，腳軟坐在地上。

邱老師： （好不容易）喂？旭恆？旭恆，是你嗎？你在哪裡？

聲音： 爸！我被綁票了，你快來救我，他們說要 50 萬、50 萬——

◆電話斷線。邱老師持續震驚、迷惑。
◆安然搖鈴，鈴聲接著電話鈴聲。
◆邱老師接起電話。

邱老師： 喂？旭恆？旭恆？你在哪裡？

安然： （溫柔）你的痛苦，我都知道。但是那已經不重要了。你用你的想像力，眼睛閉起來，聽我詳細說明。這個宇宙的中央有一道很白很亮的光，比全宇宙所有的星系的太陽還要白、還要亮，它穿過我們銀河系，穿過太陽系，穿過全太陽系內所有的光，穿過地球上所有的眾生，鑽入地球的中心。

◆ 邱老師沐佇光中。他的目睭雖然闔咧，但是會當感覺著光線。

◎	安然	地球的中心佇佗位？就是你的肉體。這道光芒，透過你的身軀，用你的聲音，佮眾生對話。講好話。（模仿囡仔人講話、司奶 [sai-nai]）阿爸，你有聽著無？
●	邱老師	有有，旭恆我有聽著，「講好話」。旭恆你講啥我攏好——
◎	安然	以後你若悲傷，這支電話就會鈃（giang），無論對方講啥，你攏愛想辦法甲安慰。
●	邱老師	旭恆，我足想你的。
◎	安然	我嘛足想你，時機若到，我就會轉來，你愛好好仔活落去。

◆ 安然搖鈴，邱老師目睭擘（peh）開。

●	邱老師	啊你哪會閣佇遮？我警告你喔，緊共你的符仔解掉。
◎	安然	我啥物攏無做啊。我只是來共你看覓咧。你看起來，猶閣袂穩，按呢，我先來走囉。

◆ 安然落台。

●	邱老師	莫名其妙呢你，你莫閣來矣啦。

◆ 邱老師心內空虛，想欲揣代誌做，看到電話小可仔（sió-khuá-á）懷疑。他來到旭恆的相片頭前。電話突然響起。他無感覺任何奇怪，接電話。

◎	邱老師	喂？

◆ 以下所有角色上台。

●	阿棠	（大聲喝 [huah]）我無愛啦！

◆邱老師沐浴在光中。他的眼睛雖然閉著，但是能感覺到光亮。

安然： 地球的中心是哪裡？就是你的身體。這道光透過你的身體，用你的聲音跟世人講話。講好話。（模仿小孩講話、撒嬌）把拔，你有聽到嗎？

邱老師： 有有，旭恆我有在聽，「講好話」。旭恆你說什麼我都好——

安然： 以後你不快樂的時候，這支電話就會響，無論對方說什麼，你都要想辦法安慰對方。

邱老師： 旭恆，我好想你。

安然： 我也很想你，時機到我就會回來，你好好活下去。

◆安然搖鈴，邱老師睜開眼睛。

邱老師： 你怎麼還在這裡？我警告你喔，快把你的符咒解掉。

安然： 我什麼都沒做啊。就是來看看你。你看起來挺好的，那我走囉。

◆安然下。

邱老師： 莫名其妙欸你，你不要再來了。

◆邱老師心裡空空的，想找點事做，看到電話有點狐疑。他來到旭恆的照片前。電話突然響起。他不覺得任何奇怪，接電話。

邱老師： 喂？

◆以下所有角色上台。

阿棠： （大喊）我不要！

◎	**邱老師**	你無愛啥。
●	**阿棠**	（大聲喝）我才十三歲爾！我有我家己的未來，你是按怎欲按呢逼我？
◎	**邱老師**	妹妹，你叫啥物名？是你家己敲電話過來的，我無逼你呢。
	◆ 通話斷去的聲。	
●	**邱老師**	恁祖媽咧，閣掛我電話。
	◆ 邱老師提電話機，行轉去旭恆相片頭前。電話又響。	
◎	**純純**	邱老師，後擺伊若來揣我，我敢愛共問？
●	**邱老師**	閣予伊一寡時間，伊家己會共你講啦。
	◆ 電話響。	
◎	**宗翰**	當初時，我若是講出我的心意，代誌敢閣會變甲遮嚴重？
●	**邱老師**	（自己嘛毋相信）代誌過去就過去矣，後悔嘛無路用矣。
	◆ 電話響、通話中斷的聲交纏。	
◎	**阿棠**	邱老師，我今仔日閣刁工講白賊（pe̍h-tsha̍t）矣，毋過我有我的理由。
●	**邱老師**	好，我聽你講。
◎	**怡慧**	我敢愛答應伊的求婚？
●	**邱老師**	重點是，看你有佮意伊無？
◎	**黎月**	我想著一个解決的辦法矣。
●	**邱老師**	你真巧啊！

| 邱老師： | 你不要什麼。 |

| 阿棠： | （大喊）我才十三歲！我有我自己的未來，你為什麼要這樣逼我？ |

| 邱老師： | 妹妹，你叫什麼名字？你自己打電話來的，我沒有逼你啊。 |

◆通話中斷的聲音。

| 邱老師： | 媽的，還掛我電話。 |

◆邱老師拿著電話機，走回旭恆照片前。電話又響。

| 純純： | 邱老師，下次他來找我的時候，我要問他嗎？ |

| 邱老師： | 再給他一點時間，他自己會跟你講。 |

◆電話響。

| 宗翰： | 要是當初我說出我的心意，後果還會這麼嚴重嗎？ |

| 邱老師： | （自己也不相信）過去的都過去了，後悔也沒用。 |

◆電話響與通話中斷的聲音交錯。

| 阿棠： | 邱老師，我今天又故意說謊了，但是我有我的理由。 |

| 邱老師： | 我聽你說。 |

| 怡慧： | 我要答應他的求婚嗎？ |

| 邱老師： | 重點是，你喜歡他嗎？ |

| 黎月： | 我想到一個解決的辦法。 |

| 邱老師： | 你很聰明嘛！ |

◎	**阿壽**	攏是我毋著。
●	**邱老師**	毋是,毋是你的毋著。
◆另外一支電話響,是真正的電話。		
◎	**家瑜**	邱仔你是按怎攏無愛接我的電話?
●	**邱老師**	(邱老師接電話)我無閒啦。
◎	**家瑜**	你是有法度無閒啥——(予邱老師掛掉)
◆電話響。		
●	**彥博**	為啥物人生會遮痛苦。
◎	**邱老師**	我嘛想欲知影。
●	**文成**	我有我的夢想啊。
◎	**邱老師**	你袂使一世人攏遮浮浪貢(phû-lōng-kòng)啦。
●	**駿洋**	你過去到現在的人生,將來猶會一直重來,重來,再重來……
◎	**邱老師**	(聽了著驚,電話落去)哭枵(khàu-iau)喔,莫按呢共我驚啦。
◆邱老師將電話重新园予好。 ◆暫時的安靜,予邱老師稍喘咧、稍歇咧,電話閣響。		
●	**邱老師**	喂?旭恆?
◎	**阿彰**	我敢若刣死人矣。我刣死人矣。
●	**邱老師**	啊你這馬才共我講是有啥路用啦。(頓蹬)好,莫哭啦,慢慢仔講。
◆所有角色落台,邱老師迌(the)後,留阿彰一个。		

阿壽：	都是我的錯。
邱老師：	不是，不是你的錯。

◆另一支電話響，是真正的電話。

家瑜：	老邱你為什麼都不接我電話？
邱老師：	（邱老師接電話）我沒空啦。
家瑜：	什麼沒空──（被邱老師掛掉）

◆電話響。

彥博：	為什麼人生這麼痛苦。
邱老師：	我也想知道。
文成：	我有我的夢想啊。
邱老師：	你不能一輩子都這樣遊手好閒啊。
駿洋：	你從過去到現在的人生，將會一直不斷重來，重複再重複……
邱老師：	（聽了毛骨悚然，掉了電話）靠夭喔。不要這樣嚇我。

◆邱老師把電話重新擺好。
◆短暫安靜，讓邱老師得以喘口氣稍作休息，電話再響。

邱老師：	喂？旭恆？
阿彰：	我好像殺死人了。我殺死人了。
邱老師：	唉，你現在才告訴我有什麼用啦！（頓）好，先別哭了，慢慢說。

◆所有角色下，邱老師墊後，獨留阿彰。

火床

1999 年

	怡慧	蔡董	宗翰	阿彰
出生年份	1980	1947	1981	1981
本單元年齡	19	52	18	18
	阿壽	阿棠	純純	駿洋
出生年份	1980	1983	1980	1981
本單元年齡	19	16	19	18

火床 -1

◆ 保齡球館，阿彰整理球鞋。

●	阿彰	我國中畢業，就來這間保齡球館打工矣。頭家，是阮阿舅，毋過伊對我，佮對其他的員工，敢若攏全款。阮阿舅有一个後生，就是阮表細的，宗翰，伊嘛算是……算是我的好朋友。

◆ 宗翰上台。

◎	宗翰	哥！你是閣按怎啦，規个人按呢憂頭結面（iu-thâu-kat-bīn），別人看著你，心情攏穩起來矣——你莫會失禮，其他的員工看著，叫是我咧共你欺負咧。你看，我叫我爸買予我的大哥大！
●	阿彰	喔。毋是才拄買 B. B. Call？

火床

1999 年

	怡慧	蔡董	宗翰	阿彰
出生年份	1980	1947	1981	1981
本單元年齡	19	52	18	18
	阿壽	阿棠	純純	駿洋
出生年份	1980	1983	1980	1981
本單元年齡	19	16	19	18

火床 -1

◆保齡球館，阿彰在整理球鞋。

阿彰： 我剛從國中畢業，就來這間保齡球館工作。老闆是我舅舅，不過他對待我和對待別的員工差不多。老闆有個兒子，宗翰，是我的表弟，他也算是⋯⋯算是我的好朋友。

◆宗翰上。

宗翰： 哥！你是怎樣，整天愁眉苦臉的，讓人心情也跟著變差——你不要跟我道歉，其他員工看到還以為我欺負你。你看，我叫我爸買給我的大哥大！

阿彰： 喔。不是才剛買了 B. B. Call？

◎	宗翰	欲要看覓無？
	◆ 阿彰接過去看，小可仔欣羨。	
●	阿彰	是講宗翰，逐家攏無手機仔，你是欲敲予誰人？敲予阿舅喔？
◎	宗翰	總是會用著啊！（共手機提轉來，淡薄仔抉爽）抑是，我叫阮爸，閣買一支予你？（閣歡喜起來）行啦，我炁你去一個所在，足好耍的喔。
	◆ 阿彰綴宗翰行，場景轉做天橋頂。	
●	阿彰	伊炁我去縱貫路頂的一个天橋，對路裡高速進行、來來去去的車，擲石頭。（對宗翰）欸，按呢足危險的啦！你足無聊的呢。
	◆ 宗翰不管阿彰咧講啥，專心擲石頭。	
◎	宗翰	欸，哥，聽講 2000 年，是<u>千禧年</u>，會<u>世界末日</u>呢。
●	阿彰	<u>世界末日</u>是閣按怎？
◎	宗翰	這个世界會死了了啊。
	◆ 宗翰閣擲一粒石頭解氣。	
●	宗翰	死了了嘛袂穤。你敢袂期待？
◎	阿彰	我感覺宗翰的心事，嘛真濟。
●	宗翰	換你矣啦。
	◆ 宗翰提一粒石頭予伊，阿彰擲出去了後無偌久車禍的聲。	
◎	宗翰	姦！你有夠準的啦！緊閬港（làng-káng）啦！行啦！

宗翰： 　要不要玩玩看？

◆阿彰接過去看，有點羨慕，又還給宗翰。

阿彰： 　但是宗翰，大家都沒手機，你是要打給誰？打給舅舅喔？

宗翰： 　總是會有用的啊！（把手機拿回來，微不爽）不然我叫我爸也買一支給你。（又開心起來）我帶你去一個好玩的地方。

◆阿彰跟著宗翰走，場景轉為天橋上。

阿彰： 　他帶我去台一線的一座天橋上，對下面來來往往高速進行的車，丟石頭。（對宗翰）欸，這很危險吧？你怎麼會這麼無聊。

◆宗翰不在意阿彰的評論，很專心地丟石頭。

宗翰： 　欸，哥，聽說，2000 年，是千禧年，會世界末日喔。

阿彰： 　世界末日會怎樣？

宗翰： 　這個世界會全部死光光啊。

◆宗翰又丟一顆石頭發洩。

宗翰： 　死光了也好。你不期待嗎？

阿彰： 　我感覺宗翰其實也有很多心事。

宗翰： 　換你。

◆宗翰遞一顆石頭給他，阿彰投出去後不久：撞車的聲音。

宗翰： 　幹！你怎麼那麼準！快溜！走啦！

◆宗翰摸（khiú）阿彰走甲若飛。走一段了後，停落來喘氣，兩人相看，大笑。

阿彰	敢愛報警察？
宗翰	你是咧痟喔，當然嘛莫。

◆宗翰繼續笑，阿彰無啥確定這件代誌應該笑。
◆以下，阿彰講話的時陣，宗翰對阿彰的 kha-báng 內底提一罐水止喙焦，啉煞傳予阿彰，換阿彰啉。

阿彰	若無上班的時陣，我嘛攏綴宗翰去迌迌（tshit-thô），毋管是去趨冰，抑是去撞球、唱歌，我的人生若無伊，一定會真無聊。恁應該攏有拄過，宗翰就是彼款，風雲人物。真勢耍、齣頭（tshut-thâu）濟、人緣投，講話閣笑詼（tshiò-khue/khe）。（頓蹬）伊人緣嘛真好。（頓蹬）真濟查某囡仔，攏想欲佮伊做伙。
宗翰	你這个癮頭（giàn-thâu）。
阿彰	哈？

◆宗翰大力對阿彰的頭揀落，隨落台。

阿彰	（看宗翰離開）這馬想起來。有時陣伊心情穤會共我創治（tshòng-tī），彼嘛毋是伊的問題。可能，是我應該的。（頓蹬，遺憾、虧欠的一秒鐘）趨冰佮撞球彼種大漢、自由的感覺，我一世人攏袂放袂記得。我嘛是佇冰宮，才第一擺，牽著查某囡仔的手。伊，是我佇保齡球館的同事。

◆宗翰拉著阿彰狂奔。跑了一段之後，停下來喘氣，相視大笑。

阿彰： 要不要報警啊？

宗翰： 白癡喔當然不要啊。

◆宗翰繼續笑，阿彰不那麼確定這件事應該笑。
◆以下，阿彰說話的時候，宗翰從阿彰的背包裡拿出一瓶水解渴，喝完遞給阿彰，換阿彰喝。

阿彰： 沒上班的時候，我也都是跟在他身邊，去溜冰或是撞球，如果不是他，我的人生一定會無聊很多。你們應該知道吧，那種很有風采、迷人的人，什麼都會，花樣很多，長得帥，又幽默。（頓）人緣也很好。（頓）很多女生想跟他在一起。

宗翰： 你這傻瓜。

阿彰： 蛤？

◆宗翰用力推一下阿彰的頭之後下。

阿彰： （看著宗翰離去）現在想起來。有時候他心情差會欺負我，但這不是他的問題。可能是我活該。（頓，遺憾、歉意的一秒）溜冰和撞球那種大人、自由的感覺，我一輩子都忘不了。我也是在冰宮第一次牽到女生的手。她，是我在保齡球館的同事。

火床 -2

◆冰宮。宗翰、怡慧趨冰。背景音樂是九空年代《舞曲大帝國》專輯。

●	**怡慧**	你母通放手喔！你母通放手喔！
◎	**宗翰**	你按呢是欲按怎學啦！雙手捏（tēnn/tīnn）牢牢（tiâu-tiâu），捏甲欲出汁，按呢我的手會痛啦，緊放手啦！
●	**怡慧**	（換去掠［liảh］欄杆）我會驚啦！
◎	**宗翰**	你看人阿彰，恰你同齊學的，這馬攏嘛會曉飛矣，我共你講。驚驚袂著等，大膽共趨落去，按呢乎，你連鞭（liâm-mi）著會曉矣。
●	**怡慧**	伊神經遮大條，皮閣遮厚，當然嘛袂驚！
◎	**宗翰**	（看錶）阿彰！（阿彰趨過來）你若是共怡慧教予會曉，今仔日趨冰的錢，攏算我的。
●	**阿彰**	哈？
◎	**怡慧**	你欲去佗位啦？
●	**宗翰**	我去撞球！

◆宗翰趨走。怡慧想欲逐，閣驚跋倒（puảh-tó）。

◎	**阿彰**	你敢欲學？
●	**怡慧**	我……我袂曉，嘛無要緊。
◎	**阿彰**	我閣有半點鐘會當共你教。
●	**怡慧**	半點鐘了後咧？
◎	**阿彰**	我愛轉去顧阮母仔。
●	**怡慧**	喔。我袂記得恁媽媽破病。

十殿：奈何橋

台語本

079

火床 -2

◆冰宮。宗翰、怡慧溜冰，背景是九〇年代《舞曲大帝國》專輯。

怡慧： 你不要放手喔！你不要放手喔！

宗翰： 你這樣是要怎麼學啦！你抓太緊了我手很痛，放開放開。

怡慧： （改抓著欄杆）我會怕嘛！

宗翰： 你看阿彰和你同時開始學，現在這麼厲害，我跟你說，猶豫不決才會摔，大膽滑下去，這樣馬上就學會啦。

怡慧： 他神經這麼大條皮又厚，當然不怕！

宗翰： （看錶）阿彰！（阿彰溜過來）你如果把怡慧教到會，今天溜冰的錢算我的。

阿彰： 蛤？

怡慧： 你要去哪裡？

宗翰： 我去打撞球！

◆宗翰溜走。怡慧想追又怕跌倒。

阿彰： 你要學嗎？

怡慧： 我……不會也沒關係啦。

阿彰： 我還有半個小時可以教你。

怡慧： 半個小時後咧？

阿彰： 我要回家顧我媽。

怡慧： 喔。我忘記你媽媽生病。

	◆ 阿彰伸手。	
◎	**怡慧**	半點鐘我應該學袂起來啦。無莫學矣。抑無我先來去走矣。
	◆ 怡慧一離開欄杆就跋倒。 ◆ 阿彰閣伸手出去予怡慧，怡慧只好搝伊的手，徛起來。 ◆ 阿彰忝怡慧趨來趨去。怡慧一直吱吱叫，但嘛感覺歡喜好耍。最後個總算停落來，去邊仔坐落來，換轉來個本來的鞋仔。	
●	**阿彰**	我的時間到矣。
◎	**怡慧**	你足奇怪的呢。（頓蹬）欸欸阿彰，宗翰是恁表小弟乎？
●	**阿彰**	嗯。
◎	**怡慧**	啊伊敢有女朋友？
●	**阿彰**	啊你來保齡球館上班，攏遮久矣，敢毋知影伊的婄仔，攏是來來去去。
◎	**怡慧**	我是講，伊「這馬」敢有女朋友？
	◆ 阿彰考慮。	
●	**阿彰**	敢若有。（看著怡慧的表情，換作閣較肯定的口氣）有。
◎	**怡慧**	（失望）喔。
	◆ 沉默。	
●	**怡慧**	欸，我按呢敢算是會曉趨冰矣？
◎	**阿彰**	宗翰若問，你上好是講你會曉矣。抑無伊——
●	**怡慧**	伊按怎？

◆阿彰伸手。

怡慧： 半個小時我學不會。不然不要學了。我要回去了。

◆怡慧一離開欄杆就跌倒。
◆阿彰再次伸手，怡慧不甘願地拉住他，站起來。
◆阿彰帶著怡慧滿場溜。怡慧尖叫不已，但也覺得開心好玩。最後他們總算停下來，到一旁坐下，換回他們原本的鞋子。

阿彰： 我的時間到了。

怡慧： 你很奇怪耶。（頓）欸欸阿彰，宗翰是你表弟對吧？

阿彰： 嗯。

怡慧： 他有沒有女朋友？

阿彰： 你也來保齡球館工作這麼久了，怎麼會不知道他女朋友來來去去算不清楚？

怡慧： 我是說，他「現在」有沒有女朋友？

◆阿彰考慮。

阿彰： 好像有。（看了怡慧的表情，改成更肯定的語氣）有。

怡慧： （失望）喔。

◆沉默。

怡慧： 欸，我這樣可以算是會溜冰了？

阿彰： 宗翰要是問起，你最好是跟他說你會了。宗翰他——

怡慧： 他怎樣？

◎	**阿彰**	伊人是真好，毋過較無耐性。
●	**怡慧**	無，你啥物時陣閣有閒？我閣來偷偷仔學一下，你先莫共伊講。
◎	**阿彰**	（急）明仔載！（頓蹬）明仔載。
●	**怡慧**	按呢你愛來喔。Bye。

◆怡慧落台。

阿彰：	他人是很好，但是沒什麼耐性。
怡慧：	不然，你什麼時候還有空？我再偷偷來學一下好了，你別跟他說。
阿彰：	（急）明天！（頓）明天。
怡慧：	那你要來喔。Bye。

◆怡慧下。

火床 -3

◆宗翰與阿彰佇撞球場。

宗翰	你真正毋知影，伊這馬敢有槌仔（thuî-á）？
阿彰	我那會知啦。
宗翰	恁逐工做伙上班下班，那會毋知？看有人來接伊下班無啊？
阿彰	無——我是講，我無咧注意啦。
宗翰	若是有鎚仔，應該是袂佮咱做伙去迌迌矣。
阿彰	按怎，你想欲共奅（phānn）喔？
宗翰	是伊咧共我奅！毋過乎，像伊這款的，冊讀傷濟啦，攏毋知影咧想啥，讀甲遐懸，毋是共款愛來保齡球館上班，一个月兩萬就共摃（kòng）死矣。
阿彰	伊大學是按怎無閣繼續讀？是厝裡無錢諾？
宗翰	聽講伊去予教授用去矣啦。（頓蹬）Candy共我講的，閣去予教授個某當場掠包呢！講怡慧彼當陣，閣當咧眠床頂搖，乎，恁娘咧，看袂出來，這箍真正破甲有賰。

◆阿彰感覺著宗翰的惡意。

阿彰	你莫講甲遮歹聽啦，怡慧呢，我感覺無啥可能。
宗翰	我都聽人講的，啊無你講看覓咧啊，伊大學都讀了好好，創啥欲休學？

火床 -3

◆宗翰與阿彰在撞球場。

宗翰： 你真的不知道，她現在有沒有男朋友？

阿彰： 我怎麼會知道啦。

宗翰： 你們每天一起上下班怎麼會不知道？有人來接她下班嗎？

阿彰： 沒——我是說我沒在注意。

宗翰： 如果有，應該是不會答應和我們出去玩。

阿彰： 你想要追她喔？

宗翰： 她在追我啦。不過她這種類型的，書讀太多，都不知道她在想什麼。讀那麼多也沒用，到頭來還不是來保齡球館當人家員工，一個月領不到兩萬塊。

阿彰： 為什麼她大學不讀了啊？家裡沒錢嗎？

宗翰： 聽說她跟學校的老師有一腿。（頓）Candy 說她被老師的太太捉姦在床，說怡慧那時還在床上搖呢。嘖嘖嘖。看不出來。真的有夠破。

◆阿彰感覺到宗翰的惡意。

阿彰： 不要講得這麼難聽。是怡慧欸！不可能啦！

宗翰： 我就說是聽人說的啦。不然你說為什麼她大學讀得好好的，為什麼要休學？

◎	阿彰	橫直（huâinn/huînn-tit）Candy 的話乎，袂信得啦！
●	宗翰	哼，講攏你咧講，Candy 是<u>八卦中心</u>、有名的放送頭（hòng-sàng-thâu）呢！喔！我知矣，你佮意怡慧，對無？
◎	阿彰	無啦，你莫烏白講，我是感覺，咱做同事的人，毋通按呢共人講。
●	宗翰	恁娘咧，講幾句啊爾。按怎？毋甘喔？姦，你上高尚啦！
	◆ 宗翰挼阿彰的頭，落台。	
◎	阿彰	宗翰！（頓蹬）是咧氣啥啦。

阿彰：	反正 Candy 說的話不能信啦！
宗翰：	都你在說。Candy 她是八卦中心、有名的廣播站欸。喔！我知道了，你是不是喜歡怡慧？
阿彰：	沒有啦，我是覺得不要說同事的閒話啦。
宗翰：	說幾句而已就捨不得。你最高尚。

◆宗翰推阿彰的頭後，下。

阿彰：	宗翰！（頓）是在生氣什麼啦。

火床 -4

◆ 保齡球館。阿彰、怡慧佇櫃檯做工課（khang-khuè），其他
演員演人客，宗翰當欲離開，蔡董上台。

●	**蔡董**	宗翰，你閣佇退顧耍？是無看著球館全人喔？跤手都攏已經無夠矣，留落來鬥相共啦。
◎	**宗翰**	喔。
●	**蔡董**	較學咧啦，這後擺攏你管的。
◎	**宗翰**	我都攏佇這大樓內底，也袂走傷遠矣啦。
●	**蔡董**	誰人毋知你攏佇大樓內底，連 Candy 退你都攏去矣，你共我較差不多咧，我共你講。
◎	**宗翰**	我佮 Candy 抑無按怎矣。等咧，爸，誰人共你講的？阿彰乎？食我的、用我的，閣共恁爸創空（tshòng-khang）！
●	**蔡董**	創啥物空，要創佗一空？我共你講啦，阿彰是恁表兄啦，你講話放較尊重咧。啥物咧食你的用你的，是恁兩个攏食我的、用我的，我都無咧講啊你是咧講啥？猶有啦，你佮 Candy 退的代誌，敢就閣需要阿彰來共我講喔？Candy 彼支喙，彼生來「食肉」的啦。
◎	**宗翰**	阮都朋友爾——

火床 -4

◆ 保齡球館。阿彰、怡慧在櫃檯工作，其他演員飾演客人。宗翰正要離開，蔡董上。

蔡董：	宗翰，你又要去哪？是沒看到球館都客人喔？人手都已經不夠，留下來幫忙啦。
宗翰：	喔。
蔡董：	多學點，以後這都是你的。
宗翰：	我都在這棟大樓裡面啊，沒有去多遠的地方啦。
蔡董：	誰不知道你都在大樓裡，你連 Candy 那邊都去了。你給我差不多一點，我跟你說。
宗翰：	我才沒跟她怎樣——誰跟你講的？啊，是阿彰？吃我的用我的，這個叛徒，暗算我！
蔡董：	說什麼暗算！我說啊，阿彰是你表哥，你講話放尊重一點。什麼吃你的用你的，你們兩個明明都是吃我的用我的，我都沒計較了你計較什麼？再說，你在 Candy 那邊的事，還需要阿彰來告訴我？Candy 那張嘴，是生來「吃肉」的啦。
宗翰：	我是把她當作朋友而已——

●	蔡董	朋友，啥物款朋友，你家己心內知知啦。婑仔結甲規捾（kuānn），敢有差伊一個？閣有你遐的婑仔陣啦，是底佗位熟似的？面畫甲按呢，袂輸敢若欲去唱歌仔戲咧，氣質一個比一個閣較……唉，你做我的後生呢，喙斗（tshuì-táu）莫遮好。
◎	宗翰	是有偌䆀啦。予你嫌甲無一塊好。
●	蔡董	你欲揀，嘛愛揀恁母仔彼款的。
◎	宗翰	我都攏猶袂結婚，趁少年緊要要咧有啥要緊。
●	蔡董	莫佇遐咧五四三的啦，食老你就知。這馬的查某囡仔偌巧咧，人欲佮你做伙你想講是你偌勢你偌緣投？人咧看的是你的──，是我的──錢啦！唉，加講的，講較濟你嘛無咧聽。（頓蹬）按呢啦，規氣櫃檯後壁彼間內底間後擺予你專用。看欲㨑誰人來隨在你，較贏你去遐的不答不七的所在。
◎	宗翰	彼間外口有攝影機呢。
●	蔡董	就是有攝影機啊，按呢才有法度證明，你㨑來遐的攏是個家己甘願來的，無時到你去予人做套，你就欲哭無目屎。
◎	宗翰	毋過咱遮，有人咧上班呢。
●	蔡董	唉呦，你會飼得喔，你閣知影通見笑！

◆ 蔡董落台。

| ◎ | 宗翰 | 欸！爸，你講彼內底間，真的抑假的啦？ |

◆ 這个時陣，怡慧搧（sàm）阿彰喙䫌（tshuì-phué）。氣怫怫（khì-phut-phut）行對宗翰過來。

蔡董：	朋友，什麼樣的朋友，你自己知道。女朋友這麼多，有差她一個？還有那些女生們，到底是在哪裡認識的？臉畫成那樣是要去演歌仔戲嗎？氣質又一個比一個⋯⋯當我兒子的，胃口不要這麼好。
宗翰：	是多差啦。嫌成這樣。
蔡董：	你要挑，也要找你媽那種的。
宗翰：	我還沒有要結婚啊！趁年輕多玩玩有什麼關係。
蔡董：	少在那廢話，你老了就知道。現在女孩子很厲害的，人家跟你在一起，你以為是因為你多強多帥？人家看上的是你的——是我的——錢啦！啊，不講了，講再多你也不會聽。這樣啦，乾脆以後櫃檯後面那間房間給你專用，看要帶誰隨便你，再怎樣也好過那些亂七八糟的地方。
宗翰：	外面有錄影機欸。
蔡董：	就是有攝影機啊，這樣才能證明，你帶來的那些，都是自己情願的，不然到時候你被仙人跳，你就欲哭無淚。
宗翰：	保齡球館有人在上班欸！
蔡董：	哎唷，這孩子可以養，原來你還知道羞恥啊！

◆蔡董下。

| 宗翰： | 爸！你說那小房間的事是在開玩笑還是認真的啦！ |

◆與此同時，怡慧打了阿彰一巴掌。怒氣沖沖往宗翰走來。

●	**怡慧**	（氣甲哭出來）我是來遮上班的，毋是來遮予恁蹧躂（tsau-that）的，恁祖媽袂癮做矣。（欲走，宗翰將伊手摸咧）共恁祖媽放開喔！
◎	**宗翰**	（安搭怡慧佮看鬧熱的人客）是啥物代誌，喝甲按呢大細聲啦？
●	**怡慧**	我閣講一擺，你共恁祖媽放手！
◎	**宗翰**	（用上溫柔的口氣）是按怎啦，逐家攏同事，有代誌，毋著好好仔講？來啦，怡慧，有啥物委屈，你寬寬仔（khuann-khuann-á）講，乎？
●	**怡慧**	（較無遐爾堅持矣）無啥物好講的啦。
◎	**宗翰**	（看阿彰，阿彰嘛咧看個）怡慧，就算這馬你欲辭頭路，咱嘛是愛共話講予清楚，較免後擺，逐家路頭見面，歹面相看。來啦，咱來去內底休息室講予詳細，若是有阮球館做啥物毋著，這阮閣會當賠償，抑若是誤會，逐家就噗仔（phok-á）拍拍咧，準拄煞，乎？

◆ 宗翰想欲攬怡慧，予怡慧避開。宗翰佮怡慧入去櫃台後壁的小房間。

●	**阿彰**	（摸喙顊）共怡慧問教授的代誌，真正是我毋著。彼一工，怡慧佮宗翰佇內底，講真久才出來，我一直有咧注意，因為我嘛希望會當當面，向怡慧解說（kái-sueh/seh）。

◆ 怡慧、宗翰離開小房間，無說話，但兩人有一種進前無存在的默契（bèk-khè）。

◎	**阿彰**	保齡球館傷吵矣。聽袂著個咧講啥。毋過等個出來了後，個兩个就開始交往矣。怡慧，嘛毋捌閣講著辭頭路的代誌。講實在的，我真正足佩服宗翰的手腕。

怡慧：	（氣到哭出來）我來這裡是要工作，不是來給你們糟蹋的！老娘我不幹了。（要走，被宗翰抓著手）放手啦！
宗翰：	（安撫怡慧和看熱鬧的客人）是什麼事情，大小聲的？
怡慧：	我再說一次，放開我！
宗翰：	（以最溫柔的語氣）怎麼了嗎，大家都好同事，有事可以好好說呀。來嘛，怡慧，有什麼委屈？告訴我。
怡慧：	（比較沒有那麼強硬了）沒什麼好說的。
宗翰：	（往阿彰看，阿彰也在看他們）怡慧，就算你現在真的辭職了，我們也是要把事情釐清，不然以後，狹路相逢，也是尷尬。來啦，不然去裡面休息室講清楚，若是我們球館有什麼不對，我們也應該賠償你，要是誤會，大家就握握手和好，算了，這樣好嗎？

◆宗翰想摟怡慧，被怡慧閃開。宗翰與怡慧進去櫃台後的小房間。

| 阿彰： | （撫著臉頰）問她那個大學教授的事情是我不對。宗翰和怡慧那天在房間裡講了很久才出來。我一直注意著，因為我也想跟她當面解釋。 |

◆怡慧、宗翰離開小房間，沒有說話，但兩人之間產生了之前不存在的默契。

| 阿彰： | 保齡球館的聲音太吵了。聽不到宗翰跟怡慧說了什麼。不過等他們出來以後，他們就開始交往了。怡慧也不曾再提起辭職的事情，說真的我很佩服宗翰的手腕。 |

◆		怡慧ㄐ工假影無看著阿彰，佇櫃台附近隨人無閒隨人的。宗翰來佮怡慧攪來攪去。
●	阿彰	櫃檯後壁彼間員工休息室，連鞭就變成個兩个人專用，無人會去講，嘛無人會白目行入去內底。阮三个人的關係，嘛變甲誠奇怪，應該是講，個共我排除在外。宗翰，嘛愈罕得招我出去迌迌矣。
◎	宗翰	怡慧，等咧下班來趨冰嘿！（頓蹬）阿彰，欲做伙去無？我請。
●	阿彰	好啊，足久無去矣。
◎	怡慧	彼傷危險矣啦！咱來圖書館讀冊。
◆		頓蹬。
●	宗翰	讀冊，啥物冊，健康教育喔，我共你教阿！
◆		宗翰想欲嗾（tsim）怡慧，予怡慧閃去。
◎	阿彰	怡慧咧講趨冰傷危險的時陣，目睭當咧看我，我感覺伊的意思是講──
●	怡慧	彼工佇冰宮，你教我趨冰的半點鐘，是我一世人無想欲閣再提起的過去。
◎	阿彰	彼一工，我知影，我失戀矣。後來，個去文化路踅夜市，我當然無綴咧去。我一个人，走去趨冰，一直踅一直踅，踅到半暝，冰宮欲關門矣，我才知通歇睏。其實，失戀嘛無啥物。毋過，佇失戀彼一工，隨去拄著九二一，無人會放袂記得。

◆怡慧很刻意地無視阿彰，在櫃台附近各忙各的。宗翰來和怡慧摟摟抱抱。

阿彰： 櫃台後面的員工休息室很快就變成他們兩個專用的。沒有人提起，也沒有人會不知好歹走進去。我們三個的關係變得很奇怪，應該可以說我是被他們排除在外了。後來宗翰也很少再約我出去玩了。

宗翰： 怡慧，等一下下班去溜冰。（頓）阿彰你要一起去嗎？我請。

阿彰： 好啊，好久沒去了。

怡慧： 溜冰太危險，有空不如去圖書館讀書。

◆頓。

宗翰： 讀書，什麼書。健康教育喔，我教你啊？

◆宗翰想吻怡慧，被怡慧躲開。

阿彰： 怡慧講那句話的時候，眼睛看的是我。我覺得她的意思是——

怡慧： 那次在冰宮，你教我溜冰的半小時，是我不願再提起的過去。

阿彰： 那天，我知道我失戀了。宗翰和怡慧改去文化路逛夜市，我沒有跟去，一個人去溜冰，一直溜，一直溜。一直到半夜冰宮關門。本來，失戀沒什麼了不起，但是在失戀那天馬上遇到九二一，恐怕誰都是一輩子忘不了。

火床 -5

◆ 所有演員攏佇舞台頂，只有微光。

●	**悟淨**	九二一大地動，也叫做集集大地動。
◎	**悟空**	時間──
●	**八戒**	震央南投集集。
◎	**悟空**	1999 年 9 月 21 日──
●	**八戒**	規粒台灣島，攏感受著這隻大地牛──
◎	**悟空**	半暝 1 點 47 分 15 秒 9。
●	**八戒**	大大咧翻身。
◎	**悟空**	地點：全台灣。
●	**悟淨**	一翻，就翻 102 秒。
◎	**悟空**	芮氏規模──
●	**八戒**	51,711 間厝，全倒。
◎	**悟空**	──7 點 3。
●	**八戒**	53,768 間厝，半倒。
◎	**悟空**	2,415 个人──
●	**悟淨**	29 个人失蹤。
◎	**悟空**	──死亡。
●	**八戒**	11,305 个人受傷。

◆ 頓蹬。

火床 -5

◆所有演員在台上，只有微光。

悟淨：	九二一大地震，又稱集集大地震。
悟空：	時間──
八戒：	震央在南投集集。
悟空：	1999 年 9 月 21 號──
八戒：	台灣全島都感受到這隻大地牛──
悟空：	上午 1 時 47 分 15 點 9 秒。
八戒：	大大地翻身。
悟空：	地點：全台灣。
悟淨：	一翻，就翻了 102 秒。
悟空：	芮氏規模──
八戒：	51,711 間房屋，全倒。
悟空：	──7 點 3。
八戒：	53,768 間房屋，半倒。
悟空：	2,415 人──
悟淨：	29 人失蹤。
悟空：	──死亡。
八戒：	11,305 人受傷。

◆停頓。

◎	**三藏**	──這攏是數字，無啥物好講的。我想欲聽恁的感覺，恁的記持。
●	**忠明**	（社區廣播鈴聲後，用大聲公）各位住戶請注意，扭才發生大地動，請逐家緊離開厝裡，咱先來樓跤的中庭，千萬毋通坐電梯，千萬毋通坐電梯。
◎	**阿壽**	彼工我無佇厝裡，佮阮小妹冤家了後，我一个人騎 oo-tóo-bái，半暝仔佇外口賴賴趖（luā-luā-sô），雄雄，我按怎騎，攏騎袂直，我親目睭看著，路佇我的面頭前沓沓仔裂出一條長長長的空喙，袂輸一條予人剖一刀的新空喙。
●	**駿洋**	半暝點外，我冊讀到一半，規間厝袂輸若咧搖泡沫紅茶，一直摵（tshik），閣來，開始幌（hàinn），我趕緊去共門拍開，看著外口的路攏變形矣。
◎	**純純**	外口變形的大路頂，有一个人騎 oo-tóo-bái，伊敢若去予人驚著，規个人袂振袂動，看起來閣敢若是我熟似的人，當當（tng-tong）我欲共伊叫，伊煞越頭，雄雄騎走去矣。
●	**阿棠**	921 彼一工，阮阿兄轉來了後，伊就隨共我會失禮，毋過，我煞袂記得，阮兩个，是為著啥物咧冤家。
◎	**悟淨**	全台灣大停電，便利超商內底會當食的物件，攏予人買了了矣。手機仔敲袂通，電視無法度看，唯一會當發出聲音的，是電台，有人開車頂的 la-jí-ooh 予逐家聽。la-jí-ooh 講，台北有大樓倒去矣！

三藏：	——這都是數字，沒什麼好講的。我是要你們講你們的感覺，講你們的記憶。
忠明：	（社區廣播鈴聲後，使用大聲公）各位住戶請注意，剛才發生大地震，請大家快離開家裡，先來樓下的中庭，千萬不要坐電梯，千萬不要坐電梯。
阿壽：	那個時候我不在家裡。那天我跟妹妹吵架，半夜騎著機車在外面遊蕩，突然怎麼騎都騎不直，我親眼看到馬路在我面前慢慢裂出一道好長好長的傷口。一道新生的傷口。
駿洋：	一點多我書讀完剛睡著，整間房間好像在搖泡沫紅茶，一下子上下搖，一下子左右搖。我趕緊去打開門，外面的路都變形了。
純純：	外面變形的馬路上，有一個機車騎士，好像是嚇到了，一動也不動，他很像是我認識的人。我正要叫他，他就掉頭騎車走了。
阿棠：	921那天，哥哥回到家以後，就馬上跟我道了歉。不過，我完全不記得我們為什麼吵架了。
悟淨：	全台大停電，便利商店可以吃的東西全部被買光光，手機打不通，沒電視看，唯一有聲音的，只有廣播。有人開車上的收音機給大家聽。收音機說台北有大樓倒了！

●	**八戒**	南投的消息，猶未出來。軍隊已經出動矣。這應該會上國際新聞喔。
◎	**悟空**	走出來的時陣，毋知影九月天會遮寒，我才想著，會當對 oo-tóo-bái 內底，提雨衫（hōo-sann）來幔（mua）。
●	**蔡董**	這聲慘矣。
◎	**三藏**	彼一暝，阮佇樓跤，徛到天光。
◆ 所有人看向天頂。		

八戒：	南投的消息還沒傳出來。國軍已經出動了。這應該是國際事件了。
悟空：	逃命的時候，沒有想到九月底的夜裡會那麼冷，我從機車裡拿了雨衣禦寒。
蔡董：	這下子慘了啦。
三藏：	那一夜，我們在樓下，站到天亮。

◆所有人凝望天空。

火床 -6

◆ 蔡董提手電仔入去保齡球館。

蔡董	啊，火化（hua）去矣，我的球館，攏無去矣。

◆ 蔡董那抾倒佇塗跤頂的物件，那吐大氣。

蔡董	這粒是啥？
阿彰	地動了後，保齡球館一直歇睏，因為政府講，阮的大樓真危險，袂當營業。無偌久，嘉義閣來一個 1022 大地動，我想，保齡球館應該無法度閣開矣。1022 的隔轉工，阿舅共我 call，叫我轉去保齡球館一逝（tsuā）。

◆ 阿彰來到小房間。

阿彰	地動了後，我第一擺轉來。內底全全沙，會著的電火賰一半，會倒的物件，攏總倒去矣。毋知是 921 倒去的，抑是 1022。袂輸規个保齡球館，去予人拍一個大大的 strike，所有的物件，攏東倒西歪。
蔡董	阿彰，你入來，退坐，我有代誌欲共你問。門關起來。
阿彰	這門框攏變形矣，關袂起來。阿舅，你是按怎，面色哪會遮歹看。
蔡董	你家己講（對橐袋仔 [lak-tē-á] 提出一个烏色的物件）這粒是啥？
阿彰	我毋知。
蔡董	這內底的物件，我攏看過矣。（頓蹬，觀察阿彰）櫃台的監視器，我嘛調出來看過矣。

火床 -6

◆蔡董拿著手電筒進去保齡球館。

蔡董：　啊，沒希望了，我的球館，都沒了。

◆蔡董邊翻撿倒落的物品，邊唉聲嘆氣。

蔡董：　這個是什麼？

阿彰：　地震後，保齡球館一直休息，因為政府說大樓可能有危險，所以不開放營業。一個月後，10 月 22 號，嘉義又來一個大地震。我想，這下保齡球館應該是不用開了。隔天，舅舅 call 我，叫我回去店裡一趟。

◆阿彰來到小房間。

阿彰：　地震後，我第一次回來。裡面全都是沙，電燈剩一半會亮。會倒的東西都倒光了，也不知是 921 倒的還是 1022 倒的。好像整個保齡球館，被人打了一個大大的 strike，所有的東西都東倒西歪。

蔡董：　阿彰，你進來，坐。我有事情要問你。門關起來。

阿彰：　門框變形了，關不起來。舅舅，（頓）你臉色怎麼這麼難看。

蔡董：　你自己說（從口袋拿出一個黑色物體），這是什麼？

阿彰：　我不知道。

蔡董：　裡面的東西我看過了。（停頓，觀察阿彰）櫃檯的監視器，我也調出來看過了。

	◆ 阿彰無應聲。	
◎	**蔡董**	這間房間,除了宗翰佮怡慧以外,干焦你有入來過。
	◆ 阿彰無應聲。	
●	**蔡董**	你是按怎欲偷翕?你感覺按呢足好耍的喔,抑是你是咧按算(àn-sǹg)啥?
	◆ 阿彰無應聲。	
◎	**蔡董**	你講話啊!
●	**阿彰**	我是入來歇睏的爾。這个房間本來就是員工休息室啊。而且,彼可能是宗翰抑是怡慧,個家己翕的啊。
◎	**蔡董**	你閣佯生(tènn-tshenn/tìnn-tshinn),我叫個來對質你敢無?
●	**阿彰**	嘛有可能,是閣較進前,別人來裝的啊。
◎	**蔡董**	阿彰,阿舅是佗位咧對你穤?抑是阮宗翰是佗位去得失著你?你是按怎欲按呢?
●	**阿彰**	我抑無按怎啊。
◎	**蔡董**	你按呢,我是欲按怎對恁老母交代?
●	**阿彰**	我、我都抑無按怎啊啦。
◎	**蔡董**	這宗翰呢,你將個兩个眠床頂的代誌攏翕落來,閣講你無按怎!
●	**阿彰**	個若無做,我嘛翕無啊!這間房間,本來就是逐家的休息室啊。
◎	**蔡董**	抑無你這馬是咧講攏別人的毋著?你汰會(thài ē)變甲按呢?按呢你敢對會起恁老母?

◆阿彰不說話。

蔡董： 這間房間除了宗翰和怡慧以外，只有你進來過。

◆阿彰不說話。

蔡董： 你為什麼要偷拍？你覺得這很好玩？還是你有什麼盤算？

◆阿彰不說話。

蔡董： 你說話啊！

阿彰： 我進去休息而已。這本來就是員工休息的地方啊。而且，可能是宗翰還是怡慧他們自己拍的啊。

蔡董： 你再裝死，我叫他們來對質你還敢嗎？

阿彰： 也有可能是更久以前別人裝的啊。

蔡董： 阿彰，舅舅是哪裡對你不好？還是我們宗翰有哪裡得罪了你？你為什麼要這樣做？

阿彰： 我又沒怎樣。

蔡董： 你這樣，我要怎麼跟你媽媽交代？

阿彰： 我、我就沒怎樣啊。

蔡董： 這是宗翰欸！你把他們在床上的事情都錄下來了還說你沒怎樣！

阿彰： 他們不要做我就什麼都不會錄到啊！這間房間，本來就是大家的休息室啊。

蔡董： 你怎麼會都說是別人不對？你怎麼會變成這樣？這樣你對得起你媽嗎？

蔡董	你若是欲提這粒來共我損錢，我共你講，阿舅已經無錢矣，我破產矣。
阿彰	我毋是欲愛你的錢！我、我……
蔡董	你按怎？你是按怎？（頓蹬）你是去佮意著怡慧喔？
◆ 阿彰無應聲。	
蔡董	其他的影片咧，你园佇佗？提提出來。
◆ 阿彰無應聲。	
蔡董	你閣激（kik）恬恬我真正叫警察來喔！我是代念咱親情喔！時到警察來，恁老母伊——
◆ 阿彰無應聲。	
蔡董	唉，煞煞去。你出去。莫閣來揣我矣，我無你這個外甥仔。
◆ 阿彰將針孔攝影機搶走，然後逃走。蔡董無去逐伊，行去櫃檯，敲電話。	
蔡董	邱老師，我蔡兆京——
◆ 阿彰偷偷轉來，將蔡董欲（hap）予倒，想欲共伊捏死。毋知是良心發現抑是殺人傷困難，伊雄雄閣放手，離開。蔡董一个人佇台頂喘。	

蔡董：	你如果要拿這個來敲詐我，我跟你說，舅舅已經沒錢了，我破產了。
阿彰：	我不是要你的錢！我、我……
蔡董：	你怎樣？你怎樣？（頓）你是不是愛上怡慧了？

◆阿彰不說話。

蔡董：	其他的影片呢？你放在哪裡？交出來。

◆阿彰不說話。

蔡董：	你再不說，我真的會去報警喔！我是看在我們是親戚的份上，到時候警察來了，你媽媽她——

◆阿彰不說話。

蔡董：	唉，算了。你出去。不要再來找我了，我沒有你這個外甥。

◆阿彰搶走了針孔攝影機。然後逃走。蔡董沒去追他，走到櫃檯，打電話。

蔡董：	邱老師，我蔡兆京——

◆偷偷折回的阿彰伺機撲向蔡董，想要把他掐死，但是或許良心發現、或許是殺人太難，他忽然又鬆了手，離開。蔡董獨自在台上喘息。

火床 -7

◆ 燈光轉換。佇天橋頂。

● 阿彰	兩工後,聽講阿舅燒炭自殺矣。留一張遺書。是按怎會變按呢?是按怎會變按呢?我抑閣會記得,伊的領頸(ām-kún)予我捏牢牢,血筋閣咧咇噗跳(phih-phok-thiàu)。

◆ 宗翰上台。兩人恬恬看天橋跤的車河。宗翰挓一顆石頭,欲擲毋擲。

◎ 宗翰	你敢閣會記得?
● 阿彰	會記得啥?
◎ 宗翰	會記得咱頭一擺來遮的時陣,我對你講啥?

◆ 阿彰頕頭(tàm-thâu)。

● 阿彰	喔,你講,世界末日。(頓蹬)阿舅的代誌,你拍算欲按怎處理?
◎ 宗翰	我今仔日來,是欲問你,你彼工是按怎佮阮老爸相拍?攝影機攏翕著矣。(頓蹬)我毋是欲怪你,你走的時陣伊閣活了好好,我只是想欲知影,恁到底咧冤啥。
● 阿彰	喔,無啦。(頓蹬)伊叫是我偷提物件。講一寡話,愈講愈歹聽,我擋袂牢,就……
◎ 宗翰	喔。
● 阿彰	我無偷提喔。
◎ 宗翰	嗯。
● 阿彰	我今仔日會去拈香。

火床 -7

◆燈光轉換。在天橋上。

阿彰： 兩天後，我聽說舅舅燒炭自殺了，有留一張遺書。是怎樣？為什麼？我還記得他脖子血管在我手中跳動的感覺。

◆宗翰上。兩人沉默地看著橋下車流。宗翰撿起一顆石頭，要丟不丟。

宗翰： 你記得嗎？

阿彰： 記得什麼？

宗翰： 記得第一次來這裡的時候我說了什麼嗎？

◆阿彰點頭。

阿彰： 你說，世界末日。（頓）舅舅的事情，你有什麼打算？

宗翰： 我今天來是要問你。你前幾天怎麼會和我爸打架？攝影機都拍到了。（頓）我不是要怪你，你走的時候他還活著。我只是想要知道你們在吵什麼。

阿彰： 沒有啦。（頓）他懷疑我偷東西。講一些難聽話我一時忍不住……

宗翰： 喔。

阿彰： 我沒偷。

宗翰： 嗯。

阿彰： 我今天會去上香。

◎	**宗翰**	先莫去。（頓蹬）我是好意。（頓蹬）恁相拍的影片，逐家攏看著矣，這馬去拈香，恐驚……
●	**阿彰**	無要緊，看當時方便，你才閣共我講。
◎	**宗翰**	嗯，我會先共厝裡解說予清楚，個應該會諒解。
●	**阿彰**	好，多謝。
◆ 宗翰共石頭擲出去。		
◎	**宗翰**	你敢有啥物話，欲共我講？
●	**阿彰**	無啊。
◎	**宗翰**	阮老爸另外有偷偷仔留予我一張批，我昨昏（tsa-hng）才看著，看完，我就燒掉矣。（頓蹬）我毋相信，伊一定是對你有誤會。
◆ 沉默。		
●	**宗翰**	你哪毋講話，伊寫的，敢是真的？
◆ 宗翰共石頭擲出去。		
◎	**阿彰**	你敢是刁工擲無著的？
●	**宗翰**	我查埔人是無差，毋過彼影片若流出去，怡慧這世人就烏有（oo-iú）去矣。物件若真正佇你遐，你就緊共處理掉，伊若按怎，就莫怪我做小弟的無客氣。
◎	**阿彰**	喔。
◆ 宗翰欲離開矣。阿彰看著伊的背影，真怨恨。		

宗翰：	最好是不要。（頓）我是好意。（頓）你們打架的那個影片大家都看過了，現在去上香恐怕……
阿彰：	沒關係。看什麼時候方便你再跟我說。
宗翰：	先讓我回去跟家裡解釋，大家會了解。
阿彰：	好，謝謝。

◆宗翰丟出了石頭。

宗翰：	你有話要跟我說嗎？
阿彰：	沒有。
宗翰：	我爸有留一封信給我。我昨天才看到，看完就燒掉了。（頓）我不相信，他一定是誤會你。

◆沉默。

| 宗翰： | 你為什麼不講話，他寫的是真的嗎？ |

◆宗翰丟出了石頭。

阿彰：	你是故意的嗎？都沒丟中。
宗翰：	我是男的沒差，不過那影片若流出去，怡慧這輩子就毀了。東西若真的在你那，你就快處理掉，怡慧要是怎麼了，就不要怪我做小弟的不客氣。
阿彰：	喔。

◆宗翰準備離開。阿彰怨恨地看著他的背影。

●	**阿彰**	我聽講，阿舅的死體，是你佮怡慧發現的喔？
◎	**宗翰**	嗯。
●	**阿彰**	恁哪會遮袂見笑，老爸攏失蹤兩工矣，恁閣規粒頭殼甘焦欲拍砲？邅的影片，我攏已經送予賣光碟的朋友矣。免偌久，全台灣的夜市仔攏買會著矣。<u>嘉義金星保齡球館小房間，吳怡慧 live 秀──</u>

◆ 宗翰共阿彰托（mau）落去。阿彰完全拍袂過宗翰。宗翰離開的時，予阿彰用刀對背後揬（tùh）落去。宗翰倒佇塗跤。阿彰看伊手底頂懸的血，逃走，落台。

◎	**阿彰**	（舞台外）邱老師，我敢若刣死人矣。我刣死人矣。

◆ 燈暗。

阿彰：	聽說，是你和怡慧一起發現舅舅的屍體？
宗翰：	嗯。
阿彰：	你們真不要臉呢。老爸失蹤兩天了，你們腦袋想的就只有開房間？影片我已經送給在賣光碟的朋友了。不用多久，全台灣的夜市都買得到。嘉義金星保齡球館小房間，吳怡慧 live 秀——

◆宗翰揍阿彰。阿彰被宗翰打趴。宗翰離開時，阿彰拿出小刀刺向宗翰背部。宗翰倒地。阿彰看著自己手上的血，逃下。

阿彰：	（舞台外）邱老師，我好像殺死人了。我殺死人了。

◆燈暗。

回音

2005 年

	阿壽	阿棠	忠明	百惠	純純	駿洋
出生年份	1980	1983	1969	1962	1980	1981
本單元年齡	25	22	36	43	25	24

回音 -1

◆ 阿壽的房間。阿壽佇眠床頂，無穿衫，坐禪的模樣，已經死去矣。純純徛在眠床邊，看伊。

◆ 十殿節奏以敲門的聲出現。一時遠一時近，一時前一時後。那親像咧挵（lòng）一扇足厚的門，抑是足薄的壁。這个聲音佇本段的各種空縫會一直出現，有時大聲，有時細聲，有時會影響著純純這个角色（譬如講，予伊停落來，但是有時伊嘛會假影伊無聽著這個聲），這个聲音對其他角色無影響。

純純	彼一工，阿壽佇咧房間內，規身軀攏無穿衫，袂輸一个高人，當咧坐禪。伊已經死矣。看起來真平靜，你會想講，伊在生進前，一定是一个大善人，往生的時陣，才會當有這款福報。阿壽，你規世人攏過了無順遂，這馬按呢，你敢有較歡喜？你走了後，咱厝裡欲按怎？你毋是講過，欲一世人佮我做伙？欲一世人對我、對我講比咱幼稚園彼粒糖仔，閣較甜的情話？

回音

2005 年

	阿壽	阿棠	忠明	百惠	純純	駿洋
出生年份	1980	1983	1969	1962	1980	1981
本單元年齡	25	22	36	43	25	24

回音 -1

◆阿壽的房間。阿壽在床上，全身赤裸、以打坐的姿勢死掉了。純純站在床邊，看著他。

◆十殿節奏以敲門的聲音出現。咚咚咚咚、咚咚咚咚，忽遠忽近，忽前忽後。像是在敲一扇很厚的門，或是很薄的牆。節奏接近心跳，這個聲音在本段的各種空檔會不斷出現，有時大聲有時小聲，它有時會干擾到純純這個角色（比如讓她停頓下來，但她也會努力假裝聽不到），這個聲音對其他角色沒有影響。

純純：	那天，阿壽在房間裡，全身沒穿衣服，好像一個高人在打座。他死了，看起來非常平靜，你會以為他活著的時候是一個大善人，所以往生時，才會有這樣的福報。阿壽，你這輩子都過得不開心，現在這樣你有比較快樂嗎？你走了以後，家裡該怎麼辦？你不是說，要永遠跟我在一起？要一輩子對我、對我說，比我們幼稚園時的那顆糖還要甜的情話？

◆ 純純用手指頭仔去摸阿壽，吐一口氣，落台。阿壽目睭擘開，開始穿衫一套真正式的西裝，但是伊無啥會曉穿，佇結（hâ）ne-kut-tái 時決定放棄。

	阿壽	妹！緊來救我啦。媽！

◆ 阿棠上台。穿一軀強調伊身材的洋裝，色水花草對伊來講算是樸素，妝容有節過。

	阿棠	（對外口）我來就好。（笑）我閣咧臆講，你欲弓（king）偌久才共我叫咧。母仔講乎，你若閣拖落去，就袂赴吉時矣。
◎	阿壽	（提 ne-kut-tái）這我袂曉啦。
●	阿棠	昨昏毋是共你教過！

◆ 阿棠幫阿壽穿插（tshīng-tshah）好勢，順手拍阿壽的尻川，阿壽嘛隨拍轉去。兄妹仔傷親密。

◎	阿壽	後擺袂當閣按呢矣喔！
●	阿棠	乎！攏猶袂娶過門，你就驚某驚甲按呢！
◎	阿壽	彼是互相尊重啦。

◆ 頓蹬。

●	阿壽	你今仔日穿按呢，誠婿。
◎	阿棠	（冷淡）哼，閣較按怎婿，嘛婿袂過恁純純。
●	阿壽	（用肩胛頭搦阿棠來會失禮）莫受氣（siū-khì）啦，抑無，結婚了後，全款予你摸。
◎	阿棠	我才無咧希罕咧，誰欲摸你的漚（àu）屪鳥，白痴。（提一小包白色幼粉仔予阿壽）來啦，忠明仔講欲送你的紅包啦，讚的喔。

◆ 純純用手指碰阿壽，嘆一口氣，下。阿壽睜開眼，開始穿衣服：一套很正式的西裝，但他穿得很笨拙，看得出不熟悉，在打領帶時決定放棄。

阿壽： 妹！快來救我啦。媽！

◆ 阿棠上。穿著強調曲線的洋裝，對她來說顏色花樣還算樸素，妝容還算節制。

阿棠： （對外）我來就好。（笑）我還在猜你要多久才會叫我。媽說你再拖拖拉拉就要誤吉時了。

阿壽： （拿著領帶）這個我不會打。

阿棠： 昨天不是才教過你！

◆ 阿棠俐落地幫阿壽穿戴好一切，順手拍阿壽屁股，阿壽也立刻反擊。兄妹過度親密。

阿壽： 以後不能再這樣了喔！

阿棠： 妻子還沒過門你就怕老婆怕成這樣！

阿壽： 互相尊重啦。

◆ 頓。

阿壽： 你今天穿得真漂亮。

阿棠： （冷淡）再漂亮也沒你們純純漂亮啦。

阿壽： （以肩膀碰阿棠表達歉意）不要生氣啦。不然，結婚後還是給你摸。

阿棠： 我才不稀罕咧，誰要摸你的爛雞雞，白痴。（拿出一小包白色粉末給阿壽）來啦，忠明說要送給你的紅包，純的。

●	**阿壽**	（躊躇 [tiû-tû]，拒絕，討厭家己）無愛啦。彼明明就是白包。
◎	**阿棠**	（收轉去）你若無愛，我留咧家己用喔。
●	**阿壽**	（悲觀）你家己愛撙節（tsún-tsat），抑若無，咱一世人，攏會予忠明仔縛牢牢。
◎	**阿棠**	你這馬講這，是咧講予我聽，抑是講予你家己聽？
◆ 兩人對抗的感覺。		
●	**阿壽**	我來處理。
◎	**阿棠**	「處理」咧。講甲遮好聽，按怎？欲分予純純喔？欸，純純敢知影你有咧用？抑無哪敢嫁予你。
●	**阿壽**	（收）你恬去啦。
◎	**阿棠**	先忍一下啦，婚禮人傷濟啦。
●	**百惠**	（場外）Candy！阿壽！
◆ 阿壽阿棠聽著「Candy」這个稱呼的時陣，面色攏有小可仔無全。 ◆ 百惠上台。百惠的穿插是標準親家母彼種隆重的風格。		
◎	**阿棠**	我毋是講過規百擺矣，佇厝裡莫叫我彼个名！
●	**百惠**	你是咧歹啥？（對阿壽）拖拖沙沙（thua-thua-sua-sua），你婚是有欲結無啦！人的車咧樓跤等呢！
◎	**阿壽**	好矣啦。來矣啦。
◆ 三人落台。		

阿壽：	（遲疑後拒絕，自我嫌惡）我不要。那明明就是白包。
阿棠：	（收回）這樣的話就歸我囉。
阿壽：	（悲觀）你自己要有節制。不然我們一輩子都被他綁住了。
阿棠：	你現在講這些，是講給我聽，還是講給你自己聽？

◆兩人對峙的感覺。

阿壽：	我來處理。
阿棠：	「處理」。講得真好聽。怎樣，要分給純純嗎？啊，純純不知道你有在用吧。不然她怎麼肯嫁給你。
阿壽：	（收）你閉嘴啦。
阿棠：	先忍耐一下，婚禮人多。
百惠：	（場外）Candy！阿壽！

◆阿壽阿棠聽見「Candy」這個稱呼時，臉色都微微一變。
◆百惠上。百惠的穿著是標準親家母隆重的風格。

阿棠：	我不是說過幾百遍，在家裡不要叫我那個名字！
百惠：	你是在兇屁！（對阿壽）那麼會拖是還要不要結婚阿？車子已經在樓下等了。
阿壽：	好了好了。來了。

◆三人下。

回音 -2

◆婚宴。

●	**百惠**	純純這个小弟，看起來嘛真古錐。聽講是讀法律，抑是醫科的。進前閣佇監獄（kann-gâk）內底做啥物替代役。呼，想袂到，這馬閣會當去監獄做兵喔。
◎	**阿棠**	一个面懊嘟嘟（àu-tū-tū），後擺一定趁無一箍潲。
●	**百惠**	拄才退伍爾，毋知有彼方面的需求無。（頓蹬）我是講，戀愛啦。
◎	**阿棠**	你親家做無夠，閣想欲做生理喔？
●	**百惠**	唉，加捌一寡人，有好無穤啦！你抑少年，你毋捌啦。
◎	**阿棠**	我才無咧婿面，食飽傷閒閣！你看，伊的眼神，閣彼箍屧屧鳥面，絕對是看咱無目地（bô bâk-tē）。
●	**百惠**	咱抑無偷無搶，靠家己食穿（tsiâh-tshīng），是有啥物予人看無目地的？而且個阿姊嫁來咱兜，伊抑無反對矣。
◎	**阿棠**	純純無講爾啦，個小弟有反對、無反對，我目睭清彩瞭（lió）一下就知矣啦。

◆阿壽佇紅地毯頂，茫茫，一直擦汗。

●	**忠明**	（對阿壽）我是欲予你止一下爾，你是食偌濟啦！
◎	**阿壽**	（迷茫）哈哈，緊張啦。

回音 -2

◆婚宴。

百惠：	純純的弟弟，看起來也是可可愛愛的。我記得他是唸法律的，還是醫科？之前在監獄作替代役，想不到，現在還可以去監獄當兵。
阿棠：	臉這麼臭，一定賺不到錢。
百惠：	剛退伍而已。不知道有沒有那方面的需要。（頓）我是說戀愛方面。
阿棠：	你做親家了還嫌不夠，還想做生意？
百惠：	多認識一些這種人，會有什麼好處也說不定，你年輕還不太會想。
阿棠：	我幹嘛給他好臉色，吃飽太閒？你看，他的眼神，還有他那什麼表情，根本就是看不起我們。
百惠：	我們不偷不搶靠自己賺錢，有什麼好看不起的。他姊姊嫁來我們家，他也沒有反對啊。
阿棠：	純純沒講而已。他有沒有反對，我看就知道。

◆阿壽在紅毯的一端，茫茫，一直擦汗。

忠明：	（對阿壽）我讓你擋一下而已，你是用了多少！
阿壽：	（迷茫）哈，好緊張。

●	**忠明**	乎，我會予你害死我。
◎	**阿壽**	（迷茫）我都足歡喜的啊。
●	**忠明**	好，來，良辰吉時，咱逐家掌聲鼓勵，歡迎新娘入場！

◎	**忠明**	逐家好，我就是今仔日的主持人兼證婚人，忠明仔。論輩分，應該算是看咱阿壽大漢的，阿叔啦！恁遮，欲來交代阿壽，阿壽仔，無論外口的風雨偌爾仔大，你就愛予純純的衫仔褲焦焦焦；無論純純蜜月欲去馬爾地夫抑是西班牙，雙手牽咧，恁就做伙行；無論工課到偌晏，攏愛予純純透早起床呼噓仔 (khoo-si-á)；無論多天有偌寒，你的身軀，就是伊上溫暖的火炭；無論熱天有偌熱，你就愛講冷笑話，予伊降火氣、止嗽焦；伊若煮飯，你就乖乖仔去洗碗；伊若傷忝（thiám），你就摒厝內，閣掃塗跤。天地遮大，恁兩人行相倚（uá），世界遮闊，恁互相來做伴。純純、阿壽，阿叔佇遮祝福恁，百年合好、白頭偕老啦！噗仔聲催落去！ 來來來，來講欲奅好仔，是「一錢二緣三婧四少年，五好喙，六敢跪，七纏，八綿爛（mî-nuā），九強，十敢死」，抑若咱這个阿壽，靠的是啥物，就是古意啦！ 逐家可能毋知影， 我來講予逐家聽，

忠明：	我會被你害死。

阿壽：	（迷茫）我就好開心嘛。

忠明：	好，來，良辰吉時，大家掌聲鼓勵，歡迎新娘進場！

◆純純與弟弟駿洋在紅毯的另一端，緩步走向阿壽。純純的新娘禮服簡易即可。
◆百惠、阿棠在主桌。阿棠眼光大多時間停留在阿壽身上，知道他吸了毒，心情複雜，看錶希望這一切快點結束。

忠明：	大家好，我是今天的主持人兼證婚人忠明，論輩份應該算是看我們阿壽長大的叔叔啦。在這裡要先交代阿壽，阿壽啊，不論外面的風雨多大，你都不能讓純純的衣服濕掉；不論純純蜜月想去馬爾地夫還是西班牙，你們都要攜手前往；不論工作到多晚，都要讓純純早上起床的時候心情很好；不論冬天有多冷，你的身體就是她溫暖的暖爐；不論夏天有多熱，你都要講冷笑話讓她降火氣；她若煮飯，你就乖乖去洗碗；她要是累了，你就主動點整理家務，天大地大，你們兩個人緊緊相依，世界寬廣，要互相作伴。純純、阿壽，叔叔在這裡祝福你們，百年好合，白頭偕老！大家掌聲鼓勵一下！ 來來來，要追女朋友，人說是「一錢二緣三帥四年輕，五嘴甜，六敢跪，七纏，八堅持，九強，十敢死」，但我們家阿壽，靠的是什麼？是老實啦！ 大家不知所以然， 聽我忠明溯本源，

	阿壽古意袂臭彈，
	純純才來相放伴。
	抑若來講人生，是「一命二運三風水，四積陰德五讀冊，六名七相八敬神，九交貴人十養生」，抑咱這个純純，靠的是啥物？就是純情啦！
	兩人交往是初戀，
	當今社會無簡單，
	純情可比白牡丹，
	意志袂輸金仔丸！
	欸欸欸，攏講甲按呢，恁噗仔聲無閣共催落去？按呢逐家應該攏知影矣乎？
	咱新郎是古意閣條直，
忠明	新娘是純情閣賢慧，
	兩人是初戀結連理，
	未來是雙雙又對對。
	話講到遮，咱的新娘純純，佮純純的小弟駿洋，嘛已經行來到新郎的面頭前囉！
	純純佮駿洋，是一對相依為命的姐弟仔（tsiá-tē-á），一路上，個按呢互相扶持，今仔日，小弟駿洋，就欲來共阿姊的雙手，閣有阿姊後半世人的幸福，交予未來的姊夫（tsí-hu），就是咱今仔日「最佳男主角」阿壽啦！
	恁共看駿洋，今仔日是完全笑袂出來，就會當知影，這對姐弟仔，感情有偌爾仔好，駿洋的心肝內，是偌爾仔毋甘，咱逐家，掌聲閣共伊鼓勵一下好無？駿洋，加油啊！阿壽、純純，要幸福喔！

阿壽老實不唬爛，

純純才願結姻緣。

那說到人生咧，就是「一命二運三風水，四積陰德五讀書，六名七相八敬神，九交貴人十養生」，那我們純純，靠的又是什麼呢？是純情啦！

兩人交往是初戀，

當今社會實罕見，

純情可比白牡丹，

意志韌性比金堅！

欸欸，都說到這地步了你們還不拍手嗎？這樣大家應該都知道了齁？

忠明： 我們新郎是老實又耿直，

新娘是純情又賢慧，

兩人是初戀結連理，

未來是雙雙又對對，

講到這裡，我們的新娘純純，跟純純的弟弟駿洋，也已經走到新郎面前囉！

純純和駿洋是一對相依為命的姊弟，一路上互相扶持，今天，小弟駿洋就要來把姊姊的雙手，還有姊姊後半生的幸福，交給未來的姊夫，也就是我們今天的最佳男主角阿壽啦！

你們看看駿洋，今天完全笑不出來，就知道這對姊弟，感情有多好，駿洋的心裡又是有多捨不得，大家，掌聲來給他們鼓勵一下好不好！駿洋，加油啊！阿壽、純純，要幸福喔！

忠明	紲落來，（群眾：嗲落去！嗲落去！）猶未啦！猶未啦！欲嗲，較晏去洞房欲按怎嗲、嗲甲喙齒糾筋，嘛攏無要緊，對無？咱先來予新郎講幾句仔話啦！

◆ 群眾拍噗仔。阿壽話講袂出來。

● 忠明	有無，我拄才就有講矣，咱阿壽，就是古意閣條直，一時緊張，毋知欲講啥啦！（解圍）抑無，我來共問筆錄好矣！（對阿壽）來，問齣，（「問齣」是警察問案時的慣用語）你當初時，敢有共純純求婚？（阿壽頕頭）頕頭就是有啦乎！閣來，問齣，啊你是按怎共伊求婚的啊？
◎ 阿壽	（細聲）我送伊一粒糖仔，伊就講欲嫁予我矣。
● 忠明	啥？你講啥？請你大聲複誦，始末連續陳述喔！（嘛是警察問案時的慣用語）
◎ 阿壽	（大聲一寡）我送伊一粒糖仔，伊就講欲嫁予我矣。
● 忠明	遮簡單？是啥物款糖仔，遮厲害？
◎ 阿壽	阮阿母予我的。

◆ 忠明、百惠、阿棠小可仔緊張。

● 忠明	（共 mài-kù 囥落來，細聲對阿壽）你是咧講啥啦！你是 nóo 去啊諾！
◎ 阿壽	（搶 mài-kù）佇阮讀幼稚園的時陣。

◆ 忠明等人聽伊按呢才放心。阿壽牽起純純的手。駿洋退下。

| 忠明： | 接下來（群眾：親下去！親下去！）還沒啦！還沒啦！要親，晚點洞房要怎麼親就怎麼親，親到牙齒抽筋，也不要緊，對不對？我們先來給新郎，講幾句話好不好？ |

◆群眾鼓掌。阿壽講不出話來。

| 忠明： | 我剛才就有講了，你們看，阿壽真的忠厚又老實，一時緊張，就不知道要講什麼了！不然，我來問一下筆錄好了。（對阿壽）來，問齁（警察問案時的慣用語），你當初，有跟純純求婚嗎？（阿壽點頭）點頭就是有啦，再來，問齁，啊你是怎麼求婚的啊？ |

| 阿壽： | （小聲）我送她一顆糖果，她就說要嫁給我了。 |

| 忠明： | 蛤？你說什麼？請你大聲複誦，始末連續陳述喔！（亦為警察問案時的慣用語） |

| 阿壽： | （稍微大聲）我送她一顆糖果，她就說要嫁給我了。 |

| 忠明： | 這麼簡單？什麼糖這麼厲害。 |

| 阿壽： | 我媽給我的。 |

◆忠明、百惠、阿棠有點緊張。

| 忠明： | （放下麥克風，小聲對阿壽）你是在講什麼啦！你是ㄅㄧㄤ掉了嗎！ |

| 阿壽： | （搶麥克風）在我們讀幼稚園的時候。 |

◆忠明等人聽他說完才鬆一口氣。阿壽牽起純純的手。駿洋退下。

● 忠明	（捀場）啊，恁共伊看這阿壽啦，恬恬食三碗公半，想袂到講話遮好笑，純純啊，我看你欲好命矣啦！嫁予咱阿壽乎，逐工攏有笑話通聽，絕對予妳逐工喙笑目笑，笑甲喙頓裂獅獅（lih-sai-sai）喔！（對百惠）紲落來，抑無，阿惠仔，咱來唱一條〈雙人枕頭〉，來祝福你的後生新婦，新烘爐新茶鈷（tê-kóo），百年合好，白頭皆老啦！來喔，老師，音樂共伊奏落去！「雙人枕頭若無你，也會孤單……」

◆（聲音隨人客散去。賰純純、阿棠、阿壽。阿棠扶阿壽，純純對阿棠手頭將阿壽拖來身軀邊。）

◎ 純純	（沓沓仔將頭紗提落來）佇結婚彼一工，我本來想講，阿壽是傷過歡喜、啉傷濟，毋過，伊袂輸變成另外一个人，連話攏袂曉講，忠明阿叔直接叫伊莫講話，個小妹，偷偷仔倚過來，對我輕聲細說，講一句話。毋過彼句話，傳來到我的耳空邊，煞袂輸雷聲爍爁（sih-nah），狂風暴雨。
● 阿棠	伊有咧用啦。
◎ 純純	哈？
● 阿棠	伊有咧食毒啦。
◎ 純純	阿壽，你閣有偌濟代誌無共我講？
● 阿壽	（天真的笑）無啊！

◆純純牽起阿壽的手，真煩惱，阿壽繼續伊幸福的微笑。

忠明： （捧場）好啊，你們看這阿壽啦，不動聲色吃三碗公半，想不到講話這麼幽默，純純啊，我看你接下來好命啦！嫁給我們阿壽，每天都有笑話可以聽，絕對讓你每天眉開眼笑。（對百惠）接下來，不然，阿惠，我們來唱一首〈雙人枕頭〉祝福你的兒子媳婦，新火爐新茶壺，百年好合，白頭偕老。好，來喔，老師，音樂請奏下去！「雙人枕頭若無你也會孤單……」

◆聲音隨客人散去。剩下純純、阿棠、阿壽。阿棠扶著阿壽，純純把阿壽從阿棠手中拖到身邊。

純純： （慢慢拿下頭紗）在結婚那天，我本來以為，阿壽是太高興、喝太多了。但是他整個人都變了，連話都不太會講，忠明叔直接叫他閉嘴。阿壽的妹妹偷偷靠近我，對我輕聲細語，講了一句話。但是那句話傳到我耳中，像是天打雷劈、狂風暴雨。

阿棠： 他有在用啦。

純純： 蛤？

阿棠： 他有在吸毒啦。

純純： 阿壽，你還有什麼事情沒有跟我說？

阿壽： （天真的笑）沒有喔！

◆純純憂慮地牽起阿壽的手，阿壽則繼續幸福微笑。

回音 -3

◆ 十殿節奏。燈光轉換，家庭理髮的店面，有三個座位。
◆ 純純幫黎月整理頭毛。

●	純純	我佮阿壽自幼稚園就熟似矣，後來閣讀共一間國校、國中，一直到我去讀高職，阮才失去連絡。我讀的是美容美髮科，一畢業，就留佇咧市區上班趁錢（thàn-tsînn）。（得意）我的頭殼無阮小弟遐爾好。

◆ 純純共黎月的頭毛用面巾包起來，黎月看雜誌。駿洋上台。

◎	純純	駿洋，你過來，你頭毛我鉸（ka）一下。
●	駿洋	莫啦。攏已經遮短矣閣鉸？
◎	純純	先鉸鉸咧，較免做兵去予人修理。
●	駿洋	替代役無遐嚴啦，毋免啦。
◎	純純	恁這馬是咧做啥物兵，我真正攏捎無摠（sa-bô-tsáng）呢。
●	駿洋	矯正替代役就是去監獄鬥相共啦，會當排班，拜六禮拜，閣會當歇假轉來。這馬時代已經無全款矣啦。
◎	純純	講正經的，去監獄敢有較好？
●	駿洋	當然嘛較好。加出來的時間，我閣會當準備司法特考呢。
◎	純純	你敢有拍算欲考幾擺，我聽人講彼足歹考的呢，真濟人考幾仔年攏考袂過。
●	駿洋	拜託咧，我是誰（siáng），我是恁小弟呢，一定考會牢！好啦，我若考無牢，著先去事務所食頭路啊，你飼我到二四，換我飼你到百二。

回音 -3

◆十殿節奏。燈光轉換，家庭理髮的店面，有三個座位。
◆純純幫黎月整理頭髮。

| 純純： | 我跟阿壽從幼稚園就認識，後來又讀同一間國小跟國中，直到我去讀高職以後才斷了聯繫。我讀的是美容美髮科，畢業就去市區上班賺錢了，（得意）我腦筋不像弟弟那麼好。 |

◆純純把黎月的頭髮用毛巾包起來，黎月看雜誌。駿洋上。

| 純純： | 駿洋，你過來，頭髮讓我來剪一剪。 |

| 駿洋： | 不要啦。已經那麼短了還要剪？ |

| 純純： | 先剪一剪免得當兵被抓去修理。 |

| 駿洋： | 替代役沒那麼嚴格，不用啦。 |

| 純純： | 你現在是當什麼兵，我都搞不懂。 |

| 駿洋： | 矯正替代役就是去監獄裡幫忙啦，可以排班，可能禮拜六禮拜日還可以放假回來。現在時代已經不一樣了啦。 |

| 純純： | 說真的，去監獄有比較好嗎？ |

| 駿洋： | 當然啦。多出來的時間，我還可以準備司法特考。 |

| 純純： | 你估計要考幾次啊？我聽人家說那很難考，很多人考好幾年都考不過。 |

| 駿洋： | 拜託，我誰，我你弟欸，一定考得上。好啦，我若真的考不過，就先去事務所工作啊，你養我到二十四歲，換我養你到一百二十歲。 |

◎	純純	彼都毋是誰人飼誰人的問題，加一副碗箸爾，彼抑無啥啊。我是咧煩惱你，你頭殼遮好，就愛做你家己歡喜的，較實在的。（頓蹬，摸伊的頭毛）我看抑是鉸鉸咧啦，頭毛遮長，我看著足齷齪（ak-tsak）的。
●	駿洋	無愛啦！
◎	純純	我共你飼甲遮大漢，連頭毛攏無欲予我鉸一下喔！
●	駿洋	謼（hooh）唷（iò），你是講去到佗位啦！都共你講免煩惱矣！替代役爾，按呢就會使矣啦！
◎	純純	（提吹風機）抑無我幫你吹一下。
●	駿洋	無愛啦你這支有夠吵的。人這馬攏嘛用靜音的。
◎	純純	啥物靜音的，我這支是佗位無好！

◆希望這支吹風機的外型有一寡特殊的所在予觀眾會當認出來，伊佇《輪迴道》會閣再出現。

◆阿壽上台，先四界看看咧才坐落來。駿洋嘛用佮阿壽全款的眼神來看阿壽。

●	純純	（對駿洋）你莫按呢共人看啦。（對阿壽）帥哥，剪燙染？抑是欲洗頭毛？

◆駿洋一聽到「帥哥」兩字就反白睚（píng-pe̍h-kâinn）。

◎	阿壽	你是──駿洋對無？呼，攏這大漢矣！（對純純）純純，我聽人講你佇遮開店，閣真正有影呢！攏無通知一下，足無意思的呢！生理好無？
●	純純	阿壽？

純純：	不是誰養誰的問題啦，多一副碗筷而已，沒差啦，我是在擔心你啊，你頭腦那麼好，就該去做你自己喜歡的才好。（頓，摸他頭髮）我看還是剪一剪啦，頭髮這麼長，我看了好痛苦。
駿洋：	不要啦！
純純：	我把你養到這麼大，你連頭髮都不讓我剪！
駿洋：	吼唷，你是講去哪裡啦！就跟你說不用煩惱了！替代役而已，這樣就可以了啦！
純純：	（拿吹風機）不然至少讓我吹一下。
駿洋：	不要啦你這支有夠吵。人家外面現在已經都在用靜音的了！
純純：	什麼靜音，我這支哪裡不好！

◆希望這支吹風機的外型有特殊的地方，讓觀眾可以辨識，它之後在《輪迴道》會再出現。

◆阿壽上，打量一下周遭後才坐下。駿洋以一樣的眼神打量阿壽。

純純：	（對駿洋）你不要這樣看別人。（對阿壽）帥哥，要剪燙染還是要洗頭？

◆駿洋一聽到「帥哥」兩字就大翻白眼。

阿壽：	你是——駿洋對不對？哇，已經這麼大了！（對純純）純純，我聽說你在這開店，還真的！怎麼都沒通知，太不夠意思了！生意好嗎？
純純：	阿壽？

	◆ 駿洋勉強共拍招呼。	
◎	純純	阿壽，欲鉸一下無？我工夫袂歹喔！老同學85折。
●	阿壽	今仔日較無閒啦，邊仔修修咧就好矣。另工我閣叫阮阿母佮小妹來共你捀場（phâng-tiûnn）。
◎	純純	駿洋，你閣會記得無？阿壽啊！細漢的時陣，伊定定來咱兜迌迌啊。
●	駿洋	我有代誌，我欲先來去矣。
	◆ 駿洋落台。	
◎	純純	歹勢啦，讀冊人，會曉讀冊，袂曉做人。
●	阿壽	我閣會記得，恁姐弟仔，感情真好喔。
	◆ 十殿節奏。	
◎	純純	恁兄妹仔，感情嘛袂穤啊。
	◆ 十殿節奏。	
● ◎	純純	（一面為阿壽服務）後來，阿壽個阿母，佮小妹阿棠攏有來過，毋過可能是我的手路（tshiú-lōo）佮個的需求袂合，到尾手，就干焦阿壽較捷（tsiàp）來。做阮這途的，人客攏真單純，一種是愛講話的，因為逐家攏無交插（kau-tshap），欲講啥，嘛較無負擔。一種就較恬。（提鏡行到黎月後壁）來，我幫你照後壁看覓咧。（黎月滿意，付錢離開）有閒再閣來喔。（頓蹬）伊毋捌閣來矣。聽講個翁佇外口共人騙三百幾萬就走路矣，逐的苦主，攏來揣伊討數（thó-siàu）。（轉來阿壽後壁）阿壽定定來揣我，伊是彼種，一坐落來，就開始講心內話的人客。

◆駿洋勉強打了招呼。

純純： 阿壽，要剪一下嗎？我手藝不錯喔！老同學 85 折。

阿壽： 今天比較沒時間，修一下就好。改天我叫我媽和我妹也來捧你的場。

純純： 駿洋，你記得嗎？阿壽啊！小時候他常常來我們家玩啊。

駿洋： 我有事要先走了。

◆駿洋下。

純純： 不好意思，他書讀越多越不會做人。

阿壽： 我記得你們姐弟感情很好。

◆十殿節奏。

純純： 我也記得你們兄妹感情很好。

◆十殿節奏。

純純： （一邊為阿壽服務）後來，阿壽他媽媽、小妹阿棠，也確實都有來過，但是可能我的風格不適合她們，最後常常會來找我的只有阿壽。
我們這行的客人很單純，一種是愛講話的，因為萍水相逢，反正講什麼都沒關係，素不相識。
一種是比較恬靜的。（拿起鏡子，來到黎月身後）來我幫你照後面。（黎月滿意，付錢離開）歡迎再來喔。（頓）她沒有再來，聽說她丈夫在外面騙了人家三百萬以後就人間蒸發，債主改找她討。（回到阿壽背後）阿壽常來找我。他是坐著就開始講他內心話的那種客人。

●	**阿壽**	因為逐擺來你遮，攏感覺真輕鬆。
◎	**純純**	（幫伊掠龍）你才幾歲人爾，壓力那會遮大。
●	**阿壽**	啊，你袂了解啦。（頓蹬）其實，我真欣羨你，有家己的工夫，毋免靠別人，無親像我，啥物攏袂曉，嘛無啥物朋友，世界按怎變化，我攏綴人袂著。
◎	**純純**	一人煩惱一項啦。你白頭鬃（thâu-tsang）哪會遐濟，我幫你染染咧啦。
●	**阿壽**	我問你喔，你是按怎攏袂問我，我咧創啥？
◎	**純純**	阮袂去問人客這款問題啦。
●	**阿壽**	我抑毋是人客矣，我是同學呢。你攏袂好奇喔？我哪會攏佇別人上班的時間來你遮。
◎	**純純**	這馬毋是真濟人攏做彼款自由業？
●	**阿壽**	我彼嘛算是真自由無毋著啦。你敢敢來我上班的所在看覓咧？
	◆頓蹬。	
◎	**純純**	敢啊，那會毋敢，好啊。

阿壽：	因為每次來你這裡就覺得很放鬆。
純純：	（幫他搥背、按摩）你才幾歲人而已，壓力怎麼這麼大。
阿壽：	唉，你不會了解的。（頓）我真羨慕你，有一個技術在身上，不用靠別人。不像我，什麼都不會，也沒什麼朋友，都不曉得這個世界有什麼變化。
純純：	每個人有每個人的煩惱啦。你怎麼白頭髮這麼多，我幫你染一染。
阿壽：	我問你喔，為什麼你都不問我，我是在做什麼的？
純純：	我們不會問客人這種問題啦。
阿壽：	我不是客人啊，我是你同學。你都不會好奇嗎？我都在別人上班時間來你這裡。
純純：	現在不是很多人都在做自由業嗎？
阿壽：	我是很自由沒錯啦。那你敢來我工作的地方看看嗎？

◆頓。

純純：	敢啊，有什麼不敢的，好啊。

回音 -4

◆ 燈光轉換。金國際大樓。純純向頂懸看。

●	**純純**	（問阿壽）恁公司佇遮喔？
◎	**阿壽**	對啊。（頓蹬）以早樓跤的店攏收起來矣。大門嘛封起來矣。咱愛對後尾門入去。
●	**純純**	喔。攏收起來矣，按呢恁公司，是做啥物生理？
◎	**阿壽**	做一寡，老顧客。

◆ 兩人起行，純純綴佇阿壽後壁，小可仔驚惶。

●	**純純**	透中畫，是按怎內底會暗眠摸。
◎	**阿壽**	免驚啦，有我佇咧。（指向頂懸）聽講最近有人看著彼隻天使，半暝仔飛落來樓跤的中庭散步。（頓蹬，認真）抑閣有，這間收起來的電影院內底，有藏一个死人。

◆ 純純笑，輕輕仔共拍。

◆ 兩人坐電梯。

◆ 阿壽對橐袋仔提出兩粒糖仔，一粒家己食，一粒予純純。

◆ 阿壽純純出電梯。阿壽開始無啥自在、無啥信心。

◆ 純純繼續綴著阿壽。阿壽拍開其中一間的門。真普通的套房。單人眠床，一塊桌仔，一條椅仔。一間足細間的浴間。

◆ 阿壽用動作叫純純莫講話，指示純純去坐佇椅仔頂，純純毋知影伊到底是啥物意思但是聽伊的話去坐。純純看阿壽咧看錶，就綴咧看錶，得欲兩點。

◆ 阿棠 /Candy 上台，遠遠就聽到伊懸踏的聲，阿棠 /Candy 走到房門口，停落來。純純不安，看阿壽，但是阿壽避開伊的眼神。

◆ 阿棠拚門，十殿節奏。

回音 -4

◆燈光轉換金國際大樓。純純往上看。

純純： （對阿壽）你們公司在這裡喔？

阿壽： 對啊。（頓）以前樓下的店面都收起來了，大門也封起來了，我們要從後門進去。

純純： 喔。都收起來了，那你們公司是做什麼的。

阿壽： 做一些，老顧客。

◆兩人開始移動，純純緊跟在阿壽身後，有點害怕。

純純： 剛過中午，裡面怎麼這麼陰暗。

阿壽： 別怕啦，有我在啊。（指著上方）最近有人說看到那隻天使半夜飛到樓下中庭散步。（頓，認真）對了，你知道嗎，這間收攤的電影院裡面藏了一個死人。

◆純純笑，輕輕打他。
◆兩人搭電梯。
◆阿壽從口袋拿出兩顆糖果，自己吃，也給純純。
◆阿壽純純出電梯。阿壽變得比較不自在、沒自信。
◆純純繼續緊跟著阿壽。阿壽打開其中一間的房門。很普通的套房。單人的床鋪，一張桌子，一張椅子。一間很小間的浴室。
◆阿壽用動作示意，叫純純不要講話，指示純純坐在椅子上頭，純純不知道他到底是什麼意思但照做了。純純看阿壽在看錶，就跟著看錶，快要兩點。
◆阿棠 /Candy 上，遠遠就聽見她高跟鞋的聲音，阿棠 /Candy 走到門口，然後停下來。純純不安，看阿壽，但阿壽避開她的眼神。
◆阿棠敲門，十殿節奏。

◆ 阿壽走去門前，純純叫是伊欲去開門，結果──阿壽嘛用仝款的節奏去拚門。然後阿棠 /Candy 就去隔壁房間矣，伊大力關門，予純純掣一趒。純純猶原捎無摠。

◆ 阿壽坐佇眠床頂，頭犁犁，毋敢看純純。純純坐過去眠床頂阿壽的身軀邊，發現伊比家己還緊張、不安。純純想欲問伊這到底是啥物狀況的時陣，聽到隔壁咧講話，但是聽袂清楚。

◆ 阿棠 /Candy 開始發出親像咧演戲、真譀（hàm）的叫床聲。

阿壽	（猶原頭犁犁）阮小妹講，伊若叫較大聲，人客就會較早放伊煞。（困難）無毋著，我這世人，干焦會曉做一件代誌，就是佇阮小妹倒咧趁錢的時陣，我留佇隔壁聽，萬一若發生啥物代誌，我會當緊衝入去。（頓蹬）人世運命，命中註定。

◆ 這可能是純純這一生最礙虐（gāi-gio̍h）的時刻。但是她嘛感覺，阿壽那親像非常需要伊。阿壽歸身軀汗，開始後悔焉純純來。

◆ 阿壽毋振動，純純可能是因爲礙虐，嘛可能是因爲歹勢，徛起來想欲行行咧。

純純	（輕聲）我去洗一下仔（tsit-ē-á）面。
阿壽	（著急，輕聲，搝伊的手）先莫去。

◆ 阿壽嘛綴咧徛起來，來到純純身軀邊。確認純純真正毋是欲離開伊了後，放手。阿壽恬恬開始流目屎，純純共攬牢咧、安慰伊。了後，兩人相好。

◆ 隔壁毋知當時就結束矣。阿壽與純純兩人繼續纏綿，無發出任何聲音。

◆ 隔壁門閣大聲開、關。阿壽佮純純猶袂赴停止動作，阿棠 / Candy 就拚入來矣。

阿棠	哥，四點的改暗時──（對純純在場感覺真意外，但是保持冷靜）我先來去。

◆ 阿棠出去的時嘛是大聲關門。懸踏聲愈來愈遠。

◆ 阿壽佮純純繼續。燈漸禁。

◆阿壽走到門前，純純以為他是要去開門，結果——阿壽也用同樣的節奏敲了門。然後阿棠 /Candy 就到了隔壁房間，大力甩門，嚇了純純一跳。純純依舊迷惑。
◆阿壽坐在床上，頭低低的，不敢看純純。純純到床邊，在阿壽身旁坐下，發現他比自己還侷促不安。純純想要問他這到底是什麼狀況的時候，聽到隔壁在講話，但聽不太清楚。
◆接著是阿棠 /Candy 誇張到很像在演戲的叫床聲。

阿壽： （還是低著頭）我妹妹說，有時候她要是反應誇張點，客人會比較快放過她。（艱難）沒錯。我這一生唯一的功能，就是在我妹妹用她的身體賺錢的時候，在隔壁的房間聽。萬一出什麼事情，我要去保護她。（頓）人世命運，命中註定。

◆這可能是純純這一生最彆扭的時刻。但是她又覺得，阿壽好像非常需要她。而阿壽冒著汗，開始後悔帶純純來。
◆阿壽動也不動，純純可能是尷尬使然，也可能聽得臉有點熱，站起來走動。

純純： （輕聲）我去洗把臉。

阿壽： （著急，輕聲，拉住她的手）先別去。

◆阿壽也順勢站起來，來到純純身邊。確認純純不會離開他以後，放開手。阿壽靜靜流淚，純純抱著他安慰他。再片刻後，兩人上了床。
◆隔壁不知何時早已結束了。阿壽與純純則持續纏綿，沒有發出任何聲音。
◆隔壁門砰的一聲。阿壽與純純還來不及停止動作，阿棠 /Candy 就闖了進來。

阿棠： 哥，四點的改晚上——（對純純的在場感到意外，但語氣保持冷靜）我先走了。

◆阿棠離開時也是大聲關門。高跟鞋聲遠去。
◆阿壽與純純繼續。燈漸暗。

回音 -5

◆ 阿壽的房間。
◆ 百惠綴佇忠明邊仔，個兩个有默契，佇純純面前搬戲。

●	**純純**	媽，頭七做煞，我就會離開遮。袂閣共恁齪嘈（tsak-tsō）。
◎	**百惠**	阿壽實在死了有夠冤枉的啦。
●	**忠明**	法醫彼爿，是講無啥物外傷，個閣會檢查敢是中毒，因為阿壽閣遮少年，是有淡薄仔——較奇怪啦。
◎	**百惠**	純純，忠明阿叔是欲來做筆錄的，你是第一个發現阿壽的人，你著愛交代予清楚，毋通烏白講，知無？
●	**純純**	恁這馬是咧演佗一齣的？阿壽就是食毒食甲死去的，恁呔會比我較無了解？
◎	**忠明**	阿惠啊，你先莫予伊壓力啦。你看伊驚甲按呢，袂輸若新婦仔咧，你是攏共人苦毒（khóo-tȯk）諾啦？
●	**百惠**	我哪有啦。
◎	**忠明**	好啦好啦你先出去，遮我來共你鬥相共就好矣。

◆ 百惠落台。忠明提一條椅仔。

●	**忠明**	純純，你先退坐，咱先來模擬一下。
◎	**純純**	模擬？模擬啥？

◆ 純純坐。忠明行去伊後面，手囥佇伊的肩胛頭頂。純純想欲閃避，但是無路用。

回音 -5

◆阿壽的房間。
◆百惠跟在忠明身邊，他們兩個有默契，在純純面前裝傻。

純純：	媽，頭七做完我就會離開這。不會給你跟阿棠添麻煩。

百惠：	阿壽真的是死得太冤了。

忠明：	法醫那邊初步是說沒什麼外傷，他會再檢查是不是中毒。因為他太年輕了，是有點奇怪。

百惠：	純純，忠明叔來做筆錄，你是第一個發現阿壽過世的人，你仔細跟忠明交代清楚。不要說謊，知道嗎？

純純：	你們是在演哪齣。誰不知道阿壽是吸毒死的。你們會比我不了解？

忠明：	百惠，你不要給她壓力，你看她怕得像小媳婦，你平常是有在虐待人家嘛？

百惠：	我哪有啦。

忠明：	好啦你先去外面，這我來幫忙就好。

◆百惠下。忠明拉一把椅子。

忠明：	請坐。我們現在先模擬一下。

純純：	模擬？模擬什麼？

◆純純坐下。忠明走到她身後，搭她的肩。純純想閃避，但沒有用。

●	**忠明**	純純啊,阿壽是古意人,我已經熟似伊規世人啊。
◎	**純純**	我比你較早熟似伊。
●	**忠明**	純純,你莫佇遐烏龍踅桌喔。(頓蹬)喔對,伊有講你幼稚園就答應欲嫁予伊矣嘛。(頓蹬)好,來,問鮑,若按呢,恁兩个,感情好無?(行去頭前,提出一本簿仔)
◎	**純純**	感情無好,是欲按怎做翁仔某?
●	**忠明**	我問你就應,莫閣共我問轉來,恁偌久冤家一擺?
◎	**純純**	阮真少冤家。
●	**忠明**	頂一擺冤家是當時?
◎	**純純**	頂个月。
●	**忠明**	為啥物冤家?
◎	**純純**	阮朋友新開一間店,問我欲去做設計師無。
●	**忠明**	阿壽無愛你去乎?
◎	**純純**	我已經共人答應矣。
●	**忠明**	伊著敲電話去共恁朋友,蔡吉恩,講你無愛去,對無。
◎	**純純**	你哪會知?
	◆ 忠明干焦笑,毋回答。純純吐大氣。	
●	**忠明**	純純,你愛配合,我才有法度共你鬥相共,無,會害著你家己喔。

忠明：	純純，阿壽是個老實人，我認識他一輩子了。
純純：	我比你更早認識他。
忠明：	純純，跟我講話不要繞圈子。（頓）喔對，他說過你幼稚園就答應要嫁給他了。（頓）好，來，問鞠，你們兩個的關係怎麼樣？（走到前面，拿出筆記）
純純：	感情不好怎麼當夫妻？
忠明：	我問你就答，不要反問我。你們多久吵架一次？
純純：	很少。
忠明：	上次是什麼時候？
純純：	上個月。
忠明：	為什麼吵？
純純：	我的朋友新開一間髮廊，問我要不要去做設計師。
忠明：	他不想要你去吧？
純純：	但是我已經答應了。
忠明：	他就打電話去跟你朋友，蔡吉恩，說你不去了，對吧。
純純：	你怎麼知道？

◆忠明笑而不答。純純長嘆一聲。

忠明：	純純，你如果好好配合，我可以看怎麼幫助你，不然，會害到自己喔。

◎	**純純**	你問的,我攏照講啊!
●	**忠明**	好,閣來,<u>問齁</u>,恁翁仔某,偌久做一擺?
	◆ 頓蹬。	
◎	**純純**	彼佮這有啥物關係?
	◆ 忠明等伊回答。	
●	**純純**	三四工抑是四五工一擺,我無咧算。
◎	**忠明**	按呢阿壽的體力應該是猶會使啊。
●	**純純**	你問煞沒?
◎	**忠明**	欸欸欸,這馬嫌疑上大的人就是你,你上好較注意你講話的態度,我筆錄若是共你做予死,時到你去到法院,你就敨(tháu)袂離我共你講。
●	**純純**	你明明都知影伊是予毒品害死的,而且予個毒品的人,明明就是你。
◎	**忠明**	你講話較注意咧,無證無據的代誌,莫捎(sa)咧烏白講,無我會當共你告喔。
●	**純純**	阿壽攏共我講矣。
◎	**忠明**	人死都死原在(guân-tsāi)矣,伊有共你講過啥,是閣按怎?我共你講啦,恁大家閣咧「趁」的時陣,就攏靠我咧共伊佇(thīn)矣,後來個規口灶的食穿,若毋是我,個早就枵死佇路邊矣,無人收屍矣。講一句較無輸贏的,我會當講是恁兜的救命恩人呢。抑若無,百惠仔吥會請我去做恁的主婚人?
●	**純純**	我無啥物好講的矣。

純純：	你問的我都有回答啊！
忠明：	好，那，問齁，你們夫妻多久做一次？

◆頓。

| 純純： | 那跟這有什麼關係？ |

◆忠明等待她的答案。

純純：	三四天或四五天一次吧，我沒在算。
忠明：	這麼說阿壽體力應該不錯啊。
純純：	你還有什麼問題嗎？
忠明：	欸欸欸，你現在有很大的嫌疑，最好注意你的態度。我筆錄可以做鬆也可以做緊，做緊了，到時候你去法院，這個結你就打不開了我跟你說。
純純：	你明知道他是因為毒品死的，而且給他們毒品的明明就是你。
忠明：	你講話小心點喔，沒憑沒據的是亂講，小心我告你。
純純：	阿壽都跟我說了。
忠明：	死都死了，他說什麼又怎樣？我跟你說啦，你婆婆還在「賺」的年代我就對她很照顧了。當然後來全家吃穿也都靠我，要不是我，他們早就餓死在路邊沒人收屍了。講一句難聽的，我是你們家的救命恩人欸，不然百惠哪會讓我當你們的主婚人？
純純：	我沒什麼好講的了。

◆ 純純欲徛起來，被忠明挃轉去。

◎	**忠明**	我頂頭、下跤攏處理好矣，你莫佇遐白目毋知好穤。
●	**純純**	我欲去共你檢舉（kiám-kí/kú）！
◎	**忠明**	檢舉啥？啥？檢舉啥？無證無據，你是欲檢舉啥？來啊，我受理啊。
●	**純純**	時到你就知。

◆ 純純徛起來，閣予忠明挃轉去，純純這擺滾絞（kún-ká）成功，開門，百惠闖佇門口。

◎	**忠明**	你走無路啦。

◆純純想站起來，被忠明壓回去。

忠明： 我已經上下打點妥當，你不要這麼白目不識相。

純純： 我一定要檢舉你！

忠明： 檢舉什麼？啊？檢舉什麼？沒憑沒據，你是要檢舉什麼？來啊，我受理啊。

純純： 到時候你就知道。

◆純純站起來，又被忠明壓回去，純純這次掙扎成功，開門，百惠在門外擋著。

忠明： 你跑不了。

回音 -6

◆十殿節奏。燈光轉換。阿棠、百惠坐佇客廳膨椅頂，細聲冤家。

●	**百惠**	忠明仔講，一定愛共純純摸來咱這爿。
◎	**阿棠**	是欲按怎摸。
●	**百惠**	我講規半晡，你是有咧聽無。
◎	**阿棠**	我有！
●	**百惠**	忠明仔的意思是講，照純純的個性，愛先共伊用落去，伊就會聽咱的話矣。按呢藥仔的代誌，就好解決矣。
◎	**阿棠**	是欲按怎解決啦！規氣予忠明仔予人掠去關關咧，按呢毋是閣愈好。
●	**百惠**	你是頭殼歹去諾啦？你是袂記咱是予伊掠著頭鬃仔尾？而且伊若予人掠去，咱敢敢會離？
◎	**阿棠**	咱是姑不而將（koo-put-jî/lî-tsiong），毋過純純是清白的，你按呢揀伊入火坑，心內敢會得過？你毋是逐工咧拜拜？神明敢會接受你這種選擇？恁攏毋驚會落地獄喔？
●	**百惠**	地獄！謔（hooh），你真敢講咧唅？無你這馬是按怎？你是媽祖婆？抑是觀音媽？當時變甲遮高尚？我共你講啦，咱拜的是豬八戒！純純的清白，佮你啥物底代（tī-tāi）？你攏幾歲矣？閣趁，嘛無幾年矣啦。
◎	**阿棠**	哥才死兩工呢！

回音 -6

◆十殿節奏。燈光轉換。阿棠、百惠在客廳沙發上，壓低音量吵架。

百惠：	忠明說，一定要把純純拉來我們這邊。
阿棠：	要怎麼拉啦。
百惠：	我講半天你都沒在聽。
阿棠：	有啊！
百惠：	忠明的意思是，照純純個性，上了純純她才會聽話，毒品這件事就會解決啦。
阿棠：	是怎麼解決啦？忠明被抓去關不是更好。
百惠：	你有沒有在動腦筋啊？你是忘記我們有把柄在他手上了嗎？他要是被抓我們切割得了嗎？
阿棠：	我們是不得已，但純純還是清白的，你這樣推她進去火坑，心裡過得去？你不是每天都在拜拜？神明會接受你這種做法嗎？你們都不怕下地獄嗎？
百惠：	地獄！哇，你真敢講咧。你現在是怎樣？你是媽祖婆？還是觀世音？什麼時候變這麼高尚！我拜的是豬八戒！純純的清白跟你有什麼關係？你幾歲了？再賺也沒幾年了——
阿棠：	哥才死兩天欸！

●	**百惠**	恁兄妹仔感情好，我知影你毋甘，毋過你莫袂記得，阿壽伊嘛是阮囝呢！我敢會比你較輕鬆？日子嘛是愛過啊。
◎	**阿棠**	日子嘛是愛過。哼！日子嘛是愛過。忠明當初時（頓蹬）當初時共我強姦，你按怎講的？你嘛是講，日子嘛是愛過。結果咧？結果我這馬是過啥物款日子？
●	**百惠**	攏怪我，攏怪我，好，恁攏怪我。（頓蹬）媽媽共你講，等咧，提藥仔予純純食，上起碼，莫予伊感覺痛，伊既然嫁來咱兜，就愛接受咱兜的運命。

◆阿棠哭。

◎	**百惠**	是咧哭啥啦。

◆忠明上台，耍鎖匙。

●	**忠明**	攏準備好袂？我請假來共恁鬥相共呢。
◎	**百惠**	關佇房間啊啦。

◆忠明頕頭。

●	**忠明**	伊若反抗？
◎	**百惠**	阮會鬥相共。

◆百惠起來，綴忠明行，阿棠勼（kiu）佇膨椅頂悽慘哭。

●	**忠明**	門鎖咧呢。
◎	**百惠**	鎖匙毋是佇你遮？

◆忠明繼續耍鎖匙，無趕緊欲開門，顛倒（tian-tò）開始挵門。十殿節奏。

百惠：	你們兄妹感情好，我知道你捨不得。但你不要忘了，阿壽也是我兒子啊！我心裡就輕鬆嗎？日子還是要過。
阿棠：	日子還是要過。日子還是要過。忠明當初（頓）當初強姦我，你是怎麼說的？你也是說，日子還是要過。結果咧？結果我現在過的是什麼樣的生活？
百惠：	都怪我，都怪我，好，你們都怪我啊！（頓）媽媽跟你說，等一下拿藥給純純吃，最起碼，讓她不醒人事沒有感覺，這是我對我無緣的媳婦，最後的慈悲了。

◆阿棠哭了。

百惠：	是在哭什麼啦。

◆忠明上，把玩著鑰匙。

忠明：	準備好了嗎？我可是請假來幫忙呢。
百惠：	關在她的房間。

◆忠明點頭。

忠明：	她如果反抗？
百惠：	我們會幫你。

◆百惠起身，尾隨忠明，阿棠縮在沙發上痛哭。

忠明：	門鎖著呢。
百惠：	鑰匙不是在你那？

◆忠明拿著鑰匙卻不急著開，反而開始敲門。十殿節奏。

針雨

2009 年

	黎月	貴興	建志	素蘭	阿棠
出生年份	1960	1934	1985	1943	1983
本單元年齡	49	75	24	66	26

針雨 -1

◆ 黎月個兜。一隅爲金國際大樓的金趣味遊樂場外走廊，堆積了一些殘破機台。

◆ 素蘭坐佇膨椅頂頭，對伊的貓的金斗甕仔哭。

●	**素蘭**	Momo……過去這幾年，若毋是你，我早就活袂落去，這馬你走矣，我閣活落去，抑無啥意義。我已經知影，是誰人共你毒（thāu）死，彼工欲送你出去，伊嘛是哭甲強欲袂喘氣。你毋通怨嘆伊，伊嘛是不得已。伊嘛真愛你，伊對你這殘忍，是因為傷過傷悲。你走了後，我對這个世間，也無啥物通好留戀。Momo，你毋通驚，媽咪連鞭來揣你，乎？

◆ 阿棠上台，佮前一場的穿插相比，非常平凡，強欲認袂出是伊，才過四冬，看起來老真濟。

◎	**阿棠**	素蘭阿媽，歹勢，今仔日較晏到。外口雨傷大，阮兜閣漏水，叫師傅來，伊閣無愛來，我就一直共伊拜託——（發現素蘭無想欲聽）我先來看一下仔阿公。

針雨

2009 年

	黎月	貴興	建志	素蘭	阿棠
出生年份	1960	1934	1985	1943	1983
本單元年齡	49	75	24	66	26

針雨 -1

◆黎月家。一隅為金國際大樓的金趣味遊樂場外走廊，堆積了一些殘破機台。
◆素蘭在沙發上對著她的貓的骨灰罈哭泣。

素蘭： Momo……過去這幾年，要不是你在我的身邊陪我，我早就去死了，現在你走了，我活著也沒有意義了。我已經知道毒死你的是誰，那天送你的時候，她也是哭到喘不過氣。你不要恨她，她是不得已。她也是很愛你，她對你這麼殘忍，是因為她太難過了。你走了以後，我也覺得身邊這所有的一切都沒有留戀的價值。Momo，你不要怕，媽咪馬上去找你，喔？

◆阿棠上，她與前一場的裝扮相比素淨非常多，幾乎認不出是她，才過四年，看起來蒼老很多。

阿棠： 素蘭阿嬤。不好意思遲到了，雨太大了，我家漏水好嚴重，叫師傅，他又不肯來，求他求好久——（發現素蘭不想聽）我先去看一下阿公怎麼樣。

●	素蘭	阿棠！（拍拚想）阮黎月敢若有交代講，叫我愛共你講啥物？伊講……
	◆ 阿棠等伊講，但是素蘭想傷久矣。	
◎	阿棠	阿媽，無要緊，你沓沓仔想。我先來幫阿公洗身軀，通好換衫。
●	素蘭	啊，我想起來矣，伊講你今仔日若洗好，人先莫走，伊有話，欲共你講。
◎	阿棠	欲講啥？
●	素蘭	（恂恂 [khòo-khòo]）我嘛毋知呢，伊敢若嘛無共我講，抑是有講，我嘛袂記得矣。
◎	阿棠	好，我知矣。
	◆ 阿棠去內底間。素蘭提金抖甕仔出去。	

素蘭：	阿棠！（努力回憶）我們黎月好像有交代什麼，要我告訴你。她說……

◆阿棠等她說，但素蘭想太久了。

阿棠：	阿嬤沒關係你慢慢想，我先進去幫阿公洗澡換衣服。
素蘭：	啊。想起來了。她說你今天洗完先不要走，她要跟你談一下。
阿棠：	談什麼？
素蘭：	（心不在焉）不知道。她好像沒說。或是有講，我也不記得了。
阿棠：	好，我知道了。

◆阿棠去裡面的房間。素蘭拿起骨灰罈往外走。

針雨 -2

◆ 建志上台，閣咧愛睏，手提伊的魔術道具耍。伊知影阿棠來矣，綴過去阿公的房間門口坐咧，有偷看嘛有監視的意思。阿棠嘛知影伊咧看。

◆ 貴興房間用燈區表示。

●	阿棠	阿公，我來幫你洗身軀喔！
◎	貴興	啥物阿公，我是恁阿爸。
●	阿棠	諱，我是阿棠啊，你閣共人袂記得矣喔，我毋是恁新婦啦，我逐工來，你閣記袂牢，按呢人會傷心呢。
◎	貴興	你毋是阿月仔喔？
●	阿棠	來啦，乖喔。

◆ 貴興坐起來。阿棠幫伊褪衫。貴興拒絕。

◎	貴興	我洗過矣啦！
●	阿棠	無啦，我才拄仔來爾，你抑袂洗啦。
◎	貴興	阿月仔，幫我掠龍啦。

◆ 阿棠幫他掠龍。

●	貴興	較大力咧。傷大力矣啦！
◎	阿棠	好矣啦，阿公，咱先按呢就好，來洗洗咧，較來掠。

◆ 阿棠幫伊褪衫，貴興摸阿棠的尻川頓。阿棠無任何的反應，已經慣勢（kuàn-sì），傷過慣勢。

●	建志	阿公，你莫亂摸啦。
◎	貴興	啥物亂摸，我哪有亂摸。

十殿：奈何橋 台語本 159

針雨 -2

◆建志上，睡眼惺忪，手上拿著魔術道具。他知道阿棠來了，默默跟過去坐在阿公房間門口，有偷看／監視的意思。阿棠也知道他在看。
◆貴興房間以燈區表示。

阿棠：	阿公，我來幫你洗身體喔。
貴興：	什麼阿公，阿爸啦。
阿棠：	齁，我是阿棠啊，你又忘記我了。我不是你媳婦啦。我每天來你還記不住呢！這樣我很傷心欸。
貴興：	你不是阿月？
阿棠：	來，乖。

◆貴興坐起。阿棠幫他脫衣。貴興拒絕。

貴興：	我已經洗過了！
阿棠：	沒有啦，我剛剛才來的。還沒啦。
貴興：	阿月，先幫我按摩。

◆阿棠幫他按摩。

貴興：	大力點。太大力了啦！
阿棠：	好了，阿公，先這樣。洗完再按摩。

◆阿棠幫他脫上衣，貴興摸了阿棠的屁股一把。阿棠沒有任何反應，像是有點習慣，太過習慣。

建志：	阿公你不要亂摸喔。
貴興：	什麼亂摸，我那有亂摸。

●	**阿棠**	好，來，徛起來，褲襪掉。

◆貴興干焦徛咧就真食力。兩人真無簡單才共外褲襪掉。阿棠予伊先坐咧，揀輪椅過來。共伊扦（huānn）去頂頭，一個無細膩險仔作伙跋倒。建志干焦佇邊仔看，無欲鬥相共。

◎	**建志**	（足細聲）摔死上好。
●	**阿棠**	按呢咱來浴間仔乎。
◎	**貴興**	做人的新婦，就是愛奉待大家官，厝內厝外，攏愛捫予清氣（tshing-khì），彼灶跤的糞埽（pùn-sò）攏無撤，想講我攏毋知喔？我好鼻師呢！鼻仔閣足靈的咧啦。
●	**阿棠**	好啦好啦。

◆阿棠揀輪椅落台，提浴巾佮欲換的衫，閣落台。建志繼續練習魔術，注意浴室的動靜。

阿棠：	來。站起來，換脫褲子。

◆貴興光是站著就很吃力。兩人辛苦地把外褲脫掉。阿棠再讓他坐下，然後推了輪椅過來。把他扶上去，一個不小心差點一起摔倒。建志只是看，沒打算幫忙。

建志：	（很小聲地）摔死最好。

阿棠：	好，來去浴室。

貴興：	當人家的媳婦，侍奉公公婆婆也是應該的。家裡內內外外都要常常打掃，垃圾放在廚房沒丟，你以為我不知道？我的鼻子還是很靈的。

阿棠：	好啦好啦。

◆阿棠推著輪椅下，拿走浴巾和要換的衣服，復下。建志繼續練習魔術，注意浴室的動靜。

針雨 -3

◆黎月予雨沃（ak）甲澹漉漉（tâm-lok-lok），足狼狽的模樣，拄下班到厝，開電火。

●	黎月	（那講話，那將買來的便當囥佇桌頂）驚死人，你是攏袂曉開電火喔？你坐佇遐創啥。

◆建志毋講話，越頭轉去家己的房間。黎月欲去貴興的房間，阿棠聽著聲拄好出來。阿棠對黎月足敬畏的，會真自覺就保持共伊的距離。

●	阿棠	阿姨，我隨好。
◎	黎月	你等咧，直接共阮阿爸捒來客廳食飯，我佇外口等你。（轉客廳，分便當）

◆阿棠去捒貴興轉來食飯。

●	貴興	阮文成仔自細漢就是按呢。教攏教袂會，袂肥假喘，袂有錢假好額人款，便若（piān-nā）出門，就袂輸斷線風吹，我嘛驚伊會夭收煞，嘛驚你會受拖磨，結局真正予我臆著，伊一下走，就幾仔年攏無消無息。可憐啊，阮這个新婦。若毋是伊弓咧，阮周家遮大大細細的廢人，真正毋知欲按怎。
◎	黎月	阿爸，你講這是欲創啥啦。
●	貴興	學好，三冬，學夕，三工。文成仔，就是好的毋學，攏學去夕的。人講毋願聽，鬼牽硞硞（khȯk-khȯk）行。
◎	黎月	外口雨真大，真濟店攏無開，建志，好食飯矣啦！媽，來食飯喔！阿棠，夕勢，我無買著你的。

針雨 -3

◆黎月被雨淋濕、狼狽入，下班到家，開燈。

| 黎月： | （一邊講話，一邊先把手上的便當放在桌上）嚇死！怎麼不開燈？你坐在那幹嘛？ |

◆建志不說話，掉頭回自己房間。黎月則要去貴興房間，阿棠聽到聲音正好出來。
阿棠對黎月很敬畏，會不自覺地跟她保持距離。

| 阿棠： | 阿姨，我馬上好。 |

| 黎月： | 等一下直接推他來客廳吃飯。我在外面等你。（回客廳，分配便當） |

◆阿棠下，推貴興回來吃飯。

| 貴興： | 我們家這個文成從小的個性，還不會賺錢就先學會亂花錢，要是讓他一個人去外地，絕對是像風箏斷了線，我怕他最後會很難收拾，我怕你會受到很多折磨。果然被我猜中，文成已經離開那麼多年了，都沒音訊。可憐我這個媳婦黎月，要不是她撐著，我們周家這些大大小小的廢人，真不知道該怎麼辦。 |

| 黎月： | 阿爸，你是在說什麼啦。 |

| 貴興： | 學好三年，學壞三天。文成他就是好的不學，壞的學很快。人講都不聽，鬼牽跟著走。 |

| 黎月： | 外面雨很大，好多店都沒開。建志吃飯喔。媽吃飯喔。阿棠，抱歉，我只買了四人份。 |

●	阿棠	無要緊啦，阿姨，素蘭阿媽講，你有話欲共我講喔？
◎	黎月	（牽領阿棠去膨椅趨）是按呢啦，我這個月有較絚（ân），你敢會使，做到今仔日就好，看偌濟錢，我先算予你，後個月，咱才閣看按怎，按呢好無？
●	阿棠	（意外）我是攏會使，阿姨，你敢有要緊？那會遮雄雄？
◎	黎月	去予人倒一个會仔啦。
●	黎月	今仔日是八月初九，9工，按呢是4500，（頓蹬）這個月，伊敢有要求啥物……其他的服務？
◎	阿棠	無啦，真久攏無矣。
●	黎月	喔，按呢著好。
◎	阿棠	（躊躇）建志會幫我鬥看，阿公就較袂……
●	黎月	（意外）喔，莫怪喔。（半吞吐）是講按呢，敢會害你……減趁？
◎	阿棠	袂啦，無要緊啦。
●	黎月	（點錢予伊）抑無就先按呢。會使乎，若有委屈，你愛講喔！
◎	阿棠	袂啦阿姨，多謝你照顧。按呢我先來走喔。

◆阿棠落台。黎月總算放較輕鬆，目睭瞌瞌，欶（suh）一下仔大氣，繼續後一个任務：濫愛睏藥仔的藥粉入去便當內底。

●	黎月	母仔，建志啊，好食飯矣啦！是愛叫幾擺啦！（頓蹬）母仔。哪會連你攏變甲按呢，叫攏叫袂應？

阿棠：	沒關係啦。素蘭阿嬤說你有事要跟我說？
黎月：	（把阿棠引導到沙發）是這樣，這個月手頭比較緊，你可不可以就做到今天，我先跟你結一結。下個月再看看狀況怎麼樣好不好？
阿棠：	（意外）我是都可以，阿姨，你還好嗎？怎麼這麼突然？
黎月：	被倒了一個會。
黎月：	今天 8 月 9 日，來了 9 天，這樣是 4500，（頓）這個月他有要什麼……其他的服務嗎？
阿棠：	沒有啦，很久沒有了。
黎月：	喔，那就好。
阿棠：	（遲疑）建志最近都會幫忙看。阿公就比較不會……
黎月：	（意外）難怪。（吞吞吐吐）建志這樣子是不是害你……少賺？
阿棠：	不會啦，沒關係。
黎月：	（點錢給她）那就先這樣。我應該沒虧待你吧？有委屈要說喔。
阿棠：	不會啦阿姨，謝謝你照顧。我先走了。

◆阿棠下。黎月如釋重負，閉上眼睛，深呼吸，繼續下一個任務：把安眠藥粉混進便當裡。

| 黎月： | 媽、建志，吃飯啦！叫那麼多遍！（頓）阿母，怎麼連你也這樣？ |

◆ 黎月落台。

| ◎ | 黎月 | （趕緊閣轉來）爸，母仔人咧？建志，你有看恁阿媽無？建志啊，你緊開門啦。 |

◆ 建志上台。

●	建志	創啥啦。
◎	黎月	恁阿媽走無去矣啦，外口閣咧落雨呢！
●	建志	伊抑毋是囡仔矣，袂去予伊無去啦。

◆ 建志去桌邊提一个便當就想欲轉去房間。

◎	貴興	伊就是好的毋學，攏學去歹的，人講毋願聽，鬼牽磋磋行。
●	黎月	（將建志的便當囥轉去桌頂）爸你咧講啥啦！建志，你佮我出來揣阿媽。爸，暗頓你先食。
◎	建志	我——

◆ 黎月提兩支雨傘欲予建志，家己嘛提兩支。催建志。

●	黎月	你看恁阿媽連雨傘攏無攑，伊老歲仔人，應該袂走傷遠，咱緊來去揣。緊咧！
◎	建志	我無愛啦。伊抑毋是囡仔矣，伊等咧就家己會轉來矣啦。
●	黎月	我共你講過幾擺矣，Momo才拄過往，叫你愛共阿媽顧予好，結果你規工覻（bih）佇厝裡，連一个阿媽你都顧甲無去，你實在是！唉，煞煞去啦，我家己來揣守衛仔調監視器啦。

◆ 黎月落台。建志開電視，坐在膨椅頂，罔咧練魔術，無專心咧看電視，嘛無咧聽貴興講話，無在場的感覺。

◆黎月下。

黎月：　（迅速又回來）阿爸，阿母人咧？建志！你阿嬤有在你房間嗎？建志你快開門。

◆建志上。

建志：　幹嘛啦。

黎月：　你阿嬤不見了啦還幹嘛。外面在下大雨呢！

建志：　她又不是小孩子了，不會不見啦。

◆建志到桌邊拿了自己的便當就想回房。

貴興：　他就是好的不學，壞的學很快。人講都不聽，鬼牽跟著走。

黎月：　（把建志的便當放回桌上）爸你是在說什麼啦！建志，你跟我出去分頭找你阿嬤。爸你先吃。

建志：　我——

◆黎月拿了兩把傘要給建志，自己也拿了兩把。催促建志。

黎月：　你阿嬤沒拿雨傘出去。老人家走路應該不會走太遠，我們趕快去找。快點啦！

建志：　我不要啦。她又不是小孩子。她等下就回來啦。

黎月：　跟你說過幾次了！Momo 剛過世，我不是叫你要注意她？你整天在家裡，連這樣事情都辦不好？這有很困難嗎？啊算了算了。我去叫守衛調電梯的監視器。

◆黎月下。建志開電視，坐在沙發上，姑且練練魔術，沒在看電視，也沒在聽貴興說話，不在場的感覺。

		阿月仔，我欲食飯。
		阿月仔，共我飼，你共我飼啊。
		阿月仔，我欲洗身軀。
		阿月仔，開冷氣啦，足熱的。
		足久無洗頭矣。
		阿月仔，我無愛洗身軀啦。
		阿月仔，我欲看電視，幫我轉台。
		阿月仔，幫我掠龍。較懸咧。較低咧。較大力咧。傷大力矣啦。
		阿月仔，我睏袂去。
		我已經洗過矣！
◎	**貴興**	阿月仔，我無愛食藥仔。
		阿月仔，我欲去便所。
		阿月仔，我無愛去病院。
		阿月仔，你共我飼。
		阿月仔，我無愛食飯啦。
		（開始食飯）阿月仔，我家己攏毋知影，對啥物時陣開始，遮爾仔需要你。毋過，你做人的新婦，袂當喝走就走，知無？抑無，這間厝，閣有我所有的財產，股票、金手指、金被鍊（phuà h-liān）、我的車，我死了後，會全部攏捐捐出去喔！一仙錢，一領衫，我攏袂留予你佮建志喔。
	◆ 建志越頭。	
●	**貴興**	著，猶閣有建志。
◎	**建志**	我按怎？
●	**貴興**	你若走，建志這个囡仔，是欲按怎？伊閣遮細漢就欲予伊無爸無母喔，你敢忍心？

阿月，我要吃飯。

阿月，你餵我。你餵我啊。

阿月，我要洗澡。

阿月，很熱阿開冷氣。

很久沒洗頭了。

阿月，我不要洗澡。

阿月，我要看電視，幫我轉台。

阿月，幫我按摩。高一點點。低一點點。大力一點。太大力了。

阿月，我睡不著。

貴興： 我已經洗過了！

阿月，我不要吃藥。

阿月，我要去廁所。

阿月，我不要去醫院。

阿月，你餵我。

阿月，我不要吃飯。

（開始吃飯）阿月，我不知道我是從什麼時候開始這麼依賴你的。不過，你做人媳婦的，不能說走就走喔，知道嗎？不然，這房子，還有我所有的財產，股票，金戒指，金項鍊，我們家的車，我死了以後，會全部捐出去喔。一件衣服，一毛錢都不會分給你和建志喔。

◆ 建志轉頭。

貴興： 對，還有建志。

建志： 我怎樣？

貴興： 你如果走了，建志這孩子，這麼年輕就沒有爸媽，你忍心嗎？

◎　建志	我已經毋是囡仔矣。（頓蹬）毋過我連離開這間厝、離開恁的勇氣攏無。我完全無種（tsíng）著阮老爸的個性，阮爸仔囝唯一的共同點，就是阮攏靠別人咧食穿，阮看起來敢若人，其實是蜈蜞（ngôo-khî）出世來吸（khip）別人的血水。 阿公，你嘛捌按呢共我罵過，你閣會記得無？這馬，你佮我全款矣。你嘛是一隻蜈蜞，你做蜈蜞，做了敢會慣勢？其實蜈蜞，才是上想欲活落去的人。蜈蜞，嘛是上無資格活落去的人。阿公，咱攏是全國的，咱攏是全款的。

◆ 建志徛起來，提便當轉去家己房間，落台。

●　貴興	你這個老母是按怎做的？伊是阮周家的金孫呢，我哪會當讓予你？這咱真久以前就講好矣。你應該猶閣會記得啊？論真講啦，阮文成仔會當娶著你，嘛算是伊頂世人燒好香啦。 毋過，你最近敢若變矣。你定定咧想代誌，叫你，攏愛叫幾仔擺。而且，你咧想的代誌，敢若毋是普通的代誌。我攏看在眼內，你咧想代誌的時陣，表情看起來真恐怖，袂輸咧想一件，惡毒的計畫，欲去害死啥物人的款。我知影你的壓力，一定真大。公司，嘛可能無順序，而且你這款個性，佇外口一定會予人欺負。這我攏了解，我嘛知影，你會變成這款，是正常的反應，怨嘆我家己，無法度共你鬥相共。如今，我只是一個破病的老歲仔，連行路攏無法度，就算是欲去賣樂透抑是樹奶糖，我抑無氣力矣。欲活，也無氣力，欲死，也無氣力。（頓蹬）足愛睏的……

◆ 貴興繼續食飯，食到尾仔，睏去。

建志：

我已經不是小孩了。（頓）但是我連離開這間房子、離開你們的勇氣都沒有。這方面完全沒遺傳到我爸爸。我們父子唯一的共通點就是，我們都是靠別人吃穿的，我們看起來像人，其實是吸血蛭，生來就是要吸別人的血水。

阿公？你記不記得你這樣罵過我。現在，你跟我一樣，你也是一隻吸血蛭。你當吸血蛭，習慣嗎？其實吸血蛭，才是世界上最想要活下去的生物。也是最沒有資格活下去的生物。阿公，我們是同一國的。我們是一樣的。

◆建志站起來，拿了便當回自己房間，下。

貴興：

你這個媽媽是怎麼做的！他是我們周家的金孫，絕對不可能讓給你，這我們很久以前就有提醒過，你應該沒有忘記吧？算起來我們文成仔也上輩子有做好事，這輩子才會好命娶到你啦。

不過，最近你變了。你好像常常在想事情，叫你都要叫好幾次。而且，你想的好像不是普通的事情。我都看在眼裡，你在想那件事情的時候，你的表情都很恐怖。好像是在想一個很惡毒的方法要去害人一樣。

我知道一定是你的壓力太大了。可能在公司也不順利，你這種個性在外面一定被人欺負。這我都了解，我知道，你會這樣，是很正常的反應。可恨我也沒辦法幫助你，我一個生病的老頭子，都沒辦法走路了，就算是要去賣樂透或口香糖，也沒力氣。要活也沒力氣，要死也沒力氣。（頓）好想睡……

◆貴興繼續吃飯，吃到後來，睡著。

針雨 -4

◆金國際大樓樓頂廢棄的遊樂場。素蘭坐咧，捧 Momo 的金斗甕仔。

	素蘭	Momo，你閣會記得無，建志抑閣細漢的時陣，我定定焄伊來遮迌迌，彼一工，我佇遮拄著你，你按呢「喵、喵」，叫甲遐爾仔古錐，遐爾仔可憐。閣遐爾仔使人毋甘。

◆黎月入來，素蘭看著伊，驚驚。

◎	黎月	母仔，你走來遮創啥啦，外口風雨遮大，遮閣暗眠摸。（倚較近咧，較激動）你按呢斡頭就做你走，佮文成有啥物無全？
●	素蘭	攏已經遮晏矣喔？我哪攏無感覺。來啦，你陪我坐一下，我這馬無想欲轉去。
◎	黎月	好佳哉電梯的監視器有錄著你，抑若無，看我欲去佗揣你。行啦，咱先轉來啦。
●	素蘭	阿月仔，我共你講，阮 Momo 一定是去予恁阿爸毒死的。
◎	黎月	母仔，你莫閣亂想矣啦。
●	素蘭	文成仔，伊袂轉來矣啦，你莫閣等矣，緊去揣一个律師，離婚的手續去辦辦咧。你猶閣少年，有你家己的人生，阿月仔，是阮周家，對不起你。
◎	黎月	（佇素蘭身軀邊坐落來）媽，你毋通按呢講啦。我本來就是周家的人矣。
●	素蘭	唉，嘛是啦。

針雨 -4

◆ 金國際大樓樓上的遊樂場廢墟。素蘭坐著，捧著 Momo 的骨灰罈。

素蘭：	Momo，你還記得嗎，建志小的時候，我都會帶他來這裡玩。我就是在這裡遇到你的？你「喵、喵」叫得多可愛，多可憐啊，讓人好捨不得。

◆ 黎月入，素蘭看到她，有點害怕。

黎月：	阿母，你來這裡是在想什麼啦，外面這麼黑。（走近後，較激動）你這樣說走就走，和文成有什麼不一樣？
素蘭：	已經這麼晚了？我都沒感覺。你陪我再坐一下。我不想回去。
黎月：	好在電梯的監視器有錄到你來這裡。不然我是要去哪裡找。我們先回去。
素蘭：	阿月，Momo 一定是被阿興用毒藥毒死的。
黎月：	媽，你不要亂想啦。
素蘭：	文成不會回來了，你別等了，去找一個律師，把離婚手續辦一辦，你還年輕，可以有自己的人生。阿月，是我們周家對不起你。
黎月：	（在素蘭身邊坐下）媽你不要這樣講。我就是周家的人不是嗎？
素蘭：	也是啦。

◎	黎月	好啦，你講的，我會考慮啦。
●	素蘭	阿月仔，時代已經無仝矣，離婚也無啥。若是以早，我可能會反對，抑若這馬，我絕對支持你。緊去揣一个律師解決，而且，建志嘛已經大漢矣。
◎	黎月	呼，媽，我講話，你攏無咧聽呢。
●	素蘭	是你才無咧聽。我煞毋知影，你咧共我應付。建志乎，就是去種著個老爸啦！好種毋傳，歹種毋斷。欲食毋討趁，一世人乎，無出脫啦。 猶閣有阿興，伊實在有夠臭的，你敢攏無鼻著？你一定有鼻著啊。彼三公里外就鼻會著矣。請人來洗，嘛是無較縒（bô-khah-tsuah）。（頓蹬）這款日子，我實在過袂落去矣。阿月仔，你若是無趁早離開這間厝，早晚，你會佮我仝款，規个人痟去。
◎	黎月	這雨呔會攏落袂停，已經落三工矣呢。聽講山頂閣有水崩山。
●	素蘭	你拄才講，喝走就走，佮文成仔有啥物無仝？其實，你講了無毋著，阮母仔囝完全攏仝款，攏仝款自私。你抑毋通想講，我是你的責任。我已經攏想好矣，這擺，我袂閣佮你做伙轉去矣。
◎	黎月	媽，你有答應我的呢——
●	素蘭	我這馬後悔矣，我彼是清彩應應的爾。
◎	黎月	我有拜託人去揣文成仔啦，你閣忍耐一下——

黎月：	好啦，我會考慮啦。
素蘭：	阿月仔，時代已經變了，離婚沒什麼了不起的。以前我反對，現在我支持你。趕快去找律師解決。建志也長大了。
黎月：	哎，你都沒在聽人說話。
素蘭：	是你沒在聽人說話，我知道你剛剛隨便應付我而已。建志和文成一模一樣。好種不長，壞種不斷。好吃懶做，一輩子沒用沒出息。 還有阿興。他好臭，你有聞過嗎？唉，我知道你當然有，三公里外就聞到了。聘人來洗也沒用。（頓）這種日子我實在過不下去。阿月仔，你如果不趁早離開那間房子，早晚你也會發瘋。
黎月：	這雨怎麼下不停。已經下三天了。聽說山上整個都山崩了。
素蘭：	你剛才說，我說走就走，和文成有什麼不同？沒有錯，我們確實是一樣，一樣自私。你也不用覺得我是你的責任。我想過了，我這次是不會和你回去了。
黎月：	媽，你答應我了──
素蘭：	我現在反悔了。我隨便說說而已。
黎月：	我有叫人去找文成。你再忍耐一下──

● **素蘭**	彼無較縒啦,就算揣著矣,伊嘛袂轉來。聽講,伊佇台北車頭做乞食,實在見笑。唉,而且,咱對伊來講,一點仔意義攏無。這款日子,閣按呢落去,毋是我死,就是恁死。毋著,我一定會比恁較早死。
◎ **黎月**	母仔,你閣講啥物死毋死的,我就欲受氣矣喔!(徛起來,命令)行,佮我轉來!

◆素蘭乖乖仔聽話,綴黎月落台。

素蘭：	沒用啦，找到了他也不會回來，聽說他在台北車站當乞丐。丟臉。而且我們對他來說一點意義都沒有。這日子再這樣下去，不是你們死就是我死。不對，我一定會比較早死。
黎月：	媽，你再講什麼死不死的，我就要生氣了喔！（站起來，命令）走，跟我回去！

◆素蘭乖乖地聽話，跟黎月同下。

針雨 -5

◆黎月厝裡。建志拿食了的便當轉來。看著貴興睏去，伸手去探貴興的呼吸，猶閣活咧，建志感覺真可惜。

●	建志	（開電視，坐膨椅）網路頂頭講，出大代誌啊！（轉著新聞台）哇……（愛睏甲目睭擘袂開）呔會遮愛睏。

◆黎月、素蘭回到家裡。

◎	素蘭	哎唷！罕得幾時，建志仔，竟然會行出房間門，敢是為著我？ （對建志）建志，阿媽今仔日，本來是欲去跳樓的，想袂到樓尾頂的門，竟然鎖牢咧。按呢敢有合法？若是火燒厝，逐家就走無路？ 話講倒轉來，若是火燒厝，共遮所有的一切攏燒了了，燒甲烌烌烌（hu），按呢嘛是袂歹。按呢我就無啥物通好煩惱的矣。建志，咱來去加油站買汽油好無？咱兜的 lài-tah 咧？建志啊，咱兜的 lài-tah 咧？
●	黎月	爸、建志，恁欲睏，哪無愛去房間睏。建志啊，你來鬥扶一下。

◆建志爬袂起來。黎月一个人將貴興插（tshah）去膨椅遏，予貴興坐佇建志邊仔。

◎	黎月	母仔，咱先來食飯啦。

◆素蘭看貴興、建志個按呢，感覺著死亡的威脅。

●	素蘭	我袂枵。

針雨 -5

◆黎月家。建志拿吃完的便當回來。見貴興在餐桌睡著，伸手試探貴興的呼吸，還活著，建志覺得真可惜。

建志： （開電視，坐沙發）網路上說，出大事了！（轉到新聞台）哇……（睏到眼睛睜不開）怎麼這麼想睡。

◆黎月、素蘭回到家裡。

素蘭： 咦，難得建志會出房門，是因為我嗎？
（對建志）今天我本來是要去跳樓，不過頂樓的門鎖起來了。這合法嗎？如果失火不就大家都逃不了？
話說回來，如果失火了，將這一切都燒光光，我就不用煩惱了。建志，我們去加油站買汽油好嗎？我們家的打火機咧？建志，我們家的打火機咧？

黎月： 阿爸、建志你們想睡怎麼不去房間睡。建志你來幫忙扶一下。

◆建志爬不起來。黎月獨自把貴興扶到沙發上，讓貴興坐在建志旁。

黎月： 阿母，來吃飯。

◆素蘭看見貴興、建志的模樣，感覺到死亡的威脅。

素蘭： 我不餓。

◎	黎月	那有可能袂枵，我來去微波一下。
	◆ 黎月落台。	
●	素蘭	看著個按呢，我就知影阿月仔的意思矣。逐家做伙死死咧，按呢嘛好，較有伴。按呢，我就會當去揣 Momo 矣。我無應該感覺驚惶，毋過，是按怎我的心肝內，有淡薄仔毋甘願。文成仔，是按怎你閣有法度，活佇咧人世間，逍遙自在？
	◆ 黎月轉來。	
◎	黎月	好矣，阿母，咱趁燒緊食，我嘛做伙食。
	◆ 但是黎月無振動。素蘭乖乖仔那食那哭。	
●	素蘭	奇怪，是佗一間的便當，遮好食？食甲我按呢，目屎涵涵津（tshảp-tshảp-tin）。
◎	黎月	阿母，莫驚。
●	素蘭	我哪會袂驚。
◎	黎月	你看阿爸佮建志，個毋是攏猶閣好好。睏一下就無代誌矣。我攏是為著逐家好，我袂共恁傷害。愛睏藥仔爾爾袂死。
●	素蘭	Momo……
◎	黎月	彼是意外。
●	素蘭	共我插入去睏。
◎	黎月	你無愛共逐家做伙睏喔？
●	素蘭	我想欲家己一个。
	◆ 黎月扞素蘭去單人的膨椅坐落來。	

黎月：	怎麼可能不餓，我去微波一下。

◆黎月下。

素蘭：	看到他們這樣，我就知道黎月的意思了。大家一起死。這樣也好，有伴。我可以去見 Momo 了，我不應該感到驚慌。但是為什麼我會覺得不甘心？文成，為什麼你還能在人世間逍遙自在？

◆黎月回來。

黎月：	好了，媽，趁熱快吃。我也一起。

◆但黎月沒有動。素蘭乖乖地邊吃邊哭。

素蘭：	真奇怪。（勉強）是買哪一間的便當這麼好吃？好吃到我吃了淚流滿面。

黎月：	阿母，你不要怕。

素蘭：	怎麼可能不怕。

黎月：	你看他們不是好好的？在睡覺而已。我是為你們好。我不會傷害你們。安眠藥而已不會死。

素蘭：	Momo……

黎月：	那是一個意外。

素蘭：	扶我進去睡。

黎月：	你不和大家睡在一起嗎？

素蘭：	我想要自己一個人。

◆黎月扶素蘭去單人沙發坐下。

◎	**黎月**	塗跤哪會澹漉漉，是捙倒啥？（觀察環境）連壁攏澹去矣。

◆ 黎月看一家伙仔，看足久，佇建志邊仔坐落來，將電視開大聲八八風災報導的聲，黎月對電視出神，無咧看。

●	**黎月**	（提出液態的鳥鼠藥仔分裝）文成仔欠人三百萬，我足久以前就還完矣。毋過，伊佇外口共人騙偌濟，恁敢知？就算恁知，恁敢有法度排解？文成人佇佗，我毋是毋知，我是無想欲去揣伊。伊若是轉來，我顛倒麻煩。

◆ 黎月敲電話予邱老師。佇電話過程中伊才慢慢將八八風災的新聞看入去，面色愈來愈歹看。

◎	**黎月**	邱老師，你講了無毋著，有計畫，就愛去做，抑無，攏是加講的。我的計畫，你聽看覓咧，看敢有佗位，想了無周全？我先共貓仔毒死矣，然後，才閣對厝裡的人——毋是，（頓蹬）這是好事啊，按呢我就會當，將所有的一切攏放下，佮世事無牽礙，這是你共我教的啊！（頓蹬）這馬新聞是咧演佗一齣的——

◆ 黎月專心看電視。

●	**黎月**	（對電話）今仔日已經死傷濟人矣。我看，我另工閣揣機會好矣。暗安。

◆ 電視新聞聲漸禁，燈暗。

| 黎月： | 地上怎麼濕答答的，是什麼翻倒了？（觀察環境）牆壁也濕了。 |

◆黎月看家人們，看很久，在建志身旁坐下。她把電視音量開大：八八風災的報導聲，對電視放空，沒在看。

| 黎月： | （拿出液態的老鼠藥分裝）文成欠的三百萬我很久以前就已經還完了。不過你們連他在外面騙人家錢都不曉得。反正你們知道也沒有用，我也不能靠你們。他人在哪裡，我也不是不知道，但我不想找他。他要是回來，我反而困擾。 |

◆黎月打電話給邱老師。在電話中過程中她才逐漸把八八風災的新聞看進去，臉色越來越難看。

| 黎月： | 邱老師，你講的很有道理。有計畫就要去做，不然都是空話而已。我直接跟你講我的計畫，你聽聽看，看我是不是什麼地方做得不夠？我把貓毒死了，還給我的家人下藥——不是，（頓）這是好事啊！我可以將所有的一切都放下，這是你教我的啊！（頓）現在新聞是在演哪齣—— |

◆黎月專心看電視。

| 黎月： | （對電話）今天已經死太多人了。我改天再找機會好了。晚安。 |

◆在電視新聞聲漸出，燈暗。

◆西遊記組以西遊記打扮上，毋過悟空毋免像猴，八戒毋免像豬。

三藏	無啥行、無啥走，來到遮，啥物所在？
悟空	有看到一个涼亭仔無？
八戒、悟淨	有喔！
悟空	有看到山頭無。
八戒、悟淨	有喔！
悟空	吙！攏是幻覺啦！
三藏	此地，乃妖地。眾弟子啊，（其他人：在！）隨吾，來唸經。

◆三藏提出木魚。

悟空	規氣弟子，來去佮個對戰？
三藏	悟空啊，你無了解這个世界。
悟空	你才無了解咧。
八戒	逐家稍讓一下，在座，應該是我上了解。
悟空	有影。
悟淨	我啥物攏無看著啊。

遊

◆西遊記四人組以西遊記打扮上，不過悟空不必像猴，八戒不必像豬。

| 三藏： | 沒啥行、沒啥走，來到這，什麼地方？ |

三藏： 沒啥行、沒啥走，來到這，什麼地方？

悟空： 有看到一個涼亭嗎？

八戒、悟淨： 有喔！

悟空： 有看到山嗎？

八戒、悟淨： 有喔！

悟空： 呔！都是幻覺啦！

三藏： 此地是個妖地，弟子們（其他人：在！）隨我一起念經。

◆三藏拿出木魚。

悟空： 不如讓弟子去打一場？？

三藏： 悟空啊，你不了解這個世界。

悟空： 你才不了解咧。

八戒： 大家讓一讓，這裡我最了解。

悟空： 確實。

悟淨： 我什麼都沒看到啊。

◎	**悟空**	（對其他二人）無予師父唸予伊夠氣，伊袂死心啦，<u>職業病</u>啦。
●	**八戒、悟淨**	（贊成）喔，好啦。

◆四人跤疊環（thia̍p-khuân）準備開始唸經。
◆木魚聲改拍打十殿節奏。
◆燈漸禁。

◆《奈何橋》煞。

悟空： （對其他二人）不讓師父唸個夠本，他是不會死心的，職業病啦。

八戒、
悟淨： （贊同）好啦好啦。

◆四人盤腿坐下準備開始唸經。
◆木魚聲轉打十殿節奏。
◆燈漸暗。

◆《奈何橋》完。

劇本

台語本 十殿 輪迴道

作者：吳明倫	台文校對：吳明倫、陳晉村
台語翻譯：MC JJ	華文校對：吳明倫、許惠淋

凡例	＊加底線表示用華語，會當自由斟酌調整。 ＊外來語以台羅標記。

人物表

＊年代佮年齡等等細節請看逐一場開頭的說明。
＊演員兼演群眾角色。

邱老師	退休教師。	百惠	前酒家女。
家瑜	生理人。邱老師前某。	阿棠	百惠的查某囝。
佑佑	《奈何橋》中彥博、梅玲的囝。詐騙集團。	阿壽	純純的翁，百惠的囝，阿棠的阿兄兼保鏢。
梅玲	佑佑的母親。印尼外配。	忠明	出獄的前警察。
怡慧	家庭主婦。	文成	建志父親。
阿彰	怡慧丈夫，佇豬屠食頭路。	黎月	建志母親。
宗翰	怡慧少年時的愛人，阿彰的表兄。	建志	殺人犯。
純純	保齡球館員工。	三藏	除了特定場景愛搬演西遊記角色以外，是機動的角色。演員的性別無限定。
安然	邱老師師妹，「光的藝術家」。	悟空	
駿洋	純純的小弟。	八戒	這四個角色同齊出現的時陣，用「西遊記組」表示。
純純	亡魂。	悟淨	

十殿：輪迴道　華語本

作者：吳明倫

台語翻譯：MC JJ

台文校對：吳明倫、陳晉村

華文校對：吳明倫、許惠淋

人物表　◎年代與年齡等細節請見每場開場的說明。

邱老師：退休教師。

家瑜：商人。邱老師前妻。

佑佑：《奈何橋》中彥博、梅玲之子。詐騙集團。

梅玲：工地工人。印尼外配。

怡慧：家庭主婦。

阿彰：怡慧丈夫，從事屠宰業。

宗翰：怡慧年輕時的戀人，阿彰的表哥。

安然：邱老師師妹，「光的藝術家」。

駿洋：純純的弟弟。

純純：亡魂。

百惠：前酒家女。

阿棠：百惠的女兒。

阿壽：純純的丈夫，百惠的兒子、阿棠的哥哥。幽魂。

忠明：剛出獄的前警察。

文成：建志父親。

黎月：建志母親。

建志：殺人犯。

三藏、悟空、八戒、悟淨：

除了特定場景搬演西遊記角色以外，是機動的角色。演員的性別不限定。

這四個角色同時出現時，用「西遊記組」表示。

◆ 空台。演員分六組上台：盡量用五個故事去分組，閣加上西遊記組；若是演員兼無仝角色無好分，會當莫計較故事，予每一組人數控制在三四个人就好。

◆ 每一組攏親像咧坐一條船，其中有人負責駛船，用戲曲動作表現。

◆ 驚濤駭浪，但是漸漸仔平穩落來。

●	三藏	（對眾徒弟）一个家庭，就是一部《西遊記》啊。
◎	悟空	喔！弟子了解！師父啊，你，就是囡仔人，佇人生的過程中，受著保護，大漢了後，猶原是非不分、忠奸不辨 (piān)、善惡不識、神魔不認啊！
●	八戒	大師兄，你，是母親，會飛天，會鑽地，毋過茱籽仔命，做甲流汗，予人嫌甲流瀾。
◎	悟淨	二師兄，你若老爸！食肥肥、激槌槌 (kik-thuî-thuî)，一下無注意，就佮妖精膏膏纏 (kô-kô-tînn)！
●	三藏	眾徒兒啊！
◎	眾	在！
●	三藏	恁，攏學了真好，無枉費為師一片 (phiàn) 苦心啊啊啊！
◎	徒弟們	多謝師父謬 (biū) 讚！

◆ 每一組開始進行各自家庭的喪事。

◆ 三藏摃木魚，十殿節奏，四界行。

渡

◆空台。演員分六組上台：盡量用五個故事去分組，再加上西遊記組；若是演員兼演不同角色不好分組，可以不計較故事，讓每一組人數控制在三四個人。
◆每組都像在搭船，其中有人負責划船，以戲曲動作表現。
◆驚濤駭浪後，趨於平穩。

三藏：	（對徒弟們）一個家庭，就是一部《西遊記》。
悟空：	喔！我知道！師父你就是小孩，人生路上，一路受著保護，但是長大了以後，還是是非不辨、忠奸不分、善惡不識、神魔不認！
八戒：	大師兄你像老媽，飛天鑽地神通廣大，但是油麻菜籽命，做到要死，也被人嫌到要死。
悟淨：	那這樣二師兄就是老爸囉！沒什麼用，癡肥裝死，一不注意，他還會跟女妖精糾纏！
三藏：	眾徒兒啊！
眾：	在！
三藏：	你們，都學得真好，不枉費為師的一番苦心哪！
徒弟們：	多謝師父謬讚！

◆每一組開始進行各自家庭的喪事。
◆三藏，敲木魚，十殿節奏，遊走。

◆ 每一組有一个搬演厲鬼的演員，伊幔一塊紅布走，然後將紅布換幔佇同組的某人身軀頂，彼个人一接觸著紅布就掠狂舞動。

◆ 每一組攏有一塊紅布傳來傳去。

◆ 開始有人笑甲使人恐怖。

◆ 突然安靜。所有人回歸上開始的狀態，平靜坐船。

◆ 三藏猶閣咧搝木魚。

◆ 風雨雷聲。除了西遊記組的船以外，所有的船攏反船（píng-tsûn），眾人落水、呼救。

◆ 暗場。等安靜了後，燈緊光。除了三藏以外，所有人攏倒落來敢若屍體。

三藏	（茫然、慢慢仔）無啥行、無啥走，來到遮，啥物所在？

◆ 三藏看著悟空的屍體，行過去。

三藏	徒兒啊？

◆ 三藏檢查悟空屍體，將悟空的目睭瞌起來，將悟空頭頂的金箍提落來。三藏提起木魚，欲搝毋搝，最後將木魚擲拃捔（tàn-hiat-kák）。

◆ 燈緊收。

◆每組有一個演厲鬼的演員，他披上一塊紅布奔跑，接著將紅布改披在同組某人身上，那人一接觸到紅布就癲狂舞動。
◆每一組都有一塊紅布傳來傳去。
◆開始有人笑地淒厲恐怖。
◆突然安靜。所有人回歸最初狀態，平靜乘船。
◆三藏仍在敲木魚。
◆風雨雷聲。除了西遊記組的船以外，所有船翻船，眾人溺水、呼救。
◆暗場。等安靜以後，燈急亮。除了三藏以外，所有人都倒下如屍體。

三藏：　　（茫然、慢慢地）沒啥行、沒啥走，來到這，什麼地方？

◆三藏看見悟空的屍體，走過去。

三藏：　　徒兒啊？

◆三藏檢視悟空屍體，闔上悟空的眼睛，拿下悟空頭上的金箍。三藏拿起木魚，要敲不敲，最後把木魚丟掉。
◆燈急收。

樓崩

2010 年

	佑佑	邱老師	家瑜	安然	梅玲	怡慧
出生年份	1993	1950	1954	1964	1972	1980
本單元年齡	17	60	56	46	(20)	30

樓崩 -1

◆ 舞台分爲三個區域：金國際大樓樓下、電梯、邱老師兜的陽台。
◆ 警車、消防車的警報聲，有物件對樓頂摔落來塗跤的聲。
◆ 燈光。摔落來的是邱老師的電話機，落佇安然面頭前一步的所在。安然跑（ku）落來看這電話，然後攑頭看樓頂，才共電話拈起來，徛起來。怡慧上台。

●	**怡慧**	唉唷，小姐，你有按怎無？
◎	**安然**	無代誌、無代誌。
●	**怡慧**	（攑頭）希望伊嘛無代誌。
◎	**安然**	你真善良。（頓蹬）彼个人的光芒，猶閣真光，應該袂遮早死，你毋免煩惱。
●	**怡慧**	光芒？
◎	**安然**	你好，我叫做安然，是光的藝術家。工作室，（比向天）開佇咧十一樓。你若是有閒，歡迎來坐，咱會當罔開講。

樓崩

2010 年

	佑佑	邱老師	家瑜	安然	梅玲	怡慧
出生年份	1993	1950	1954	1964	1972	1980
本單元年齡	17	60	56	46	(20)	30

樓崩 -1

◆舞台分為三個區域：金國際大樓樓下、電梯、邱老師家陽台。

◆警車、消防車的警笛聲，有東西從高處摔到地上的聲音。

◆燈亮。掉下來的是邱老師的電話機，就掉在安然面前一步之處。安然蹲下來看這電話，然後往上看，再撿起電話，站起來。怡慧上。

怡慧：	哎唷，小姐，你有沒有怎麼樣？
安然：	沒事沒事。
怡慧：	（抬頭）希望他也可以沒事。
安然：	你真善良。（頓）那個人的光還很亮很光，應該是還不會死，不用擔心。
怡慧：	光？
安然：	我叫安然，是光的藝術家。（指天）我在十一樓開了一個工作室。歡迎你有空來找我聊聊。

怡慧	光？工作室？喔！你是做指甲的乎？指甲光療喔？
安然	呃，嘛算是一種「光療」啦。（頓）你的光，是我看過，上媠上媠的光。
◆怡慧感覺礙虐。	
怡慧	喔，多謝你。
◆怡慧佮安然行向電梯。	
◆厝邊頭尾看鬧熱的民眾上台，予封鎖線圍佇一區，個攏咧攑頭看仝一個所在。	
◆探照燈拍向邱老師兜陽台，拍佇邱老師身軀頂。陽台的欄杆佇邱老師後壁，他看起來當欲跳落來。家瑜佇陽台頂將伊揬咧。佑佑佇房間內離陽台無遠的所在，無要無緊。	
◆悟空、八戒演警察，走向電梯。佮怡慧、安然做伙等電梯來。	
八戒	（對怡慧、安然）歹勢，予阮先處理一下。八樓。
◆怡慧、安然禮貌頷頭。	
八戒	這棟大樓，呔會定定出代誌啦。頂個月才掠一個偷放火的。
悟空	這款所在，若無較注意咧，民眾佮民意代表，就閣罵講警察放任、治安死角。
◆電梯到。安然、怡慧、悟空、八戒進電梯，電梯裡有足濟糞埽。	
悟空	治安是有偌穩？攏牽拖咱警察就飽矣。貓仔相拍嘛欲報警察。
八戒	欸，較細膩咧，塗跤有射筒。
悟空	這箍欲跳樓的「空中飛人」敢嘛是藥仔組的？

怡慧：	光？工作室？喔！你是做指甲的齁！指甲光療喔？

安然：	也可以說是一種光療啦。（頓）你發出來的光，是我看過最美的。

◆怡慧略感尷尬。

怡慧：	喔，謝謝啦。

◆怡慧與安然走向電梯。
◆附近看熱鬧的民眾上，有封鎖線民眾集中於一隅，他們都抬頭看同一個地方。
◆探照燈打向邱老師家陽台，打在邱老師身上。陽台的欄杆在邱老師的背後，他有些笨拙地抓著欄杆。家瑜在陽台上拉著邱老師。佑佑在他們後面不遠處，冷眼旁觀。
◆悟空、八戒扮警察，衝向電梯。和怡慧、安然一起等電梯來。

八戒：	（對怡慧、安然）抱歉，讓我們先處理一下。八樓。

◆怡慧、安然禮貌點頭。

八戒：	這棟大樓怎麼常常在出事。上個月才抓一個縱火的。

悟空：	這種地方只要一時沒注意，民眾跟民代就會罵說是警察放任、治安死角。

◆電梯到。安然、怡慧、悟空、八戒進電梯，電梯裡有很多垃圾。

悟空：	治安是有多糟啦。都牽拖我們警察就飽了。貓打架也報警。

八戒：	欸欸，地上有針筒小心一點。

悟空：	要跳樓的這個空中飛人有吸毒嗎？

八戒	我抑知。
◆ 悟空、八戒出電梯。	
八戒	（確認方向）彼爿。
◆ 悟空、八戒落台。安然綴個出去。	
怡慧	（奇怪）小姐你毋是講你蹛——十一樓。
◆ 電梯關門，怡慧落台。	
民眾	遮爾愛跳，袂去跳蘭潭？蘭潭大大無崁蓋啦，欲跳，嘛較有伴。死佇遮，是欲害逐家攏無米通食喔？厝價才今仔欲起爾，真正是有夠自私的呢！
民眾	（當咧講電話）有一個少年人徛佇咧陽台外口，伊一直咧講話，毋知咧講啥，若是徛無好勢，恐驚伊會跋落來喔！
民眾	會跳的袂躊躇（tiû-tû）啦！攏嘛一個就予落來矣。佇遐袂輸咧等領薪水。
民眾	溫戲拖棚啦！氣墊攏灌好矣，我看一跤暫（tsàm）予伊落來較緊。
民眾	我硩（teh）伊袂跳，敢有人欲綴？
民眾	我！
民眾	我！
民眾	我！
民眾	綴啥啦！綴咧跳喔！
民眾	欸！

八戒：	我哪知道。

◆悟空、八戒出電梯。

八戒：	（確認方向）那邊。

◆悟空、八戒急下。安然跟上。

怡慧：	（疑惑）小姐你不是說你住——十一樓。

◆電梯關門，怡慧下。

民眾：	這麼愛跳不會去跳蘭潭？蘭潭沒蓋子，要跳也有伴，死在這裡想害誰啊！好不容易房價才開始漲一點，哪來這麼自私的人啊。
民眾：	（正在講電話）有一個年輕人站在陽台外面，一直在講話，不知道在講什麼，要是一個沒站好，恐怕會跌下來欸！
民眾：	會跳的不會這樣啦。會跳早就跳了。在那等薪水喔。
民眾：	歹戲拖棚，氣墊灌好了，我看一腳踢他下來就好了。
民眾：	我賭他不跳，有人要跟嗎？
民眾：	跟！
民眾：	跟！
民眾：	跟！
民眾：	跟！跟著跳啦跟！
民眾：	欸！

●	**民眾**	這棟大樓定定出代誌。一樓賣衫的，無張無持（bô-tiunn-bô-tî）就燒起來，有人撞球撞甲予球槌挃（tùh）死，閣有吊胿（tiàu-tāu）死去的、燒炭死去的，巴藥仔巴甲死去的，唉，無所不至啦。
◎	**民眾**	毋管你做過啥物代誌，已經發生的，就無法度改變矣。

◆ 頓蹬。

●	**民眾**	自殺的亡魂，有兩種結果。一種，予風水龍脈困佇咧迌，佇彼个所在一直自殺閣自殺，重來閣重來。一直到掠著交替，有通好代替的時，伊才有法度脫離彼个死亡的所在。
◎	**民眾**	另外一種，予鬼差掠去地府，關佇枉死城的孤獨地獄，受盡伊在死進前無極的痛苦，若是想欲超生，就愛請法師來拍城（phah-siânn）……

◆ 本區燈漸暗。

●	**邱老師**	佇烏暗當中，咱干焦會當相信，咱看著的，彼一點點仔微微的光……

◆ 燈全暗。

| 民眾： | 這棟大樓真的太常出事情了，一樓賣衣服的常常莫名其妙燒起來，也有人被撞球桿插死，還有上吊死的、燒炭死的、吸毒死的。真是無奇不有。 |

| 民眾： | 不管你做了什麼，已經發生的事情，無法改變。 |

◆頓。

| 民眾： | 自殺的亡魂有兩種結果，一種，被當地的風水地脈困住，在自殺的地方，一直重複自殺，重來再重來。一直到抓到交替，可以代替自己的時候，才有辦法脫離身死亡的地方。 |

| 民眾： | 另外一種，被鬼差帶回地府，被關在枉死城的孤獨地獄，受盡他死亡那一剎那的痛苦。若要讓他早點超生，就要請法師來打城…… |

◆本區燈漸暗。

| 邱老師： | 在黑暗中，我們只能信仰我們看到的那一絲微微的光…… |

◆燈全暗。

樓崩 -2

◆ 家瑜佮佑佑佇已經停業的撞球間。

●	**佑佑**	你遮地點遮好，竟然囥咧拋荒（pha-hng），遮濟年攏無提來做生理，實在真拍損。
◎	**家瑜**	就是講啊，我毋才想講，欲請恁董仔過來參詳一下。
●	**佑佑**	伊傷無閒矣啦，走袂開跤，我來，嘛是仝款。
◎	**家瑜**	我佇這棟大樓有開過冰宮佮撞球間，毋過攏已經收起來矣，撞球間有擋較久，毋過嘛加無偌久。你看我投資的設備，這馬看起來，品質攏猶閣真讚，毋過人無愛來，就是無愛來。少年人，到底佮意啥？唉，我可能真正愈來愈綴袂著時代矣。
●	**佑佑**	阮董仔是建議講，遮若投資開餐廳，會較保險。
◎	**家瑜**	阮前翁來看過，講遮的風水，無適合開餐廳。
●	**佑佑**	按呢伊敢有算講遮的風水，冰宮佮撞球間，攏會收起來？既然都攏講是前翁矣，無定著，伊是刁工欲共你害，報一下仔鳥鼠仔冤。
◎	**家瑜**	伊袂啦。欸，陳特助，你遮少年，社會事閣真利呢！其實當初時乎，冰宮佮撞球間，阮前翁嘛攏有反對，毋過彼當陣，我錢較好趁，嘛較傲驕，就無聽伊的話矣。
●	**佑佑**	恁遮樓頂敢閣有蹛人哈？

樓崩 -2

◆家瑜與佑佑在已停業的撞球館。

佑佑：	這地點這麼好，放著不管，這麼多年沒做生意，實在太可惜了。
家瑜：	是啦，所以我才會請你們董事長來商量。
佑佑：	他太忙了走不開，我來也一樣。
家瑜：	我在這棟大樓開過冰宮和撞球館，現在都收起來了，撞球館撐比較久，不過也沒多久。你看我投資的設備，現在看起來品質也都還很好，但是沒人來也沒用。年輕人到底喜歡什麼？唉，我可能真的越來越跟不上時代了。
佑佑：	我們董事長建議，你這裡還是投資餐廳比較保險。
家瑜：	我前夫有來看過，說這裡的風水不適合。
佑佑：	那他有算出你的冰宮跟撞球館會倒嗎？既然是前夫，說不定他是在報復你。
家瑜：	他不會啦。陳特助，你這麼年輕，還真懂人情世故呢。其實他也不贊成開冰宮和撞球館，但我當時錢正好賺，是有比較驕傲啦，就沒聽他的。
佑佑：	樓上還有住戶嗎？

◎	**家瑜**	有是有啦，毋過欠管理，環境佮以早差真濟。按怎？你有興趣喔？我會當悉你起去看覓咧。阮前翁猶閣蹛佇遮。
●	**佑佑**	好啊。（頓）欸何董——家瑜姊，你雙子座的乎？
◎	**家瑜**	欸？你呔會知？
●	**佑佑**	因為對雙子座的查某人來講乎，「新鮮感」上界重要，我若臆了無毋著，你欲決定去做一件代誌的時陣，一定是因為這件代誌，對你來講有趣味啦。
◎	**家瑜**	喔喔！彼是當然的啊！若是無趣味，是做欲創啥物。
●	**佑佑**	其實你佮這馬的少年人，想法攏真相likely相（sio-siāng），毋過趁錢，佮趣味，彼是兩件代誌。
◎	**家瑜**	（笑）我攏生你會過矣，閣愛你教喔！
●	**佑佑**	（笑）啊，歹勢啦！我都綴佇阮董仔身軀邊，時間一下久，就變成按呢矣。若是有得失的所在，我先共你會失禮。
◎	**家瑜**	袂啦，其實你講的，嘛是有道理。啊你咧，你啥物「座」的？
●	**佑佑**	我哦？我二月二七，雙魚座。
◎	**家瑜**	遮拄好，阮囝嘛——（頓蹬）阮囝嘛是彼工。
●	**佑佑**	家瑜姐，恁囝幾歲矣？敢閣咧讀冊？
◎	**家瑜**	細漢的時陣，就無去矣。

◆ 沉默。

家瑜：	有啦，不過缺乏管理，環境不比以前了。你有興趣嗎？我可以帶你去看看，我前夫還住這裡。
佑佑：	好啊。（頓）何董——家瑜姐，你雙子座的齁？
家瑜：	欸？你怎麼知道？
佑佑：	對雙子座的女性來講，新鮮感最重要。我如果沒猜錯，你對一件事情有沒有興趣，可能是你決定要不要去做的原因。
家瑜：	當然囉！若沒興趣，就沒意義啦。
佑佑：	這跟年輕人的想法比較接近，但是賺錢跟興趣是兩回事喔。
家瑜：	（笑）我都可以當你媽了，還要你來教我喔！
佑佑：	（笑）抱歉啦，跟在我們董事長身邊太久就變這樣。若有得罪，先跟你賠不是了。
家瑜：	不會啦。你講的也是有道理。那你呢，你什麼座的？
佑佑：	我喔？我二月二十七，雙魚座。
家瑜：	真巧，我兒子——（頓）我兒子也是那天。
佑佑：	家瑜姐，你兒子幾歲了？還在讀書嗎？
家瑜：	小時候就沒了。

◆沉默。

	角色	台詞
●	家瑜	伊是去予人縛去的。後來，就無消無息矣，毋過我咧想，伊應該是無佇咧矣。
◎	佑佑	嘛有可能猶閣活咧啊。
●	家瑜	阮前翁伊就是按呢想的，毋過，若是攏按呢想，日子是欲按怎過？阮前翁到後來，精神就淡薄仔出問題，定定佇厝裡，顧一支無接線的電話，袂輸咧顧啥物寶貝，伊攏講，阮囝會敲彼支電話予伊。 彼工半暝，阮佇厝裡接著對方的電話，個敲來叫阮攢錢，干焦會當我一个人出面，若是報警，抑是予個看著警察咧綴，阮就愛準備替阮囝收屍。 個叫我，先去三聖宮的公用電話，內底有一張紙佮一支鎖匙，我提彼支鎖匙，照紙頭頂的指示，駛車去到火車頭，拍開 15 號的寄物櫃，內底有一个行李袋仔，佮另外一張紙。 彼張紙，叫我共錢裝入去彼个袋仔。然後，開起去高速公路，到南下 271 公里的路肩，共袋仔抨（phiann）落去高速公路跤，我攏照個的指示去做啊。 第二工，旭恆無轉來。 第三工，旭恆無轉來。 第四工、第五工，旭恆攏無轉來。 一直到今仔日旭恆嘛是攏無轉來。 我嘛攏毋敢搬厝，恐驚去萬一若有一工，伊真正會當轉來的時陣會揣無。凡勢（huān-sè），我佮阮前翁全款，攏相信旭恆猶閣活咧。
		◆ 佑佑聽咧聽咧就哭出來矣。
◎	家瑜	歹勢，講遮濟，佮你無底代的。

家瑜：	他是被綁票綁走的，後來就沒有消息了。但是我想，他應該過世了。
佑佑：	也有可能還活著啊。
家瑜：	你跟我前夫想法一樣，但是這樣想，沒辦法過下去。我前夫後來精神有一些問題，常常在家顧一台沒接線的電話，像是顧什麼寶貝一樣，他老是說我兒子會打來。 那天半夜，我們接到綁匪的勒索電話要求贖金，他們只准我一個人去，說如果報警或是警察跟著，就直接讓我們去收屍。 他們說，先去三聖宮那邊的電話亭，裡面有一把鑰匙和一張紙條。我找到了鑰匙，照紙條上的指示，拿鑰匙去開車站的寄物櫃，我打開編號 15 號的櫃子，裡面只有一個行李袋和另一張紙條。 紙條叫我把錢裝進去，然後開上高速公路，到南下 271 公里的路間，把袋子丟在高速公路路邊，我都照他們的命令去做」。 第二天，旭恆沒有回來。 第三天，旭恆沒有回來。 第四天、第五天，旭恆沒有回來。 一直到現在，旭恆都沒有回來。 我到現在都不敢搬家。 怕他萬一有一天真的回來的時候找不到。 也許我其實跟我前夫一樣，相信他還活著。

◆佑佑聽著聽著就哭出來了。

家瑜：	抱歉，講這些又不關你的事。

●	**佑佑**	袂啦！家瑜姐，我感覺你是一个真偉大、真勇敢的媽媽。

◆ 沉默。

◎	**家瑜**	我感覺我袂輸若規世人攏咧等人對我講這句話。

◆ 沉默。

●	**佑佑**	其實，遮閣是工地的時陣，我就來過矣。
◎	**家瑜**	呔有可能，這棟都起無二十年咧。
●	**佑佑**	真的啦，彼時陣，我猶閣是一个紅嬰仔。阮老爸佮老母佇遮做工。我一直攏想講，阮阿母是破病死的，因為自細漢逐家攏按呢共我講。毋過，其實阮阿母是佇遮摔死的。（頓蹬）我毋知影是對佗一樓，毋過我咧想，一定真懸。我嘛有去圖書館查過舊報紙，阿母摔死的隔轉工，有一篇報紙，真正有寫。當初是講工地意外，其實是阮阿爸共阮阿母捒落去的。有一擺阮老爸啉酒醉的時陣，伊親喙共我講的。自彼工開始，我就離家出走矣。
◎	**家瑜**	你實在真堅強。
●	**佑佑**	後來，緣分予我拄著阮董仔，伊看我可憐，才共我牽佇邊仔學，對公司的實習生開始做。

◆ 音樂：梅玲唱給佑佑的搖籃曲。

◎	**家瑜**	佑佑共家瑜講，伊對母親，已經無啥印象矣。干焦會記得媽媽會唱歌予伊聽。

◆ 佑佑綴音樂輕聲唱，歌詞發音無準。

佑佑：	不會啦！家瑜姐，我認為你是一個很偉大很勇敢的母親。

◆沉默。

家瑜：	我覺得我這一生都在等人跟我說這句話。

◆沉默。

佑佑：	我在這裡還是工地的時候就來過了。

家瑜：	怎麼可能，這棟大樓蓋好不到二十年呢。

佑佑：	真的啦！那時我還是一個小嬰兒，我的爸媽都是工人。我一直以為我媽是病死的，因為大家都這樣告訴我。不過，我媽其實是從這摔下去的。（頓）我不知道是這棟大樓的哪一層，不過我想，應該是很高的地方吧。我也去圖書館查過舊報紙，在我媽墜樓的隔天確實有一篇報導這個意外的新聞。當初是說工安意外，但是其實是我爸親手推下去的。有一次他喝醉的時候親口說的。我知道了以後，就離家出走了。

家瑜：	你也是很堅強。

佑佑：	後來有緣遇到我們董事長，他看我可憐，才把我撿回去公司從實習生開始做。

◆音樂：梅玲唱給佑佑的搖籃曲。

家瑜：	佑佑跟家瑜說，他對母親沒有什麼印象，只記得媽媽會唱歌給他聽。

◆佑佑隨著音樂哼唱，歌詞發音不準。

●	**佑佑**	佑佑捌佇網路頂頭揣過越南佮印尼的歌，毋過聽起來攏真生疏，予伊感覺真遺憾（uî-hām）。佑佑問家瑜講，敢會唱歌予囡仔聽？家瑜一聽著這个問題就開始哭。
◎	**家瑜**	會啊，當然嘛會，若是會使，我想欲唱一世人的歌予我的囡仔聽……
	◆ 音樂漸漸禁去。	
●	**家瑜**	你若是無見怪，我是咧想講，你敢會使……予我做契囝（khè/khuè-kiánn）？
◎	**佑佑**	（牽家瑜的手，閣放開）是講這款代誌，袂當清彩，這我愛轉去問阮董事長。
●	**家瑜**	嗯，嘛是啦。伊是你的大恩人，共伊尊重嘛是應該的。
	◆ 佑佑電話噭（liang）。	
◎	**家瑜**	（整理情緒）我先去內底看看，你沓沓仔講。
	◆ 家瑜落台。佑佑接電話，無啥甘願。	
●	**佑佑**	出國？（細聲）舞這大齣？（頓）爸，家瑜姊是好人，我無想欲共伊騙。（頓）那你講阮媽媽的故鄉到底是越南抑是印尼啊？
	◆ 掛電話。	
◎	**佑佑**	敢是個老爸共個阿母捒落去的，佑佑猶是毋敢問。

佑佑：	佑佑在網路上找過一些越南和印尼的音樂，聽起來都很陌生。這是他的遺憾之一。佑佑問家瑜，也會唱歌給兒子聽嗎？家瑜一聽到這個問題，又哭了起來。
家瑜：	當然唱。當然唱。要是可以，我想一輩子唱歌給我的孩子聽……

◆音樂淡出。

家瑜：	你要是不介意的話，我是想說，你願意……讓我認你當我的乾兒子嗎？
佑佑：	（拉住家瑜的手，又放下）啊，我不能隨便答應你，要先回去問我們董事長。
家瑜：	嗯，他是你的大恩人，尊重他的意見也是應該的。

◆佑佑電話響。

家瑜：	（整理情緒）我去裡面看看，你慢慢講。

◆家瑜下。佑佑不情願地接電話。

佑佑：	出國？（小聲）太誇張了吧。（頓）爸，家瑜姐是好人，我不想騙她。（頓）那你說，媽媽的故鄉是越南還是印尼？

◆掛電話。

佑佑：	是不是他父親把他母親推下去的，他還是不敢問。

樓崩 -3

◆ 越南市集。
◆ 西遊記組的兩人演的販仔夫妻咧騙一个紅嬰仔，唱一條歌，聽著這條歌，佑佑行過來。周圍突然間恬靜（tiām-tsīng）落來。

●	家瑜	敢是這條歌？
◎	佑佑	我毋知呢，我真正聽袂出來。可能傷久去矣。毋過，我感覺個足媠的。

◆ 個向這个家庭買一寡東西。

●	家瑜	真難得。一个圓滿的家庭。我少年的時陣攏想講彼是一件真簡單的代誌。
◎	佑佑	乾媽，咱這馬按呢，雖然無到真圓滿，毋過上起碼，咱攏袂孤單矣。
●	家瑜	嗯，你真會曉想。是講，我呔看你這幾工攏毋知咧煩惱啥？敢是台灣彼邊的工課有重耽（tîng-tânn）著？
◎	佑佑	無啦。
●	家瑜	乾媽啥物代誌攏共你講呢，你若有啥物困難，毋著愛共乾媽講，按呢乾媽，才有法度共你鬥相共啊。
◎	佑佑	乾媽，你毋通按呢啦，你幫我出來越南的錢，我心肝內，已經真袂得過的矣。
●	家瑜	就共你講彼抑無啥矣。你就當做是陪乾媽出來迌迌的啊，按怎，抑是佮乾媽做伙你無歡喜喔？
◎	佑佑	毋是啦。

樓崩 -3

◆ 越南市集。
◆ 西遊記組中的兩人飾演的小販夫妻在哄一個嬰兒，唱一首歌，聽見這首歌，佑佑走回來。四周突然安靜了下來。

家瑜： 　是這首歌嗎？

佑佑： 　我不知道，聽不出來，太久以前了。但是我覺得他們好美。

◆ 他們向這個家庭買了一些東西。

家瑜： 　真難得。一個圓滿的家庭。我年輕的時候都以為這是很自然簡單的事。

佑佑： 　乾媽，我們現在雖然沒有很圓滿，但至少也不孤單了。

家瑜： 　你能這樣想就好。是說，我覺得你幾天好像有什麼煩惱？是台灣那邊的工作有耽誤到嗎？

佑佑： 　沒有啦。

家瑜： 　乾媽什麼事都跟你說了，你若是有什麼困難，也要告訴我喔，這樣乾媽才能幫忙啊。

佑佑： 　乾媽你不要這樣。你幫我出來越南的錢我心裡已經很過意不去了。

家瑜： 　就說了那沒什麼，你就當作是陪乾媽出來玩就好。怎麼，還是你不喜歡跟乾媽在一起？

佑佑： 　不是啦。

●	家瑜	抑是揣無恁阿母的親情，予你無歡喜？
◎	佑佑	嘛毋是啦，我早就知影彼運氣運氣矣。
●	家瑜	猶無是？

◆ 佑佑吐一口氣。

◎	佑佑	其實我拄到機場的時陣，就接著病院的電話矣。佃講阮老爸破病矣，醫藥費攏無去納，叫我愛轉去處理。我嘛毋是咧煩惱錢的問題，彼去貸款，抑是去錢莊壘（luí）就有矣，我是咧煩惱……煩惱阮阿爸，毋知伊有偌嚴重。 伊若是真嚴重，我是毋是愛轉去共伊看？啊我遮久無佮伊見面矣，是欲用啥物心情去面對伊？我敢會當共伊問阮阿母的代誌？抑是莫佮一个病人計較？我就愈想頭殼愈花，毋知欲按怎。 乾媽，我是毋是足不孝的？
●	家瑜	你先莫烏白想啦，來，乾媽共你講，無論如何，咱先轉去台灣才閣講，呼？時到，你若是無法度面對伊，乾媽再幫你出面，呼？

◆ 佑佑哭感，家瑜共安慰。

◎	家瑜	莫驚，乾媽佇遮，齁，莫驚。乾媽佇遮，你若哭，乾媽會毋甘喔。乾媽會毋甘喔！

◆ 佑佑掙脫家瑜、落台。

●	家瑜	佑佑，你欲去佗？佑佑！

◆ 家瑜追落。燈暗。

家瑜：	還是找不到你媽媽的親戚，你不開心？
佑佑：	也不是啦，本來就只是碰運氣。
家瑜：	要不然是？

◆佑佑嘆了一口氣。

佑佑：	其實剛剛到機場的時候，我就接到醫院通知，說我爸爸生病了，醫藥費都沒付，來跟我要錢。錢不是什麼大問題啦，大不了去貸款或是跟錢莊借。我是在煩惱……煩惱我爸不知道有多嚴重。 要是他的病很嚴重，我是不是該回去看他？我很久沒見到他了，要用什麼心情去面對他？我能當面問他我媽的事情嗎？還是我不應該去跟一個病人計較？我越想心越亂，不知道該怎麼辦。 乾媽，我是不是很不孝？
家瑜：	你先不要胡思亂想，來，乾媽跟你說，無論如何，我們先回去台灣再說，到時候你要是沒辦法面對他，乾媽在幫你出面好不好？

◆佑佑啜泣，家瑜安慰他。

家瑜：	別怕，乾媽陪你，駒，別怕，乾媽在這裡，你別哭嘛，看你哭乾媽捨不得。乾媽會捨不得喔。

◆佑佑掙脫家瑜、下。

家瑜：	佑佑，你要去哪？佑佑！

◆家瑜追下。燈暗。

樓崩 -4

◆ 邱老師兜。邱老師兜共《奈何橋》時的佈置無仝，較無成糞埽場矣，是一个亂糟糟的相命館。

●	家瑜	這个就是佑佑，這阮前翁邱老師。
◎	佑佑	邱老師你好。

◆ 邱老師無共應。

●	家瑜	這佑佑的八字，你共算一下，看有愛注意啥無，抑是佮我的八字看會沖著無。你共伊合看覓咧，若是愛改啥，你才做伙處理理咧。

◆ 家瑜提出一張紙，頂懸有印佑佑的命盤。邱老師掛目鏡看。

◎	佑佑	（輕鬆）我家己，是有去網路查過啦，講我較無爸母緣，「六親緣薄，一生孤單」。
●	家瑜	彼網路的袂準啦，攏嘛咧騙錢的。

◆ 邱老師摸佑佑的頭面，轉動伊的頭，看佑佑的面相。

◎	家瑜	按怎。

◆ 電話唌，但是干焦有邱老師聽會著。他直覺想欲去接，行過去，忍耐毋接。鈴聲停矣。邱老師幌頭吐大氣。

●	家瑜	我欲認一个契囝爾，你都閣無歡喜。
◎	邱老師	啊我哪有無歡喜。
●	家瑜	是你家己叫我恁伊來予你看的呢。

◆ 佑佑看個強欲冤起來，想欲做公親。

◎	佑佑	乾媽，你講的電話，敢是這支？老師，你接起來的時陣，攏聽著啥物？

樓崩 -4

◆邱老師家。邱老師家跟《奈何橋》時的佈置不同，比較不像垃圾場了，但仍是亂糟糟的命相館。

| 家瑜： | 這就是佑佑啦。這是我前夫邱老師。 |

| 佑佑： | 邱老師你好。 |

◆邱老師沒回應他。

| 家瑜： | 這是佑佑的生辰八字，你幫忙算一下有沒有什麼要注意的，跟我的八字會不會沖到。合看看要是有要改的你一起處理一下。 |

◆家瑜拿出一張紙，上面印了佑佑的命盤。邱老師戴上眼鏡看。

| 佑佑： | （輕鬆）我查網路上說這個命盤沒父母緣，「六親緣薄，一生孤獨。」 |

| 家瑜： | 網路上寫的不準啦，都在騙錢的。 |

◆邱老師伸手摸佑佑的頭臉、轉動佑佑的頭，看佑佑的面相。

| 家瑜： | 怎麼樣。 |

◆電話開始響，但只有邱老師聽得到。他下意識想去接，走過去，忍耐住了。鈴聲停止。邱老師搖頭嘆氣。

| 家瑜： | 我認個乾兒子你就不高興。 |

| 邱老師： | 我哪有不高興。 |

| 家瑜： | 是你自己叫我帶他來給你看的欸。 |

◆佑佑看他們要吵起來，試圖打圓場。

| 佑佑： | 乾媽，你說過的那支電話，就是這支嗎？老師，你接起來的時候都聽到什麼啊？ |

邱老師	一寡艱苦人的心聲啦。	
家瑜	連嘟嘟嘟嘟都無,是欲聽啥物碗糕?叫伊去看醫生,伊閣無愛去,老番癲,講袂聽。	

◆ 頓蹬。

邱老師	(予氣著)(對佑佑)講喔,你騙她偌濟錢矣?	
家瑜	你是咧講啥?	
佑佑	(笑笑)邱老師,我聽無你的意思呢。	
邱老師	雖然阮已經離婚矣啦,但是無代表阮就無情份喔。緊講,你騙伊偌濟矣?	
家瑜	你是煞袂?	
邱老師	你進前是予彼个周仔文成騙無夠是毋是,這馬閣甘願予這个猴死囡仔騙?我共你講,你若偌勢趁乎,個就偌勢挖(óo/ué)啦。	
家瑜	我免你來共我教示啦!	
邱老師	伊和八字就假的呢。	
佑佑	無啦,老師,可能是誤會矣。這真正是我的八字呢。抑是講,阮老爸去予舞毋著去,啊這是欲按怎看?	
邱老師	無需要啥物八字啦,啊分辨騙子的方法,就看你的耳仔、看你的鼻仔、聽你按怎講話、看你按怎行路,這袂嘜潲(hau-siâu)的啦!	
佑佑	邱老師,你這馬就是認定,我一定是騙子就著矣?	
邱老師	你遮少年,後台是啥物人咧扞(huānn),恁爸爸是無?	

邱老師：	一些苦命人的心聲啦。
家瑜：	連嘟嘟嘟都沒有，是要聽什麼碗糕？叫他去看醫生又不肯，老番癲，講不聽。

◆頓。

邱老師：	（氣到）（對佑佑）快說，你騙她多少錢了？
家瑜：	你是在講什麼啦！
佑佑：	（笑笑地）邱老師，我聽不懂你的意思欸。
邱老師：	雖然我們已經離婚了，不代表我對她就沒有情份。快說，你騙她多少了？
家瑜：	你有完沒完？
邱老師：	你之前被那周文成騙不夠是不是，現在又甘心被這小鬼騙？我跟你說，你有多會賺錢，他們就有多會騙。
家瑜：	不用你管我啦！
邱老師：	他連八字都假的。
佑佑：	不是啦，老師可能是誤會啦！這真的是我的八字。不然，也可能是我爸搞錯了。這要怎麼看啊？
邱老師：	也不用什麼八字啦，分辨騙子的方法，看你的耳朵、看你的鼻子、聽你講話口氣、看你走路的姿態，線索和技巧很多啦。
佑佑：	邱老師，你現在是認定我是騙子就是了。
邱老師：	你這麼年輕，後台是誰操盤，你爸嗎？

◆ 佑佑無防備著這步，講袂出話。		
●	**邱老師**	予我臆著矣駒！（頓蹬）聽我的苦勸啦，趕緊離開怹爸，抑無駒，你以後會真歹收山啦。
◎	**家瑜**	伊早就離開個老爸矣。
◆ 沉默。		
●	**佑佑**	老師，阮阿母敢真正是去予阮老爸害死的？
◎	**邱老師**	啊你家己心內有數，閣問我欲創啥？
◆ 沉默。		
●	**家瑜**	咱莫聽伊佇遐咧烏白講，咱來走！（對邱老師）你這个痟的，你頭殼破去矣你！
◎	**邱老師**	家瑜，伊真正是一个騙子啦，而且心肝閣比周文成較狼毒（lông-tok）啦，你若是認伊做契囝乎……
◆ 家瑜尖叫。		
●	**家瑜**	我、我、我無愛閣失去一个囡仔矣，你是知無！
◎	**邱老師**	家瑜，旭恆閣活咧，咱無失去伊啦，伊真正有敲電話予我過啊。
●	**家瑜**	伊已經死去矣，（振作）佑佑，行，咱來走。
◆ 佑佑母振動。		
◎	**家瑜**	佑佑！
◆ 電話喨。邱老師閣往電話遐看。佑佑先一步將電話搶過來。		
●	**邱老師**	你咧創啥？
◆ 佑佑提電話行向陽台。邱老師緊張，綴佇後壁。		

◆佑佑有點猝不及防，說不出話。

邱老師： 我猜對了吧。（頓）聽我勸你一句啦，快點離開你爸，不然喔，你以後會很難收場。

家瑜： 他早就離開他爸了。

◆沉默。

佑佑： 老師，我媽媽真的是我爸害死的嗎？

邱老師： 你自己不是心裡有數，又問我幹嘛？

◆沉默。

家瑜： 我不要聽你亂講！我們走！（對邱老師）你這瘋子！頭殼壞去啊你！

邱老師： 家瑜，他真的是一個騙子，而且這傢伙比周文成還狠心，你要是認他當乾兒子……

◆家瑜尖叫。

家瑜： 我、我、我不能再失去一個孩子你知不知道！

邱老師： 家瑜，旭恆還活著。我們沒有失去他，他真的有打電話給我過。

家瑜： 他已經死了。（振作）佑佑，走了。

◆佑佑不動。

家瑜： 佑佑！

◆電話響起。邱老師又往電話看。佑佑先一步將電話搶過來。

邱老師： 你在幹嘛？

◆佑佑拿起電話走向陽台。邱老師緊張尾隨。

	邱老師	你自頭到尾，攏無講半句真話，著毋著？
●	佑佑	這个世界，本來就攏是假，只要你相信的，伊就是真的，相信你相信的，人才會快樂啊，敢毋是按呢？
◎	家瑜	佑佑，共電話還伊。
●	佑佑	咱做伙的時陣，敢毋是真快樂？按呢就好矣啊。
◎	家瑜	著、著。
●	邱老師	你這騙子，我看，董事長是假的，特助嘛是假的，無的確乎，彼个董事長就是恁老爸佮你演的啦。（對家瑜）家瑜，我共你講啦，伊講個爸爸破病，彼無影無跡（bô-iánn-bô-tsiah）的代誌啦。
◎	邱老師	共電話還我啦。

◆ 佑佑共電話提去陽台外，邱老師想欲搶轉來但是搶袂著。

●	佑佑	這支電話若遮重要，你講話就應該放較尊重咧，這馬已經袂赴矣。
◎	家瑜	佑佑，緊落來。
●	佑佑	我無愛。
◎	家瑜	佑佑，你莫衝碰，凡勢恁阿母有咧看。你毋是講，伊就是佇遮……
●	佑佑	（拍斷）你莫閣講矣。

◆ 邱老師為著搶電話，爬去欄杆外。

◎	佑佑	（對邱老師）你若承認講，你是因為無佮意我，才講我是騙子，我就共電話還你。

邱老師：	你從頭到尾都沒有一句真話，對吧？
佑佑：	這個世界上本來就都是假的，你相信的才是真的。相信你相信的，就會快樂了。難道不是這樣嗎？
家瑜：	佑佑，把電話還他。
佑佑：	我們母子在一起不是很快樂嗎？這樣就好了啊。
家瑜：	對、對。
邱老師：	你這騙子，我看，董事長是假的。特助是假的。說不定，那個董事長就是你爸爸演的吧。（對家瑜）我跟你說啦，他說他爸生病絕對是編出來的啦。
邱老師：	把電話還我啦。

◆佑佑把電話拿到陽台外，邱老師想奪回但拿不到。

佑佑：	這電話若有那麼重要，你一開始就應該好好講話。現在已經太遲了。
家瑜：	佑佑，快過來。
佑佑：	我不要。
家瑜：	佑佑，你不要衝動，說不定你媽媽正在看。你不是說，他就是在這裡……
佑佑：	（打斷）你不要再講了。

◆邱老師為了搶電話不惜爬到欄杆外。

佑佑：	（對邱老師）你先承認你只是不喜歡我才胡說八道，我就把電話還你。

●	邱老師	我講的攏是事實。
◎	佑佑	媽——
●	佑佑	我只是欲愛一个媽媽,為啥物會遮困難?
◎	邱老師	你按呢威脅人恐嚇人,猶閣向望(ǹg-bāng)人會真心對待你喔?
	◆ 頓蹬。	
●	佑佑	我無需要真心。
	◆ 沉默。	
◎	佑佑	(提起電話,哭腔,模仿囡仔)爸!我予人綁票矣。你緊來救我!(笑)哼。威脅?真心?我佮阮老爸就是靠這款電話咧趁錢,無定著,恁以早接著的電話,就是阮老爸敲的。
	◆ 沉默。	
●	佑佑	有光,就有影,這个世界,就是按呢。
	◆ 佑佑將電話擲出去陽台外。 ◆ 時間暫停。	
◎	邱老師	佇烏暗當中,咱干焦會當相信,咱看著的,彼一點點仔微微的光。當咱向彼道光行去的時陣,咱攏以為佇光的彼一爿一定是,咱欲愛的所在,遐有親情,有愛情,有自由,嘛有希望。但是,真少人會去想,佇光的彼一爿咧等待咱的,敢會是更加絕望的深坑咧?
	◆ 佑佑覆著欄杆頂,看向遠方,無要無緊的款,這个時陣伊若親像聽著伊母親的搖籃曲,伊擇頭,看向天頂。	

邱老師：	我講的都是事實。
佑佑：	媽——
佑佑：	我只是想要一個媽媽，為什麼這麼難？
邱老師：	你這樣威脅人恐嚇人，還希望人家會真心對待你？

◆頓。

| 佑佑： | 我不需要真心。 |

◆沉默。

| 佑佑： | （拿起電話。哭腔，模仿兒童）爸！我被綁票了，你快來救我！（笑）威脅？真心？我跟我爸爸就是靠這種電話在賺錢的。說不定你們接到的電話就是我爸打的。 |

◆沉默。

| 佑佑： | 有光就有影。這個世界就是這樣。 |

◆佑佑將電話丟出陽台。
◆時間暫停。

| 邱老師： | 在黑暗中，我們只能信仰我們看到的，那一絲微微的光。當我們往那道光走過去的時候，我們都以為光的那邊，一定會是我們想要去的地方，那裡有親情，有愛情，有自由，也有希望。但很少有人會去想到，在那邊等我們的，會不會是讓人更絕望的深淵呢？ |

◆佑佑手撐著欄杆看向遠方，事不關己的樣子，此時好像聽見了母親的搖籃曲，他抬起頭來，看向天空。

梅玲	（聲音）我已經真久無飛轉去我的故鄉矣。毋管是因為時間，抑是金錢。佑佑出世了後，我就予人縛佇這个海島。佑佑，你攏抑袂看過媽媽的故鄉呢。遐的天氣，比台灣閣較熱、閣較翕。雖然散，毋過敢若較快樂。你應該真緊就會共我放袂記，恁爸爸應該會閣娶一个某，一个比我閣較媠、閣較乖的某。佑佑，希望你的新媽媽，會當親像我，遐爾仔愛你，媽媽來去矣喔。你一定愛好好仔大漢喔。

◆ 佑佑覆佇欄杆頂偷偷仔哭。家瑜看了心軟，但是無閒去顧伊。
◆ 警察悟空、八戒，還在想講愛按怎救邱老師的時，安然搖鈴。除了佑佑以外，所有的人攏越頭看伊，毋知影伊那會雄雄出現佇遮。

安然	（感應著啥物的模樣）恁的痛苦，我攏了解。

◆ 悟空、八戒趁逐家戇去，飛身將邱老師摸入來陽台內。
◆ 家瑜看邱老師安全矣，就往佑佑慢慢行過去，那行那咧躊躇敢愛去安慰伊。
◆ 燈暗。

梅玲： （聲音）我已經很久沒有飛回去我的故鄉了。不管是時間問題或是金錢問題，生了佑佑以後，我就被綁在這座海島上。佑佑，你都還沒有看過媽媽的家呢。那裡的天氣比台灣更熱更悶，雖然貧窮，但是好像比較快樂。你應該很快就會忘了我，你爸爸應該會再娶一個比我更漂亮、更聽話的太太，佑佑，希望你的新媽媽，會像我這麼愛你。媽媽要走了，你要好好長大喔。

◆佑佑趴在欄杆上偷哭。家瑜看了又心軟，但無暇他顧。
◆警察悟空、八戒，還在琢磨著怎麼救邱老師的時候，安然搖鈴。除了佑佑以外，所有人轉頭看她，不懂她突然出現在這裡的意味。

安然： （感應貌）你們的痛苦，我都知道。

◆悟空、八戒趁大家傻眼之際，飛身將邱老師拉回陽台內。
◆家瑜見邱老師安全了，緩緩往佑佑走過去，猶豫著要不要安慰他。
◆燈暗。

鈴

2015 年

	阿彰	怡慧	宗翰	安然
出生年份	1981	1980	1981	1964
本單元年齡	34	35	(18)	51

鈴 -1

◆ 透早，睏房，閣有淡薄仔陰暗，怡慧佇眠床頂。眠床邊仔的浴間電火是光的，阿彰佇內底當咧吐。

◆ 可能是阿彰吐傷久矣，怡慧坐起來，開床頭燈，想欲關心，閣放棄，倒轉去，背向浴間。

◆ 無偌久，亂鐘仔（luān-tsing-á）響。怡慧共揤（tshih）掉。

怡慧	古早古早，有一个和尚，佮一个刣豬的，個是好朋友。和尚逐工透早四點半起床唸經，刣豬的逐工透早四點半起床刣豬。個兩个人就約束，逐工透早叫對方起床。 後來，個兩个攏過身了後，刣豬的上天堂，和尚煞落地獄，是按怎？ 因為殺豬的逐工攏叫和尚起床唸經做善事：（演屠夫）「欸，好起床唸經啊喔！」和尚逐工透早煞叫刣豬的起床殺生：（演和尚）「阿彌陀佛好起來刣豬囉！」 唉。（嚴肅）這，是一个真嚴肅的笑話。

◆ 浴間燈暗。阿彰入來，坐佇眠床邊，背向怡慧。

鈴

2015 年

	阿彰	怡慧	宗翰	安然
出生年份	1981	1980	1981	1964
本單元年齡	34	35	(18)	51

鈴 -1

◆清晨的臥室，仍有點陰暗，怡慧在床上。床邊的浴室燈亮著，阿彰在裡面嘔吐。

◆可能是阿彰吐太久了，怡慧坐起來開床頭燈，想關心，又放棄，躺回去，背對著浴室。

◆不久，鬧鐘響了。怡慧按掉它。

怡慧： 從前有一個和尚和一個殺豬的是好朋友。和尚每天早起念經，殺豬的這個是每天早起殺豬。他們兩個約定好，每天早起互相叫對方起床。

後來，和尚與殺豬的過世以後，殺豬的去了天堂，和尚卻下了地獄，為什麼呢？

因為殺豬的每天叫和尚起床做善事：（演屠夫）「欸，該起床唸經囉！」而和尚每天叫殺豬的起床殺生：（演和尚）「阿彌陀佛，該起床殺豬囉！」

唉。（嚴肅）這，是一個很嚴肅的笑話。

◆浴室燈暗。阿彰回來，坐在床邊，背對怡慧。

◎	**阿彰**	阿彰是咧刣豬的，這馬咧刣豬，比以早較溫柔，嘛較簡單。毋過，抑是真需要相當的專業技術佮體力。阿彰的電宰場，逐工攏愛處理三百外隻豬，先共豬仔電予伊昏去，然後吊起來放血，送入去燙毛、剖腹、拆（thiah）腹內……

◆ 怡慧坐起來，落床，倒一杯水，行去阿彰面頭前，提予伊。阿彰看伊。

●	**阿彰**	予人關出來了後，阿彰定定予人辭頭路，毋過因為怡慧願意嫁予伊，這款日子阿彰嘛是感覺真幸福。工課做來做去，最後才做來這途，薪水佮福利，攏袂穩，就是干焦穩一項：予人看袂起。怡慧講，刣豬遮殘忍，不時叫伊去換頭路，有一工，阿彰予伊煩甲擋袂牢，就共伊唱一句講，無你共我飼啊！後來，怡慧著真正去 Seven 打工矣。就是對彼當陣開始，個兩个人就愈離愈遠矣。

◆ 怡慧無啥自在，將床頭燈關掉，坐在阿彰旁邊。

◎	**怡慧**	電宰場攏是對半暝無閒到天光。阿彰轉來的時陣，差不多拄仔好會當叫怡慧去上班。除非兩个人攏歇假，抑若無，這是個兩人，罕得會當講話的時陣。毋過，佇這個時陣，阿彰攏已經忝矣，怡慧嘛才拄起床，無想欲講啥。時間一下久，個就無話通講矣。

◆ 怡慧去浴間洗面洗喙。阿彰虯（khiû）佇眠床頂。

●	**怡慧**	我欲來去上班矣。

◆ 怡慧落台。

阿彰： 阿彰是在殺豬的。現在殺豬比以前溫柔簡單多了，但還是需要專業技術和身材體力，在阿彰的電宰場，每天阿彰要處理三百多隻豬。先把豬隻電昏，然後，把牠們吊起來放血，接著送去燙毛、剖腹、取出內臟……

◆怡慧坐起來，下床倒了一杯水，走到阿彰面前把水交給他。阿彰看著她。

阿彰： 出獄以後，阿彰常常失業，但是因為怡慧願意嫁給他，阿彰還是覺得這樣的日子很幸福。換了一堆工作，最後才做了這行，薪水和待遇都不錯，只有一個缺點，就是會被看不起。怡慧說殺豬很殘忍，老是叫他換工作，有天阿彰被她煩到受不了，就嗆她說，不然你養我啊！後來，怡慧就真的去Seven 打工了。就是從那個時候起，他們兩個人開始漸行漸遠。

◆怡慧不太自在，把床頭燈關掉，坐在阿彰旁邊。

怡慧： 電宰都是從晚上忙到隔天。所以等阿彰回家的時候，差不多剛好可以叫怡慧起床去上班。除非兩人都休假，這就是他們兩個難得可以講話的時機，但是這時阿彰已經累了，怡慧也剛起床不想講話，時間久了，他們就無話可說了。

◆怡慧走向浴室洗臉刷牙。阿彰在床上蜷曲著身體。

怡慧： 我要去上班了。

◆怡慧下。

鈴 -2

◆ 電宰場充滿著滾水煙。

◆ 機械聲，十殿節奏。

◆ 阿彰穿電宰場的制服。

◆ 除了阿彰以外，所有演員徛一排，佇一道機械門外，看起來攏毋知死活，閣咧開講，怡慧是最後一个。

◆ 阿彰徛佇門口，一擺趕一个人入門，然後揤開關將這寡「豬」電予死死昏昏去。開關是一條垂降的電線，接一个四角盒仔的形式，希望觀眾會當看會清楚這个裝置。阿彰每揤一下，就有一个人倒落、規身軀有硞硞（tīng-khok-khok）。

三藏	玄天上帝成佛前， 殺生無數屠萬靈， 放下屠刀變神明， 體內猶原惡難清。 唉，無簡單啊。

◆ 三藏予阿彰電昏去。

悟空	有一工伊剖開家己的腹肚，共腸仔拖出來，共胃反出來，用溪水洗啊洗，洗甲溪水攏予伊的腸仔胃染甲烏烏烏。伊嘛是一直洗、一直洗，洗到伊的腸仔胃，攏清清氣氣。

◆ 悟空予阿彰電昏去。

八戒	當當（tng-tong）伊欲共腸仔佮胃擠入去腹肚的時，溪水煞共伊的腸仔胃全全沖走去。

◆ 八戒予阿彰電昏去。

悟淨	伊的胃成做（tsiânn-tsò/tsuè）龜，腸仔變成蛇，龜精蛇精危害人間，伊就要緊去共收服，毋才按呢，玄天上帝的神像褪赤跤，倒跤踏龜、正跤踏蛇。

鈴 -2

◆電宰場充滿蒸氣。
◆機械音，十殿節奏。
◆阿彰穿戴電宰場的制服。
◆除了阿彰以外的所有演員列隊在一道機械門外，大部分都不知死活在閒聊的樣子，怡慧是最後一個。
◆阿彰站在門口，每次趕一人進門，然後按按鈕將這些「豬」電暈。按鈕是一條垂降的電線接著一個方盒子那樣的形式，希望視覺上可以清楚。每按一下就有一人倒下、全身僵硬。

三藏： 玄天上帝成佛前，
殺生無數屠萬靈，
放下屠刀變神明，
體內猶原惡難清。
唉，不簡單啊！

◆三藏被阿彰電昏。

悟空： 有一天他剖開自己的肚子，拖出他的腸、翻出他的胃，用溪水沖洗，溪水都被他的腸胃染黑了，他還是一直洗、一直洗，直到他的腸胃乾乾淨淨。

◆悟空被阿彰電昏。

八戒： 正當他要把腸胃塞回肚子裡的時候，溪水卻把他的腸胃沖走了。

◆八戒被阿彰電昏。

悟淨： 他的胃變成龜精，腸變成蛇精，龜蛇二精危害人間，他又趕緊去收服。所以，玄天上帝的神像，是祂赤著雙腳，左腳踩龜，右腳踩蛇。

◆ 悟淨予阿彰電昏去。	
安然	這个傳說攏是假的，玄天上帝佮刣豬完全無關係。
◆ 安然予阿彰電昏去。	
◆ 最後輪著怡慧，伊無講話，阿彰將伊電昏去。	
◆ 阿彰開始將所有人吊起來、捒出去。	
阿彰	（吊著怡慧起來的時候）怡慧？
◆ 阿彰驚甲跋倒。	
阿彰	怡慧！
◆ 燈暗，機械噪音。	

◆悟淨被阿彰電昏。

安然：　這個傳說其實是誤傳的，玄天上帝跟殺豬一點關係都沒有。

◆安然被阿彰電昏。
◆最後輪到怡慧，她沒說話，阿彰將她電昏。
◆阿彰開始將所有人吊起來、推出去。

阿彰：　（將怡慧吊掛起來的時候）怡慧？

◆阿彰嚇到跌倒。

阿彰：　怡慧！

◆燈暗，機械噪音。

鈴 -3

◆ 舞台分兩區，一區是阿彰佮怡慧個兜。阿彰坐佇膨椅頂懸檢視神像。另外一區是安然的工作室。

●	阿彰	刣豬的，攏愛拜帝爺公。帝爺公就是玄天上帝。（怡慧上台）做神明進前，帝爺公就是咧刣豬的……欸，我咧共你講，你是有咧聽無？又閣欲出去啊喔？
◎	怡慧	我毋是講今仔日有班。你抑毋是第一工刣豬矣，是按怎雄雄開始欲拜神明？

◆ 安然的工作室燈光。怡慧往安然看。工作室有簡單桌椅、檯燈、佛經、小香爐。安然倚佇桌後。

●	安然	我聽講恁翁咧刣豬，彼嘛毋是啥物歹代誌。
◎	怡慧	逐家攏發光的世界，毋知生做啥款。
●	安然	每一個人的光，攏真媠。真希望你嘛會當看著家己的光芒。

◆ 怡慧無自信，頭犁犁。

◎	怡慧	（對阿彰）我最近熟似一個真趣味的……藝術家。伊看起來佮修行人有淡薄仔全閣淡薄仔無全。伊嘛蹛佇咱這棟大樓呢。
●	安然	有閒才歡迎你來坐，來揣我罔開講。咱會當講哲學啊，藝術啊。（頓蹬）光啊，心啊，靈啊。你就會知影，有真濟物件攏會當放下。無啥物代誌是袂得過的，乎？（頓蹬）我佇十一樓等你。
◎	怡慧	（對安然）嗯。多謝。

鈴 -3

◆ 舞台有兩區，一區是阿彰與怡慧家。阿彰坐在沙發上檢視著神像。另外一區是安然的工作室。

阿彰：	我們屠宰業的都是拜帝爺公，就是玄天上帝。（怡慧上）因為他在成神之前是一個殺豬的……欸，我在講你是有沒有在聽？你又要出去？
怡慧：	我不是有說今天有排班。你殺豬又不是最近的事了，怎麼會突然想到要拜神？

◆ 安然工作室燈亮。怡慧往安然看。工作室有簡單桌椅檯燈佛經小香爐，她站在桌後。

安然：	我聽說了，你先生是做屠宰業的，但是那也未必是一件壞事呀。
怡慧：	不知道大家都發光的世界是什麼樣子。
安然：	每個人的光，都很美。真希望你也能夠看到你自己的光。

◆ 怡慧沒有自信地低頭。

怡慧：	（對阿彰）我最近認識一個很有趣的……藝術家。看起來跟一般的出家人有點像又不太一樣，她也住我們這棟大樓。
安然：	歡迎你有空來找我聊聊哲學啊藝術啊，（頓）光啊。心靈啊。你就會知道很多事情都可以放下，沒有什麼事情是過不去的，喔？（頓）我在十一樓等你。
怡慧：	（對安然）嗯。謝謝。

●	**阿彰**	哈？
◎	**怡慧**	伊講伊蹛佇咱遮的十一樓。
●	**安然**	（對怡慧）寂寞的時陣，會當揣我喔。
◎	**怡慧**	哈？
●	**阿彰**	哈？
◎	**怡慧**	哈？
●	**阿彰**	哈？
	◆ 沉默。 ◆ 阿彰母看伊，看神像。	
◎	**阿彰**	我最近，定定做仝一个夢。
	◆ 怡慧落台。	
●	**阿彰**	我最近，定定做仝一个，仝款的惡夢。

阿彰：	蛤？

怡慧：	她說她住我們這的十一樓。

安然：	（對怡慧）寂寞的時候可以找我喔。

怡慧：	蛤？

阿彰：	蛤？

怡慧：	蛤？

阿彰：	蛤？

◆沉默。
◆阿彰不看她，看神像。

阿彰：	我最近常做一個一樣的夢。

◆怡慧出。

阿彰：	我最近常做一個一樣的惡夢。

鈴 -4

◆安然的工作室。

●	**安然**	欲啉茶，抑是啉咖啡？
◎	**怡慧**	佮頂擺仝款，白滾水就好。

◆安然提一杯水予怡慧。

●	**安然**	白滾水，才是上特別的。
◎	**怡慧**	我以早攏想講，恁修行的人，無啉咖啡，嘛袂啉較刺激性的飲料，攏是啉白滾水爾講。
●	**安然**	咱咧修的毋是彼款表面的代誌。

◆怡慧四界參觀。看安然坐落來，才綴咧坐。

◎	**怡慧**	我問你喔，敢真正有地獄？
●	**安然**	有。
◎	**怡慧**	嗯。
●	**安然**	按怎，你想欲問啥？

◆怡慧無應。

◎	**安然**	抑是你驚你家己會落地獄？

◆安然提一本冊予怡慧。

●	**安然**	來《因果圖鑑》這本，佮你結緣。內底有對地獄的介紹。
◎	**怡慧**	結緣？
●	**安然**	這阮叫做「結緣品」。

鈴 -4

◆ 安然的工作室。

安然：　歡迎歡迎，要喝茶還是咖啡？

怡慧：　跟上次一樣，白開水就好。

◆ 安然遞一杯開水給怡慧。

安然：　白開水，才是最特別的。

怡慧：　我還以為你們修行的人沒在喝咖啡或是比較刺激性的飲料，都是喝白開水。

安然：　我們要修的不是這種表面的事情。

◆ 怡慧四處參觀。見安然坐下了，才跟著坐下。

怡慧：　我問你，真的有地獄嗎？

安然：　有。

怡慧：　嗯。

安然：　怎麼了？你想知道什麼。

◆ 怡慧沒有回答。

安然：　還是你怕自己下地獄？

◆ 安然拿一本書給怡慧。

安然：　《因果圖鑑》送你，跟你結緣。裡面有對地獄的介紹。

怡慧：　結緣？

安然：　這我們叫做「結緣品」。

◎	**怡慧**	結緣品？頭一擺聽著。
●	**安然**	真浪漫乎？
◎	**怡慧**	（笑）若提咧四界送人就無浪漫啊。
●	**安然**	無，我干焦送你。
	◆ 安然去牽怡慧的手。頓蹬。怡慧輕輕掙脫。	
◎	**安然**	講正經的，既然你攏來矣，我就袂予你空手轉去。
●	**怡慧**	有啊，我有提著這本冊矣，結緣品。
◎	**安然**	我炁你去一个所在。
●	**怡慧**	去佗？
◎	**安然**	（提出一個鈃仔）你提咧。（怡慧照做）共目睭闔闔，透過你的想像，這馬你的指頭仔恰這个鈃仔已經黏做伙矣。（怡慧頕頭）這个鈃仔真黏，你想欲共伊幌掉，攏幌袂掉。（怡慧搦 [hiù] 伊的手，鈃仔發出聲音）真好。繼續想像，你足想欲共這個鈃仔幌掉，但是手佮鈃仔黏牢咧，你會當閣較出力共幌看覓。（怡慧搦甲閣較大力）好，真好。這馬放輕鬆，你想欲共手放掉，你的手，煞展袂開。（怡慧頕頭）你的手這馬敢展會開？
●	**怡慧**	（有一寡驚惶）展袂開呢。
◎	**安然**	莫驚。這個鈃仔，就親像一粒電火球仔，伊會發出真嫷真嫷的光芒——你有看著無？
	◆ 怡慧慢慢撣手、將手伸予直。	

怡慧： 結緣品？第一次聽過。

安然： 嗯，很浪漫吧。

怡慧： （笑）到處送人就不浪漫了。

安然： 我只送你。

◆安然牽起怡慧的手。頓。怡慧輕輕掙脫。

安然： 講正經的，今天既然你來了，我不會讓你空手而回。

怡慧： 有啊，你已經給我那本結緣品了。

安然： 我要帶你去一個很特別的地方。

怡慧： 哪裡？

安然： （拿出一個小鈴鐺）你拿著。（怡慧照做）閉上眼睛，先想像一下，你的手指跟這個鈴鐺黏在一起的感覺。（怡慧點頭）繼續想像，這個鈴鐺很黏很黏，你想要把手指跟鈴鐺分開，可是沒有辦法。（怡慧甩手，鈴鐺發出聲音）很好。繼續想像，你很想放開，但是手跟鈴鐺黏住了，你可以再用力一點。（怡慧甩得更用力）好，放輕鬆。放掉手上的力量，可是你的手還是張不開。（怡慧點頭）你現在可以把手張開嗎？

怡慧： （有點慌）張不開！

安然： 不要怕。這個鈴鐺，像是一個燈泡一樣，發出很美的光——你有看到嗎？

◆怡慧的手緩緩舉起、伸直。

怡慧	有……有……
安然	這蕊火會焄你去任何你的心想欲去的所在。
怡慧	（神祕）B1。這棟大樓的 B1。（大聲）我無愛！

◆頓蹬。

安然	（溫柔）你若無想欲去咱就先莫去。

◆頓蹬。

怡慧	保齡球館。我已經足久無來矣。
安然	彼个所在，對你來講敢真重要？
怡慧	這棟大樓是民國八十幾年起好的。樓跤有電影院、商店街、<u>冰宮</u>，閣有保齡球館。我佇保齡球館上班，定定佮我彼當陣的男朋友做伙去踅街、看電影，攏真好耍。阮佇遮看過《<u>鐵達尼號</u>》、《<u>心靈捕手</u>》，閣有《<u>史前巨鱷</u>》。乎，《<u>史前巨鱷</u>》真正痟歹看的。

◆宗翰上台。

宗翰	姦恁娘咧，痟歹看的，敢會當退錢哈？這根本就是詐欺嘛！
怡慧	莫生氣啦，抑無咱來拍保齡球，我請。
宗翰	（較消氣一寡）彼保齡球館都阮兜開的，你是欲請胘（kiān）喔。
怡慧	人的心意嘛。
宗翰	好啦好啦，予你看覓仔，啥物叫做<u>飛碟球王子蔡宗翰</u>。

怡慧：	有……有……
安然：	這盞燈會引領你去任何你想去的地方。
怡慧：	（神祕）B1。這棟大樓的 B1。（大聲）我不要！

◆停頓。

安然：	（溫柔）你若不想去，我們就先不要去。

◆停頓。

怡慧：	保齡球館。我很久沒來了。
安然：	那裡，對你來說很重要嗎？
怡慧：	這棟大樓是在九〇年代建起來的，樓下有電影院、商店街、冰宮，還能玩保齡球。我在保齡球館上班。我常常跟那時候的男朋友來逛街玩樂看電影。我們是這在裡一起看《鐵達尼號》的，還有《心靈捕手》、《史前巨鱷》。《史前巨鱷》真的有夠難看。

◆宗翰上。

宗翰：	有夠難看的啦！可不可以退錢？這根本就是詐欺嘛！
怡慧：	不要生氣啦，不然我們去樓下打保齡球！我請你。
宗翰：	（氣比較消一點）保齡球館我家開的，你是要請什麼。
怡慧：	人家的心意嘛。
宗翰：	好啦，給你看我飛碟球王子蔡宗翰的厲害！

	怡慧	好啦我才等你去拍亞運。
◎	宗翰	好矣啦，行啦。

◆ 怡慧看宗翰行入去電梯。

	怡慧	彼當陣的我，完全料想袂到，台灣的保齡球會這爾緊著規个攏踮 (tshê) 落去。嘛想袂到，無偌久了後，這棟大樓的店面，會全部攏收起來。干焦賰六樓以上一寡搬袂走的艱苦人，猶閣蹛佇遮。我佮阮翁搬入來的時陣，遮，已經佮阮少年時的模樣，完全無全款矣。
◎	宗翰	怡慧，緊入來啊！
	怡慧	好啦，來矣啦。

◆ 怡慧無入去電梯。電梯關門。

◎	怡慧	搬來遮這幾年，我完全無想欲去樓跤看退的電影院、店家、冰宮，閣有……保齡球館。免想嘛知，一定是佮這棟大樓的外表全款，風光不再，悽慘落魄。

◆ 鈃仔落落，怡慧驚醒，安然替伊擦目屎。

	安然	你閣咧想伊乎？
◎	怡慧	是想起其他的代誌。多謝你。來你遮我真歡喜。以後，我敢會當閣來？
	安然	當然。

◆ 安然共鈃仔扙起來，囥佇怡慧手內。

◎	安然	這個鈃仔無啥物法術，你毋免驚。

◆ 燈暗。

怡慧：	好啦我再等你去打亞運。
宗翰：	好了啦，走吧。

◆怡慧看著宗翰走入電梯。

怡慧：	年輕時候的我，完全沒想到，後來國球保齡球會這麼快就整個沒落。也沒想到，沒多久以後，這棟大樓的生意會全部都收起來。剩六樓以上那一些無法搬走的苦命人，繼續在大樓裡面生活。我和我先生搬進來的時候，這裡已經跟我們年輕時不一樣了。

宗翰：	怡慧，快進來啊！
怡慧：	好啦！來了啦！

◆怡慧沒有進去電梯內。電梯關門。

怡慧：	搬進來這麼多年，我從來沒有想過要去樓下那幾層的電影院、商店街、冰宮⋯⋯還有保齡球館看看。我猜想得到那會是什麼樣子。一定是跟金國際大樓的外表一樣，繁華過盡，悽慘落魄。

◆鈴鐺掉落，怡慧驚醒，安然為她擦掉眼淚。

安然：	你還是很想他？
怡慧：	是想起了別的事。謝謝你。我很喜歡你這裡，我可以再來嗎？
安然：	當然。

◆安然把鈴鐺撿起來，放在怡慧手心。

安然：	這鈴鐺沒什麼法術，你不用怕。

◆燈暗。

鈴 -5

◆ 怡慧兜。
◆ 佇膨椅頂，阿彰、怡慧兩人咧相好，但是怡慧足被動。阿彰鼻怡慧，心情無好。

●	**阿彰**	最近，伊的衫、伊的身軀頂，攏是拜拜的香火味。
◎	**怡慧**	無喔，是佇你的身軀頂喔。

◆ 頓蹬。

●	**阿彰**	歇假攏無看人，毋是講欲去加班就是欲去揣彼个「藝術家」。（對怡慧）袂輸若柴頭（tshâ-thâu）尪仔咧，無想欲做就莫做。
◎	**怡慧**	（整理衫，見笑的感覺，細聲）歹勢啦。
●	**阿彰**	我問你，你是毋是嫌我刣豬傷過殘忍？閣偷濫符仔水欲予我啉？嫌我業障重以後一定會落地獄？
◎	**怡慧**	（耐心）我無代無誌嫌你欲創啥？抑是你家己咧嫌你家己，做賊咧喝掠賊。
●	**阿彰**	我咧做啥物賊？你講我做啥物賊？這馬咧刣豬，豬仔攏嘛毋知人就死去矣。在生的時陣快活，在死的時陣嘛快活，是閣欲要求啥？我抑毋是彼款刣豬刣甲會爽快的變態啊，我是咧做我的工課，我是咧幫個解脫。

◆ 安然上台去伊的工作室，坐落來，拍開桌頂的佛經，那唸經那摃木魚，木魚的節奏有時會當是「十殿節奏」。
◆ 阿彰有時佇膨椅頂坐咧，有時起來無目的行來行去，懆心（tso-sim）的感覺。
◆ 宗翰上台，對怡慧後壁共拍一个。仝時，安然搖鈃仔。

鈴 -5

◆怡慧家。
◆在沙發上，阿彰、怡慧兩人正在親熱，但怡慧十分被動。阿彰嗅聞怡慧，心情不好。

阿彰：	最近在她的身上、衣服上，常常有拜拜的香火味。
怡慧：	不是喔，香火味是在你的身上喔。

◆頓。

阿彰：	放假也常常不見人影，不是說要去加班，就說要去找那個「藝術家」。（對怡慧）像木頭人一樣，不想做就不要做。
怡慧：	（整理衣服，羞恥感，小聲）對不起。
阿彰：	我問你，你是不是覺得我殺豬很殘忍，你是不是想拿符水給我喝？嫌我業障重，以後一定會下地獄？
怡慧：	（耐心）我沒事嫌棄你做什麼？你自己嫌自己，做賊喊捉賊。
阿彰：	我做什麼賊？你說我做什麼賊？現在殺豬，豬都還沒有感覺就被殺死了，活的時候給牠爽快，死的時候也給牠爽快，還要要求什麼？我又不是為了殺豬會感到快樂才去殺的變態。我是在做我的工作，我是在幫他解脫。

◆安然上，進入工作室。安然坐下，打開桌上的佛經，邊念經邊敲木魚，木魚的節奏有時可以是「十殿節奏」。
◆阿彰有時在沙發上坐著，有時起來無目的的行走，焦躁的感覺。
◆宗翰上，從怡慧背後拍她一下。同時，安然搖鈴。

◎	**怡慧**	（對宗翰）乎，害我驚一越！
●	**宗翰**	（提一台 B. B. Call 予怡慧）這台予你，寂寞的時候我會找你喔。<u>520</u>。
◎	**怡慧、阿彰**	<u>我愛你。</u>
●	**宗翰、阿彰**	<u>5201314。</u>
◎	**怡慧、阿彰**	<u>我愛你一生一世。</u>
●	**怡慧**	<u>20999。</u>
◎	**宗翰**	<u>愛你久久久。775885。</u>
●	**怡慧**	<u>親親我，抱抱我。</u>
	◆宗翰嗳伊，抱伊。	
◎	**阿彰**	欸，恁兩个放較尊重咧好無，這馬咧上班呢。
●	**宗翰**	<u>19006858。</u>
◎	**怡慧**	（歹勢）晚上七點來陪我吧。
●	**阿彰**	地點免講逐家攏知，就是保齡球館櫃檯後壁彼間員工休息室。
◎	**宗翰**	阮老仔講，佇家己的所在，較免佇外口「烏白來」。
●	**怡慧**	（歹勢，對外口看）莫啦，外口有人咧上班呐。
◎	**宗翰**	（跤來手來）無人會入來啦。
●	**怡慧**	阿彰啊。

怡慧：	（對宗翰）害我嚇一跳！
宗翰：	（拿一台 Call 機給怡慧）這台送你，寂寞的時候我會找你喔。520。
怡慧、阿彰：	我愛你。
宗翰、阿彰：	5201314。
怡慧、阿彰：	我愛你一生一世。
怡慧：	20999。
宗翰：	愛你久久久。775885。
怡慧：	親親我，抱抱我。

◆宗翰親親她，抱抱她。

阿彰：	你們兩個放尊重一點好不好。上班時間欸。
宗翰：	19006858。
怡慧：	（害羞）晚上七點來陪我吧。
阿彰：	地點不用講大家都知道，就在保齡球館換鞋櫃台後面那間員工休息室。
宗翰：	我爸說，寧願我在那裡，也好過去外面那些不三不四的地方「亂來」。
怡慧：	（害羞，往外看）不要啦，外面有人在上班欸。
宗翰：	（毛手毛腳）不會有別人進來啦。
怡慧：	阿彰啊。

◎	**宗翰**	伊無彼个膽啦，極加（kik-ke）偷看爾。

◆ 保齡球挵倒球瓶、球瓶全倒的聲音、讚美的環境音。
◆ 安然將佛經收起來。
◆ 阿彰將神像對塗跤頂摔。
◆ 以上仝時發生。
◆ 宗翰下台。

●	**怡慧**	（清醒，對阿彰）你咧創啥！彼神明呢！

◆ 阿彰想起伊的惡夢，又一陣反肚，傱（tsông）去便所吐。

◎	**怡慧**	（心軟）你有去看醫生無啦？你愛去看醫生啦！你按呢無正常啦。
●	**宗翰**	（聲音）無人會入來啦。
◎	**怡慧**	（聲音）阿彰啊。
●	**宗翰**	（聲音）伊無彼个膽啦，極加偷看爾。
◎	**怡慧**	你按呢……無正常啦。

◆ 怡慧共神像抾起來。燈漸禁。

宗翰：　他沒那個膽啦。最多偷看而已啦。

◆保齡球擊中球瓶、球瓶全倒的聲音、讚美的環境音。
◆安然闔上佛經。
◆阿彰將神像往地上摔。
◆以上同時發生。
◆宗翰下。

怡慧：　（清醒，對阿彰）你幹嘛！那是神明欸！

◆阿彰想起他的惡夢，又一陣反胃，衝去廁所吐。

怡慧：　（心軟）你是去看醫生了沒啦？你這樣不正常啦！

宗翰：　（聲音）不會有別人進來啦。

怡慧：　（聲音）阿彰啊。

宗翰：　（聲音）他沒那個膽啦。最多偷看而已啦。

怡慧：　你這樣……不正常啦。

◆怡慧把神像撿起來。燈漸暗。

鈴 -6

◆ 安然工作室。

●	**安然**	怡慧今仔日來到我遮，敢若佮以早無啥仝，規个人攏鬆起來。伊共鈃仔提出來囥佇桌仔頂。
◎	**怡慧**	（提出鈃仔）這真厲害呢。
●	**安然**	我講過矣，這無啥，伊只是一个普通的鈃仔。
◎	**怡慧**	伊予我想起真濟代誌，我少年的時攏毋捌想過的代誌。
●	**安然**	怡慧敢若欲講啥物真恐怖的故事。我替伊倒一杯白滾水，替家己倒一杯酒。

◆ 怡慧先啉伊的白滾水，然後提安然的酒來啉。宗翰上台，對怡慧的甌仔（au-á）斟酒。

◎	**怡慧**	佇彼間工作室內底，徛佇怡慧面頭前的，是一个伊會當完全信任的人。毋過嘛是愛三杯酒了後，伊才講會出喙：「嘉義金星保齡球館小房間吳怡慧 live 秀」。
●	**安然**	伊講，網路頂頭有伊佮宗翰的影片。怡慧一直相信講，彼是宗翰偷錄的，上起碼，阿彰是按呢講的。佇彼个房間內底，少年人愛刺激，啥物代誌攏敢做。想講佇房間內無人知，想袂到，有光，就有影。
◎	**怡慧**	宗翰，我真正感覺有人咧偷看啦。
●	**安然**	個共門拍開，外口一个人都無。逐家攏已經下班矣。

鈴 -6

◆安然工作室。

安然：	怡慧今天來到我這的時候，好像跟以前不太一樣，鬆了一口氣的樣子。她把鈴鐺拿出來放在桌上。
怡慧：	（拿出鈴鐺）這真厲害。
安然：	我說過這是個普通的鈴鐺。
怡慧：	它讓我想起了很多事情，我年輕的時候沒有想過的事情。
安然：	怡慧好像要說什麼恐怖的故事。我倒了一杯白開水給她，倒了一杯酒給自己。

◆怡慧先喝了她的白開水，然後把安然的酒拿來喝。宗翰上，再為怡慧的杯子斟酒。

怡慧：	在那間工作室裡，怡慧面前，是一個她可以完全信任的人，但是怡慧還是要喝三杯酒之後，才說得出口。「嘉義金星保齡球館小房間吳怡慧 live 秀」。
安然：	她說，網路上有她跟宗翰的性愛影片。怡慧一直相信那是宗翰錄的。至少阿彰是這樣講的。在那間房間裡，年輕人愛刺激，什麼都敢做，以為沒人會知道。沒想到，有光，就會有影。
怡慧：	宗翰，我真的覺得有人在看。
安然：	他們打開門，外面一個人也沒有，大家都已經下班了。

	怡慧	你後擺莫閣佇阿彰的面頭前講咱約會的時間啦。
●	宗翰	彼呔有啥啦。我自細漢，啥物代誌攏會共伊講啊。
◎	怡慧	按呢你去佮伊交往啊！奇怪呢，啥物代誌攏共伊講甲一清二楚，對我就攏清清彩彩。
	◆ 沉默。	
●	怡慧	宗翰無共怡慧應，恬恬仔啉伊的酒食伊的薰。怡慧感覺宗翰對伊完全無掛意，毋過伊嘛無想欲閣冤矣。離開保齡球館的時陣，怡慧去牽車，看著阿彰的 oo-tóo-bái，猶閣佇遐。
◎	宗翰	彼抑袂當證明啥矣。
●	安然	你敢有直接共伊問？
◎	怡慧	我問矣。阿彰，我問你，當初時遐的影片，敢是你偷翕的？你老實講。
	◆ 阿彰佇厝裡，回答。	
●	阿彰	我知影你到這馬閣咧愛宗翰。
	◆ 沉默。	
◎	怡慧	你莫講去別位。是你翕的著無？你想講我一世人攏臆袂著喔？
	◆ 沉默。	
●	阿彰	我是因為愛你——

怡慧：	你以後不要在阿彰面前說我們約什麼時間啦。
宗翰：	那有什麼啦，我從小就什麼事情都會跟他說啊。
怡慧：	那你去跟他交往啊！奇怪欸，什麼事都跟他說得一清二楚，對我就敷衍了事。

◆ 沉默。

怡慧：	宗翰沒回答怡慧，靜靜的喝他的酒，抽他的菸。怡慧覺得宗翰完全不在乎她，不過她也不想再吵架了。離開保齡球館，怡慧去牽車，看到阿彰的機車，停在那裡。
宗翰：	但是這不能證明什麼。
安然：	不然你直接問他？
怡慧：	我問了。阿彰，我問你，當初那些性愛影片是你偷拍的嗎？你老實回答我。

◆ 阿彰在家，回答。

| 阿彰： | 我知道你到現在還是愛宗翰。 |

◆ 沉默。

| 怡慧： | 不要轉移話題，是你拍的對吧。你以為我一輩子都猜不出來？ |

◆ 沉默。

| 阿彰： | 我是因為愛你—— |

◎	怡慧	——你是按怎欲按呢對待我？我定定感覺，你是欲來共我剖的，你知無？因為你傷愛我矣。我毋知影欲按怎講，你敢了解我的意思？阿彰，有一工，早慢有一工你會共我剖死。毋過其實我毋驚，我袂輸感覺我這世人就是咧等你來剖。
	◆ 沉默。	
●	怡慧	橫直我這款人已經註定無人愛矣。我這款人就是會予人拍落上深上深的地獄。遐，佮我上四配（sù-phuè/phè）。
◎	阿彰	地獄，彼是設計予我這款歹人去的，佮你無底代。
●	怡慧	對我來講，活咧早就已經無啥意義矣。
	◆ 怡慧的實體猶原佇安然這區，但是對阿彰來講，伊當咧離開個兜。	
◎	阿彰	怡慧！
	◆ 沉默。	
●	阿彰	我拄去電宰場的時陣，感覺無啥物問題，因為豬仔看起來，只是一寡生甲親像豬仔形的肉。毋過過無偌久，我就無法度食豬肉矣。一鼻著豬仔的臭臊味，我就感覺真厭瘤（ià-siān）、真討厭。我對你來講，敢嘛是按呢？
	◆ 沉默。	
◎	阿彰	所有的所有的一切，我攏是刁故意，我若愛你，是刁故意；我若恨你，嘛是刁故意。
●	怡慧	咱兩个已經結束矣。

| 怡慧： | ——你為什麼要這樣對待我？我常常覺得你是要來殺我的，你知道嗎？因為你太愛我了，我不曉得怎麼說，你知道我的意思嗎？阿彰，總有一天，遲早有一天，你會殺了我。不過其實我不怕，我覺得好像我這輩子就是在等你來殺。 |

◆ 沉默。

| 怡慧： | 反正我這種人已經註定不會有人愛了。我這種人就是會被打入去最深最深的地獄，那裡跟我最相配。 |

| 阿彰： | 地獄是設計給我這種壞人去的，跟你無關。 |

| 怡慧： | 對我來說，活著早就沒什麼意義。 |

◆ 怡慧的實體在安然這邊，但對阿彰來說，她正在離開家裡。

| 阿彰： | 怡慧！ |

◆ 沉默。

| 阿彰： | 我起先去電宰場上班、殺豬的時候並不覺得有什麼問題，因為豬隻看起來，只是一些長著豬形狀的肉，但是漸漸我就吃不下豬肉了。聞到豬肉的腥味就很厭惡很討厭。我對你來說，是不是也像這樣？ |

◆ 沉默。

| 阿彰： | 所有所有的一切，我都是故意去做的，我若是愛你，也是故意的。我若是恨你，也是故意的。 |

| 怡慧： | 我們兩個已經結束了。 |

◆ 保齡球落地、滾動的聲音，然後滾動聲突然押煞。

◎	**怡慧**	你有聽著無？

◆ 阿彰越頭看怡慧。

●	**宗翰**	彼是保齡球的聲音，我袂認毋著。毋過彼粒球敢若無捒著啥物物件，袂輸去予黑暗直接欶 (suh) 入去。
◎	**阿彰**	我啥物攏無聽著，干焦感覺著一種溫暖的寒冷。（回想）我是為著<u>冰宮</u>才搬轉來遮的。（頓蹬）你敢有愛過我？
●	**怡慧**	你教我趨冰的彼一工，我有想過無定著咱有機會。

◆ 阿彰感激的眼神。

◎	**安然**	你這馬已經行出彼片烏暗矣。你這嘛已經無需要驚惶矣。佇咱的宇宙中央，有一道真白真光的光芒，比全宇宙所有的星系內底所有的太陽攏閣較白、閣較光，你，就是彼種光芒，上純粹的光。佮我全款。

◆ 在安然的召喚之下，怡慧轉去安然身軀邊，安然共安慰。

●	**阿彰**	「你教我趨冰的彼一工，我有想過無定著咱有機會。」

◆ 宗翰提起鉼仔，搖。
◆ 燈暗。

◆ 保齡球著地、滾動的聲音，然後滾動聲戛然而止。

怡慧： 你有聽到嗎？

◆ 阿彰轉頭看怡慧。

宗翰： 那是保齡球的聲音，我不會認錯。但是它什麼都沒撞倒，好像被黑暗直接吸收走了。

阿彰： 我什麼都沒聽到，只感覺到一種很溫暖的寒冷。（回憶）我是為了冰宮搬來這裡住。（頓）你愛過我嗎？

怡慧： 你教我溜冰那天，我想過我們可能有機會。

◆ 阿彰感激的眼神。

安然： 你現在已經走出那片黑暗了。你現在已經不用怕那片黑暗了。這個宇宙的中央有一道很白很亮的光，比全宇宙所有星系的太陽更白、更亮。你就是這種光，最純粹的光。跟我一樣。

◆ 在安然的召喚下，怡慧回到安然身邊，安然安慰她。

阿彰： 「你教我溜冰那天，我想過我們可能有機會。」

◆ 宗翰拿起鈴鐺，搖。
◆ 燈暗。

◆ 電宰場。西遊記組扮成工作人員，隨人揀隨人的推車行。演員疊佇推車頂，演豬隻，工作人員看起來那親像咧搬運人的屍體。

●	三藏	（鼓勵）最後一逝（tsuā）矣。

◆ 西遊記組落台。
◆ 西遊記組閣揀著推車轉來的時，已是空車。個共推車凊彩园一邊。那講話那換衫，共電宰場的制服換成家己的便衫。

◎	三藏	強欲忝死，總算會當下班矣。
●	悟淨	我想講中元普渡，咱會當歇睏講。想袂到顛倒愈無閒，姦，閣愛加班。
◎	悟空	荣卑巴，新來的諾？啥物攏毋捌。過年過節逐口灶攏嘛愛拜拜，全台灣的電宰場攏嘛愛加班，都毋是干焦咱爾講。
●	八戒	有加班費就好，其他的我攏無意見。

◆ 阿彰穿制服，揀推車上台。當年冰宮的《舞曲大帝國》音樂進。

◎	悟空	阿彰啊！遮的順紲（sūn-suà）！（比個的推車。）
●	三藏	阿彰，門予你關喔。

◆ 阿彰頕頭。

◎	悟空	欸，恁敢有感覺阿彰最近敢若怪怪？
●	三藏	怪怪？佗位咧怪？喔！我知我知，伊敢若心情特別好。
◎	八戒	敢有？我呔會感覺伊愈來愈瘦。
●	悟淨	頂擺健康檢查的報告敢有出來矣？

鈴 -7

◆電宰場。西遊記組扮成工作人員，各自推各自的推車走著。演員疊在推車上，演豬隻，工作人員看起來好像在搬運人的屍體。

三藏：　（激勵地）最後一趟！

◆西遊記組下台。
◆西遊記組再推推車回來時，已是空車。他們把空車隨手一放。邊說話邊換裝，把電宰場制服換成自己的便服。

三藏：　累死了。終於可以下班了。

悟淨：　我本來以為中元普渡我們這種殺生的地方會休息，沒想到反而要加班。

悟空：　荼逼八，新來的喔？什麼都不懂。逢年過節家家戶戶要拜拜，全台灣的電宰場都要加班，又不只有我們而已。

八戒：　有加班費我就沒意見。

◆還穿著制服的阿彰推空車上，當年冰宮的《舞曲大帝國》音樂進。

悟空：　阿彰啊！這些順便！（指他們的推車。）

三藏：　阿彰，給你關門喔。

◆阿彰點頭。

悟空：　你們會不會覺得他最近怪怪的？

三藏：　怪怪的？哪裡怪？我知道了，好像心情比較好。

八戒：　有嗎？我覺得他變更瘦了。

悟淨：　上次健康檢查結果出來了嗎？

◆西遊記組那講那落台。

◆阿彰測試電閘門。

◆阿彰整理電宰場、疊推車,暫時落台。

◆阿彰轉來,將推車當做是趨板咧用,佇台頂趨來趨去,親像咧
　回味伊佮怡慧佇冰宮的彼一工。仝一條流行歌入。

阿彰	(快樂)你教我溜冰的彼一工,我有想過無定著咱有機會。你教我溜冰的彼一工,我有想過無定著咱有機會……

◆最後一逝,阿彰伸一隻手去揤電閘門的控制器。

◆在阿彰滑過電閘門前的時,燈暗,仝時,電擊聲入,了後,是
　人落地的聲。

◆西遊記組邊說邊下。
◆阿彰測試電閘門。
◆阿彰收拾電宰場、堆疊推車，暫下。
◆阿彰重上，把推車當滑板使用，在台上滑來滑去，像是在重溫他跟怡慧在冰宮的那一天。同一首流行歌進。

阿彰：　（快樂地）你教我溜冰那天，我想過我們可能有機會。你教我溜冰那天，我想過我們可能有機會……

◆最後一趟的時候，阿彰伸出一隻手去按電閘門的控制器。
◆在阿彰滑過電閘門前時，燈暗，同時，電擊聲入，之後是落地聲。

無神

2018 年

	建志	黎月	駿洋	文成
出生年份	1985	1960	1981	1957
本單元年齡	33	58	37	61

無神 -1

◆ 媽祖廟內。除了建志以外所有人相紲（sio-suà）上台，背對觀眾跋桮、抽籤、祈禱等等。信仰的聲音。

◆ 建志上台，濫入去信徒之中，面對觀眾，雙手插佇褲袋仔。建志是唯一一个無咧跋桮、抽籤、拜拜的人，他將一副全罩式耳機戴起來。佇建志戴耳機、本段開始了後，所有跋桮、抽籤、祈禱聲全部消音，但動作繼續。

◆ 建志的耳機內底聽的是 2018 年地平線航空 Q400 事件塔台與理查羅素的錄音，以下的台詞是錄音部分的內容，嘛會當全步播送。

| 建志 | 我這个人，已經歹去矣。
有幾仔粒螺絲，早就已經冗（līng）去。
以早我無注意，
這馬……
請你繼續講話，你的聲音予我感覺真平靜。
我準備欲來落低矣，
我想，我會先反幾俖个箍輾，
若是有成功， |

無神

2018 年

	建志	黎月	駿洋	文成
出生年份	1985	1960	1981	1957
本單元年齡	33	58	37	61

無神 –

◆ 媽祖廟內。除了建志以外所有人陸陸續續上台，背對觀眾擲筊、抽籤、祈禱等等。信仰的聲音。

◆ 建志上，混入信徒們之中，面對觀眾，雙手插在口袋裡。建志是唯一不擲筊不抽籤不拜拜的人，他戴上全罩式耳機。在建志戴上耳機、本段開始以後，所有擲筊、抽籤、祈禱聲全部消音，但動作繼續。

◆ 建志的耳機裡是 2018 年地平線航空 Q400 事件塔台與理查羅素的錄音，以下的台詞是錄音部分的內容，也可以同步播放。

	其實我本來就沒打算要降落。
	我這個人已經壞掉了，
	有幾顆螺絲早就鬆掉了。
	以前我沒意識到，
建志：	現在……
	請你繼續說，你的聲音讓我覺得很平靜。
	我準備降落了，
	我想我會先做幾個翻滾，
	如果成功的話，

我就會開始降落，
盈暗咱就到遮為止。
可能對另外一个角度來看，會閣較婿。
我毋知影欲按怎落低，
其實我本來就無拍算欲降落。

◆ 燈光急閃，配搭強烈的音樂。佇閃光中會當看著建志拿出刀仔鏨（tsâm）、剉（tshò），真濟人受傷，最後建志予躄倒、刀嘛予奪走。

◆ 燈暗。

我就會開始降落，
今晚就到此結束了。
也許從另一個角度來看會更美。
我不知道該怎麼降落，
其實我本來就沒打算降落。

◆急速的閃光，搭配強烈的音樂。在閃光之中可以看到建志拿出刀子砍殺，多人受傷，最後建志被撲倒、奪刀。
◆燈暗。

無神 -2

◆ 空台。悟空坐佇輪椅頂，趄舞台的外圍。舞台中央有一排無仝形、無仝大、無仝色的籠仔，建志佇其中一个內底。建志的籠仔有魔術需求，需要特別設計。其他籠仔內嘛有人，分別是三藏、八戒、悟淨。閣有一个籠仔空空，是黎月的籠仔。

悟空	建志毋肯講話，警察佇伊的身軀頂搜著一張紙。
悟空、建志	「肢斷軀殘，散落各地。」
建志	記者用這八个字，來形容彼个千里眼的神像。蘇迪勒風颱經過台灣，20 公尺懸的千里眼去予風吹甲倒去。紅色的千里眼摔甲粉身碎骨。另外一爿的順風耳嘛歪膏揤斜（uai-ko-tshih-tshuàh）。建志去到現場，看著怪手共藍色的順風耳規尊拖拖倒。順風耳的頭殼，去挵著大橋邊的欄杆。規粒頭、規身軀，攏挵甲碎糊糊（tshuì-kôo-kôo）。建志感覺足刺激的。袂輸伊家己的頭殼內，有啥物開關，雄雄跳起來。順風耳倒落去的時陣，力束大甲將一枝電火柱拖拖倒，造成附近真濟所在停電。碎糊糊的神像內底，毋是肉筋，毋是血水，是白蒼蒼的 phoo-lí-lóng。烏陰天，phoo-lí-lóng 散佇四周圍，看著足鑿目（tshàk-bàk）的。建志轉去到厝裡上網路揣影片，共速度放慢，目睭看甲仁仁（jîn-jîn），伊感覺這實在是料想袂到。建志知影矣，「原來這个世界無神」。

無神 -2

◆空台。悟空坐在輪椅上，繞行舞台。建志在舞台中央的一排不同形狀大小或顏色的箱子／籠子的其中一個裡面。建志的籠子有魔術需求，要特別設計。其他籠子裡也有人，分別是三藏、八戒、悟淨。有一個空籠子，是黎月的。

悟空：　建志不肯講話，在建志的身上，他們搜到了一張自白。

悟空、建志：　「肢斷軀殘，散落各地。」

建志：　記者用這八個字來形容那個千里眼的塑像。蘇迪勒颱風過境，強風吹倒了 20 公尺高的千里眼塑像。紅色的千里眼支離破碎，粉身碎骨，而另一側的順風耳塑像也鬆脫傾斜。建志去現場看怪手將藍色的順風耳整尊拖倒。順風耳的頭部撞擊大橋邊的護欄，頭部和全身，塵歸塵土歸土。建志覺得好刺激，好像腦中有什麼東西被開啟了。順風耳倒下時的力道很大，拖倒一根電線桿，還造成附近停電。破裂的塑像暴露出內部，不是血也不是肉，而是蒼白的保麗龍。四散的保麗龍，在陰暗的天候中亮得刺眼。建志回家後搜尋了影片又慢速重播看了無數次，覺得好不可思議。

建志知道了，「原來這世上沒有神」。

◎	**悟空**	佃問我敢有熟似兇手？其實我根本毋知影發生啥物代誌。現此時我的身軀去予塑膠管插甲滿滿滿，我干焦想欲一直注 môo-hui，按呢我才袂感覺痛。佃予我看兇手的相片。真少年。真普通。我毋捌伊。
●	**黎月**	等黎月有勇氣去到兇殺的現場，細角間仔的媽祖廟花欉园甲滇滇（tīnn）。遐的花是欲獻予彼个死者的，伊身著 16 刀，當場死亡。
◆黎月上台，對建志的籠仔傱過去。		
◎	**黎月**	（拍籠仔）你是按怎欲按呢做！你是按怎欲按呢做！我是佗位對不起你？你是按怎欲按呢對待我？
◆喘氣。		
●	**黎月**	人是傍翁勢我是夯翁枷（giâ-ang-kê），一定是頂世人我做皇帝，一世人才會遮爾衰。翁婿共人倒數（tó-siàu），閣佮彼个狐狸精相𤲍走。一个破病的大官，囉嗦的大家，閣一隻烏白咬人的死貓仔。（對建志）閣有、閣有你這个不孝囝，你是按怎會雄雄起痟去刣人？你是按怎欲去媽祖廟刣人？
◎	**建志**	我知影你做過啥。
◆黎月愣去。		
●	**建志**	我攏知。
◆記者湧入來，欲翕黎月與建志。黎月著驚。		
◎	**黎月**	歹勢我共逐家會失禮。是我無共囝仔教予伊好。歹勢。歹勢。歹勢。

悟空：	他們問我，認不認識兇手？其實我根本不曉得我發生了什麼事。我的身體插著各種管子，我只想要一直打嗎啡，這樣我才不會痛。他們給我看了兇手的照片。很年輕。很普通。沒見過。
黎月：	等黎月有勇氣去兇殺案現場的時候，狹窄的媽祖廟已經擺滿了來表示哀悼的花束。那些花大多是獻給那一位死者的，他身中 16 刀，當場死亡。

◆黎月上，衝向建志的籠子。

黎月：	（拍打籠子）你為什麼要這樣！你為什麼要這樣！我是哪裡對不起你，你要這樣子對待我？

◆喘氣。

黎月：	別人是妻以夫貴，我是被他帶衰，我上輩子是皇帝嗎？不然這輩子怎麼這麼倒霉？丈夫跟小三跑了，留下一屁股債，一個生病的公公，一個囉唆的婆婆，一隻咬人的貓，（對建志）還有一個不肖子不知道為什麼突然抓狂去殺人！你為什麼要去媽祖廟殺人？

建志：	我知道你做了什麼。

◆黎月愣住。

建志：	我知道。

◆記者蜂擁而上拍攝黎月與建志。黎月受到驚嚇。

黎月：	我要向社會大眾道歉。是我沒有把孩子教好。對不起。對不起。對不起。

◆黎月覘去空的籠仔內底。記者嘛用手去拍籠仔，等無回應，才散散去。

悟空	阿爸呔會攏無來？其實伊已經臆著矣，毋過暫時無想欲去面對。伊這馬上需要的就是 môo-hui。規身軀注滿滿的 môo-hui，伊才有法度平靜，莫去想過去，莫去想彼一日。伊嘛無心思去面對彼雙完全無感覺的跤腿。

◆悟空捶家己的頭殼。燈暗。

◆黎月躲到空的籠子裡。記者也拍打籠子一番，得不到回應，才散去。

悟空： 爸爸怎麼都沒來探病？他猜到了，但暫時不想面對。他現在需要的是更多的嗎啡，全身滿滿的嗎啡才能讓他平靜下來，不去想過去，不去想那天。他也沒心情去想他沒有感覺的下半身。

◆悟空捶打自己的頭。燈暗。

無神 -3

● 三藏	（佇籠仔內）經過彼一工，唐小姐定定做惡夢。夢著真濟人欲來食伊的肉啉伊的血。伊感覺所有的一切攏是因果輪迴。抑若無，伊無法度解說，為啥物伊一世人做善事，竟然會佇媽祖廟拄著這款惡事。唐小姐的正手這馬干焦賰兩隻指頭仔。

◆ 駿洋上台。來到建志籠仔前。

◎ 駿洋	你好，這是我的名刺（mè-sì）。（提名刺予建志，建志毋接）我是你的<u>公設辯護人</u>，就是你的律師，會替你拍官司。你免煩惱，這是免錢的。政府會幫你處理。我叫做謝駿洋。

◆ 建志恬恬。

● 駿洋	無要緊，我會閣來看你。這，是你的權利。

◆ 駿洋落台。

◎ 黎月	無論黎月按怎共問，建志就是毋開喙。伊兩眼無神，袂輸三魂七魄攏留佇一个遙遠的所在。黎月看著大家官的相片，想起足久足久以前伊嘛捌想過，自殺進前共規家伙仔刣死，毋過黎月忍起來矣。為啥物建志忍袂起來？

● 悟淨	（佇籠仔內）彼一工，吳老闆佮其他的人共兇手控制牢佇塗跤。吳老闆無受傷，毋過伊規身軀全全血，是別人的血水。接受訪問的時陣，伊講絕對是媽祖婆有保庇，伊才會無代誌，彼个歹人傷天害理。殺人賠命，天公地道，一定愛判予伊死。

無神 -3

三藏： （在籠子裡）出事以後，唐小姐常做惡夢。夢中好多人都想吃她的肉、喝她的血。她覺得所有的一切都是前世因果，不然她無法解釋，為什麼她一輩子做善事，會在廟裡遇到這種事件。她的右手只剩兩根手指。

◆ 駿洋上。來到建志籠子前。

駿洋： 你好，這是我的名片。（遞名片，建志不接）我是你的公設辯護人。就是你的律師，會為你辯護。你不用擔心，這免費的。政府會幫你處理。我叫謝駿洋。

◆ 建志不語。

駿洋： 沒關係，我會再來。這，是你的權利。

◆ 駿洋下。

黎月： 不論黎月問建志什麼問題，建志都不回答。建志的雙眼無神，好像整個人在很遙遠的地方。黎月看著公公婆婆的遺照，想起很久以前她曾經想殺死全家然後自殺，但是她忍過來了，為什麼建志不能忍呢？

悟淨： （在籠子裡）出事那天，吳老闆跟其他人一起壓制兇手，吳老闆沒受傷，但是衣服上都是血，是別人的血。接受訪問的時候，他說，絕對是媽祖有保佑他他才沒事。那個壞人傷天害理。殺人償命，天經地義。一定要判死刑。

悟淨	伊筆錄做煞,先共身軀頂的衫,攏換換掉,穿新衫,才轉去到厝裡。一下到厝,看著某团,吳老闆著哭矣。個某佮個团,看著伊咧哭,嘛攏綴咧哭。	
◎	**八戒**	(佇籠子內)出代誌了後,朱先生毋敢閣去人濟的所在。嘛毋敢去廟裡拜拜。便若聽著跋梧的聲音,伊就會想起彼一工,彼个漸漸死亡、漸漸無法度喘氣的阿伯。阿伯講,先救阮团!拜託咧!先救阮团!朱先生共伊應好,毋過伊嘛是全款留佇遐,伊毋敢離開彼个阿伯,後來,彼个阿伯個团無死,阿伯煞死去矣,朱先生感覺真遺憾。人生真歹講。
	◆駿洋上。	
●	**駿洋**	(提名片予建志,建志毋接)我頂擺有來過,你閣會記得無?
	◆建志恬恬。	
◎	**駿洋**	無要緊,我會閣來看你。
	◆駿洋落台。	
●	**悟空**	第七工,伊夢著個老爸,個阿爸攏無講話,干焦對伊微微仔笑,袂輸咧共伊講,好佳哉,你有活落來。
	◆悟空試看覓敢會當猗起來,成功了。	
◎	**悟空**	伊希望這場夢永遠攏莫清醒。啊!足疼的!(坐轉去輪椅)伊疼一下清醒。病房內底是烏暗暝。伊這馬,上需要的是閣較濟 môo-hui。

悟淨：	做完筆錄，吳老闆還把全身的衣服都換掉，穿新衣才回家。到家一看到妻兒，吳老闆就哭出來了。老婆孩子們看他哭，也跟著哭。
八戒：	（在籠子裡）出事以後，朱先生不敢再去人多的地方。也不敢再去廟裡。聽到擲筊的聲音，就想起那天呼吸越來越微弱的那個阿伯。阿伯說，先去救我小孩！拜託！先去救我小孩！朱先生說，好！好！但是他還是留在阿伯身邊，不願意離開，後來，阿伯的小孩沒死，阿伯死了，朱先生覺得很遺憾。人生真難預料。

◆駿洋上。

駿洋：	（遞名片，建志不接）我上次來過，你還記得我嗎？

◆建志不語。

駿洋：	沒關係，我會再來。

◆駿洋下。

悟空：	出事以後第七天，他夢見了父親，父親什麼都沒說，只是對他微笑，好像在對他說，幸好你活下來了。

◆悟空試著站起來，成功了。

悟空：	他希望這場夢永遠不要醒——啊！好痛！（坐回輪椅）他痛醒過來。病房裡一片黑暗，他需要更多的嗎啡。

◆文成來到建志的籠仔頭前的時，黎月嘛佇咧，怪奇的大團圓，透濫著一種期待會發生啥物代誌的恬靜。

| 文成 | 殺人兇手是文成仔幾仔年無看見的後生。警察提出相片，文成仔毋敢確定，一直到警察唸出建志的名字。（頓蹬）我無你這个後生。 |

◆「我嘛無你這个老爸。」建志無講出喙，但是伊的表情是這个意思。

◆黎月想欲搧文成喙顊，但是文成早就料算著，予伊閃開矣。

◆燈暗。

◆文成來到建志的籠子前時，黎月也在，詭異的大團圓，混合著期待發生什麼事的沉默。

文成： 兇手是文成好幾年沒見過的兒子。警察拿建志的照片問他的時候，文成一開始也不太確定。然後，警察說了建志的名字。（頓）我沒有你這個兒子。

◆「我也沒有你這爸爸。」建志沒有說出口，但他的表情是這意思。
◆黎月想打文成巴掌但被文成料到，閃開了。
◆燈暗。

無神 -4

◆ 黎月在籠子裡，八戒、悟淨上台，行向黎月。魔術秀的音樂入。八戒、悟淨親像咧變魔術共款，對黎月的籠仔內，變出足濟廢物。每變出一項物仔，個會先展示予觀眾，才提去予黎月看，黎月看了，攏感覺足奇怪的款，毋知影建志保存這寡物件的理由。

◆ 八戒以魔術師的範勢（pān-sè），變出兩副展開的 khe-tsí-báng。

●	黎月	這是厝裡的相簿，有去遊樂園迌迌的全家福。規家伙仔最後一擺做伙去迌迌。予建志收起來矣，莫怪我攏揣無。

◆ 悟淨變出一蕊剪絨仔花，送予黎月。

◎	黎月	伊讀國校的時，佇母親節買花送我。我無共提，顛倒共伊講莫討債（thó-tsè）。伊一下生氣就共花擲入去糞埽桶，我嘛無共伊抾起來。

◆ 八戒對籠仔內生出一隻兔子抑是狗形的雞脮仔。
◆ 悟淨對籠仔內生出一隻粉鳥抑是一缸金魚。

●	建志	建志真佮意小動物，毋過 momo 過身了後，阮兜就毋捌飼過啥物矣。

◆ 八戒對籠子內變出一條親像無限長的紅布。悟淨接過去，用紅布共建志的籠仔包起來。然後將籠子掠坦橫（liàh-thán-huâinn/huînn），建志干焦有頭現出來。
◆ 八戒對籠仔內提出足濟支刀。

◎	黎月	我毋知影遮的刀是按怎來的。

◆ 八戒、悟淨將刀仔一支一支插入去建志的籠仔內。悟淨提出一塊板仔，八戒佇頂懸寫字。

●	建志	臆一個數字。

無神 -4

◆黎月在籠子裡，八戒、悟淨走向黎月。魔術秀音樂進。像在變魔術一樣，八戒、悟淨從黎月的籠子裡不斷變出一些廢物。每變出一樣東西他們就會先展示給觀眾，然後才拿去給黎月看，黎月看了都很疑惑的樣子，不懂兒子保存這些物件的理由。
◆八戒以魔術師的架勢，變出兩副展開的撲克牌。

黎月： 這是我們家的相本。裡面有我們去遊樂園的相片。全家人最後一次一起出去玩。原來被他拿走了，難怪我找不到。

◆悟淨變出一朵康乃馨，送給黎月。

黎月： 他國小的時候，母親節買花送我，我沒把花接過來，反而說，不要浪費錢。他把花丟進去垃圾桶裡。我也不肯撿起來。

◆八戒從籠子裡掏出一隻兔子或是狗形狀的氣球。
◆悟淨從籠子裡掏出一隻鴿子或是一缸金魚。

建志： 建志很喜歡小動物。但是自從 Momo 死去了以後，家裡就沒有再養寵物了。

◆八戒從籠子裡掏出一條好像無限長的紅布。悟淨接過去，用紅布把建志的籠子包起來。然後將籠子橫放放倒，建志只有頭露出來。
◆八戒從籠子裡拿出很多把刀。

黎月： 我不知道這些刀從哪來的。

◆八戒、悟淨把刀一把一把插進去建志的籠子裡。悟淨拿出一塊板子，八戒在上面寫字。

建志： 猜一個數字。

黎月	25。

◆ 八戒展示板仔，頂懸寫 25。

建志	建志出世彼一年，黎月 25 歲。建志佮黎月攏有想過，若是建志無出世就好矣。

◆ 八戒、悟淨用大支鋸仔將建志的籠子切做兩爿。

黎月	警察來厝裡搜過，個問黎月的問題，黎月攏毋知欲按怎應。個破解建志的手機仔佮電腦，電腦內底攏是魔術的影片。伊的瀏覽紀錄，是愈濟魔術影片，閣有網拍、網購、色情網站、盜版動漫。警察閣追查伊的 email 佮社群網站，最後個的結論是，建志完全無朋友。

◆ 建志對籠仔內伸出一隻手共觀眾撢手。

建志	建志完全無朋友。

◆ 八戒、悟淨無閒剾將建志變無去。

建志	建志共家己變無去矣。對真久以前開始，就無人看伊會著矣。

◆ 建志予變無去矣。
◆ 恬靜。燈暗。

黎月：	25。

◆八戒展示板子，上面寫 25。

建志：	建志出生的那年，黎月 25 歲。黎月跟建志都想過，如果建志沒有出生就好了。

◆八戒、悟淨用大鋸子把建志的籠子切成兩半。

黎月：	警察來家裡搜索過了，他們問黎月的問題，黎月都不知道怎樣回答。他們破解了建志手機和電腦的密碼，但是電腦裡面只有魔術，他們查了他的瀏覽紀錄，就是更多的魔術，網購網拍，以及色情網站和盜版動漫。他們查了他的信件和社群網站，他們的結論是，他完全沒朋友。

◆建志從籠子裡伸出一隻手跟觀眾招手。

建志：	他完全沒朋友。

◆八戒、悟淨忙碌於把建志變不見。

建志：	建志把自己變不見了。在很久以前，就沒人能看到他了。

◆建志被變不見了。
◆安靜。燈暗。

鬼話

2019 年

	駿洋	阿棠	建志	忠明	百惠	純純	阿壽
出生年份	1981	1983	1985	1969	1962	1980	1980
本單元年齡	38	36	34	50	57	(25)	(25)

鬼話 -1

◆ 舞台分做兩個空間。一个是阿棠的浴間，一个是看守所的會客室，後者用簡單桌椅和燈區表示就好。浴間的重點是桶。浴桶獨立會當徙（suá）位，可能親像船的感覺，會當有簾仔。

◆ 看守所管理人員悟空佇會客室裝錄影機。裝好了後，悟空落台。建志變魔術的時，希望會當用這台錄影機即時投影出來，若是有困難，嘛會當用預錄的變魔術畫面。

◆ 阿棠提欲換的衫入去浴間，足忝的款。拍開浴桶的水道頭放水。阿棠佇浴桶邊仔的塗跤頂坐落來，將頭架（khuè）佇跤頭跌（kha-thâu-u）之間。

◆ 阿壽對足奇怪的所在出來，可能一開始是一道白影抑是白光，伊踏入去浴桶，坐佇浴桶的邊仔，看伊的小妹。

	阿壽	阮小妹阿棠，真骨力過生活。浴間仔是伊上佮意的所在，因為真清氣，真恬靜，真實在。
	阿棠	（瞻頭看阿壽）啥物咧實在，你就毋是實在的啊。（閣共頭架轉去）

◆ 阿壽行去坐佇阿棠身軀邊陪伊。

鬼話

2019 年

	駿洋	阿棠	建志	忠明	百惠	純純	阿壽
出生年份	1981	1983	1985	1969	1962	1980	1980
本單元年齡	38	36	34	50	57	(25)	(25)

鬼話 -1

◆舞台分為兩個空間。一個是阿棠的浴室，一個是看守所的會客室，後者簡單桌椅和燈區表示即可。浴室的重點是浴缸。浴缸是獨立可移動的浴缸，也許像船的感覺，可以有浴簾。

◆看守所管理人員悟空在會客室裝設錄影機，裝設完畢後悟空下。在建志變魔術時，希望能即時投影出來，若有困難，則可用預錄的變魔術畫面。

◆阿棠拿著換洗衣物進浴室，很累的樣子，打開浴缸的水龍頭放水。阿棠在浴缸旁的地板上坐著，頭埋在膝蓋裡。

◆阿壽從很奇怪的地方出來，可能一開始是一道白影或白光，他踩入浴缸，坐在浴缸邊上，看著妹妹。

阿壽： 我妹妹阿棠，很努力地生活。浴室是她最喜歡的地方，因為很乾淨，很安靜，很實在。

阿棠： （抬頭看阿壽）什麼實在，你就不是實在的。（又把頭埋回去）

◆阿壽走去坐在阿棠身邊陪她。

◆ 看守所管理人員八戒佮悟淨上台，押解建志去會客室，建志坐好了後，八戒佮悟淨落台，建志將椅仔轉 90 度變作面對觀眾的角度，伊知影是駿洋來矣，無啥想欲面對伊。三藏馬駿洋對另一爿入來，駿洋坐落來，三藏落台。

● 駿洋	Hello，底咧內底敢食的慣勢？聽講你家己做 khe-tsí-báng 喔？彼是違禁品呢，驚提來跋筊（puàh-kiáu）。入來的時陣，個應該有共你講才對啊。其實乎，若正經欲跋，內底有真濟物件通跋，無差你一副 khe-tsí-báng 才對啊。其實，個只是假毋知。
◆ 沉默。	
◎ 駿洋	今仔日全款無想欲講話哦？建志我有去揣過恁阿母，伊今仔日有代誌，嘛無法度來。伊有共我講，你真佮意變魔術。你做 khe-tsí-báng 敢是為著欲變魔術？
◆ 沉默。	
● 駿洋	我紮一个好空的來予你。
◆ 沉默。駿洋對公事包內底提出一盒紙盒裝的名刺，然後將名刺全拿提出來。	
◎ 駿洋	這是我的名刺，進前欲予你，你攏無愛提。
◆ 沉默。	
● 駿洋	我有佇網路頂學變魔術，毋過我跤手較頂顢（hân-bān），干焦會曉洗牌。
◆ 駿洋用看起來真專業的姿勢將名刺洗牌，然後將名刺佇桌頂展開。	
◎ 駿洋	遮應該拄好 52 張。

◆看守所管理人員八戒與悟淨上，押解建志到會客室，建志坐好後，八戒與悟淨下，建志把椅子轉 90 度變成面對觀眾的角度，他知道是駿洋來了，不是很想面對他。三藏從另一頭帶著駿洋上，駿洋坐，三藏下。

| 駿洋： | 哈囉，在裡面吃得習慣嗎？聽說你自己做了撲克牌？那是違禁品喔，怕拿來賭博。進來的時候，他們應該就有告訴你了啊。不過真的要賭太容易了，有很多東西可以賭，也沒差一副撲克牌。他們假裝不知道而已。 |

◆沉默。

| 駿洋： | 今天也不想講話嗎？建志，我去拜訪過你媽媽了。她今天也有事不能來，她有跟我說你很喜歡變魔術。你在做撲克牌是為了魔術嗎？ |

◆沉默。

| 駿洋： | 我帶了好東西來。 |

◆沉默。駿洋從公事包裡拿出一紙盒裝的名片，然後把名片全拿出來。

| 駿洋： | 這一盒都是我的名片。前幾次來，給你你都不拿。 |

◆沉默。

| 駿洋： | 我有上網學魔術，但笨手笨腳的，到現在還只會洗牌。 |

◆駿洋用看似專業的姿勢將名片洗牌然後把名片在桌上展開。

| 駿洋： | 這裡應該剛好有 52 張。 |

	◆ 建志無反應。	
●	駿洋	（真正有淡薄仔失望，將桌頂的名片收轉來）既然你無興趣咱就來講正經的代誌。
	◆ 建志頭一擺轉過來面向駿洋，駿洋停止動作。	
◎	駿洋	按怎？
	◆ 建志變出一張駿洋的名刺還伊。	
●	駿洋	你按怎變的！
	◆ 建志共駿洋的名刺攏變作 khe-tsí-báng，然後閣變轉去名刺。 ◆ 駿洋看甲喙開開。 ◆ 簡單說明：名刺愛事先特製，駿洋提出來的名刺，一面是名刺，一片是 khe-tsí-báng，另外閣有一張正常的名刺。建志嘛有一張正常的 khe-tsí-báng。這是兩个演員套招加上道具來騙觀眾的。	
◎	建志	魔術是一件真正經的代誌。
●	駿洋	（正經起來）你講的著，歹勢，我會失禮。魔術是一件真正經的代誌。
	◆ 建志閣轉去原本的姿態。駿洋面對滿桌頂的名刺，母知影敢愛將個收起來。躊躇一下，決定繼續收。	
◎	駿洋	（滿意）欸，上起碼咱已經有進展矣。
	◆ 駿洋將名刺袋（tē）入去盒仔底，囥佇桌頂靠近建志的位置。紲落來駿洋對公事包提出卷宗看。這場對遮一直到結束個攏無閣講話。 ◆ 阿棠兜電鈴響，無偌久百惠挵浴間的門。	
●	百惠	（淡薄仔緊張）阿棠，阿棠，你咧創啥啦？
◎	阿棠	（猶原坐佇塗跤頂）我咧洗身軀啦。
●	百惠	洗身軀哪會攏無聲啦！我想講你——

◆建志沒有反應。

駿洋：　（真的有點失望，收回桌上名片）既然你沒興趣，我們就來講正經的事情。

◆建志第一次轉過來面向駿洋，駿洋停止動作。

駿洋：　怎麼了？

◆建志變出一張駿洋的名片還他。

駿洋：　你怎麼變的！

◆建志把駿洋的名片都變成了撲克牌，然後又變回名片。
◆駿洋目瞪口呆。
◆簡單說明：名片須事先特製，駿洋拿出來的名片們，一面是名片，一面是撲克牌，但另有一張正常的名片。同時建志也有一張正常的撲克牌。這是兩位演員套招加道具來騙觀眾的。

建志：　魔術是一件很正經的事。

駿洋：　（正經起來）你說的對，對不起，我道歉。魔術是一件正經的事。

◆建志又回到原本的姿態。駿洋面對滿桌的名片，不知道該不該繼續收。遲疑了一下，決定繼續收。

駿洋：　（滿意）至少我們有了一點進展。

◆駿洋把名片裝進盒子裡，放在桌上靠建志的位置。接下來駿洋從公事包拿出卷宗翻閱。這場從此一直到結束他們不再講話。
◆阿棠家電鈴響，不久百惠敲浴室的門。

百惠：　（有一點緊張）阿棠，阿棠，你在幹嘛？

阿棠：　（還坐在地上）我在洗澡啦。

百惠：　洗澡怎麼會都沒聲音？我還以為你——

◎	**阿棠**	我按怎。你欲用便所諾啦？
●	**百惠**	（細聲）無啦，有人挕電鈴啦，我我毋知影欲——
◎	**阿棠**	誰咧挕電鈴？你都莫插伊就好矣。
●	**百惠**	伊啦。
◎	**阿棠**	伊是誰人啦？
●	**百惠**	伊啦，伊關出來矣啦！
◎	**阿棠**	伊？伊欲來創啥？
●	**百惠**	我抑知！我都毋敢應門啊。
	◆ 阿棠又閣共頭架轉去跤頭趺之間。	
◎	**阿棠**	莫予伊入來。莫予伊入來。
	◆ 燈暗。	

阿棠：	我怎樣。你要用廁所喔？
百惠：	（壓低音量）不是啦，剛才有人按電鈴。我不知道要——
阿棠：	誰按電鈴，你不要理他不就好了。
百惠：	是他啦。
阿棠：	誰啦？
百惠：	他啦，他出獄了啦。
阿棠：	他？他來幹嘛？
百惠：	我就說我不知道了！我不敢開門啊！

◆阿棠又把頭埋回去。

阿棠：	不要讓他進來。不要讓他進來。

◆燈暗。

鬼話 -2

◆ 八戒佮悟淨上台，押解建志去會客室，建志坐好了後，八戒佮
　悟淨落台，建志將椅仔轉九十度變作面對觀眾的角度。三藏焄
　駿洋對另一扴入來，駿洋坐落來，三藏落台。

◆ 駿洋提出伊的卷宗。

●	**駿洋**	歹勢，去予人掠包，個叫我袂當閣紮規盒的名刺入來。
	◆ 沉默。	
◎	**駿洋**	既然你攏無欲講話，抑無換我講。我今仔日心情嘛無好，我的冤仇人最近出獄矣。
	◆ 建志往駿洋看一眼，予駿洋掠著，眼神對到。	
	◆ 純純攑烏雨傘上台，慢慢仔行去會客室。	
●	**駿洋**	我知影你有咧聽。多謝，你有咧聽我講話。對啊，我嘛有冤仇人。十四年矣攏無想講會過遮緊。彼當陣我猶毋是律師，抑若無我絕對告甲予伊變無期。欸，你對你的刑期敢有想欲了解？其實，猶袂判攏真歹講。
	◆ 沉默。	
◎	**純純**	阮小弟駿洋，真骨力咧過生活。伊是一個律師，一直攏真拍拚，伊無佮意轉去厝裡，定定咧無閒工課。有工課通無閒，伊才袂烏白亂想。
●	**駿洋**	（氣口冷靜，但是到後來會當對伊的身軀看出伊的激動，建志可能會予這件代誌小可仔感動）

鬼話 -2

◆悟空調整好攝影機後下。
◆看守所管理人員八戒與悟淨上，押解建志到會客室，建志坐好後，八戒與悟淨下，建志把椅子轉九十度變成面對觀眾的角度。三藏從另一頭帶著駿洋上，駿洋坐，三藏下。
◆駿洋拿出他的卷宗。

| 駿洋： | 抱歉，被抓包了。他們剛才提醒我不要再帶整盒名片進來。 |

◆沉默。

| 駿洋： | 既然你都不想講話，那就我來講吧。我今天心情也不好。我的仇人最近出獄了。 |

◆建志往駿洋看一眼，被駿洋逮到，眼神對到。
◆純純撐著黑傘上台，緩慢地走到會客室。

| 駿洋： | 我知道你有在聽。謝謝你聽我講話。對啊我也有仇人。十四年過得好快。那時我還不是律師，不然一定告到讓他變無期。啊，你對你刑期有興趣嗎？其實，還沒判，也很難說。 |

◆沉默。

| 純純： | 我弟弟駿洋，很努力地生活。他是一位律師，一直很打拚。他不喜歡回家，總是在工作。因為工作讓他不會想東想西的。 |

| 駿洋： | （冷靜的語氣，但到後來身體的激動視覺可見，建志可能會被這件事稍微觸動到） |

駿洋	被害人謝靜純之配偶林壽於施用第一級毒品海洛因過量致死後二日，警員鄭忠明基於共同之犯意，偕同謝女婆婆羅百惠、小姑林如棠，強押謝女使其不能抵抗後，由鄭嫌持木棍毆打謝女，並威脅謝女與鄭嫌性交，在謝女抵死不從下，仍被羅、林二人強壓並由鄭嫌以性器對謝女強制性交得逞，鄭嫌逞慾後，先以言語羞辱謝女人格，再以木棍攻擊謝女之頭、胸、腹等要害，直至謝女休克，鄭嫌更持剪刀刺擊謝女下體直至謝女死亡。鄭嫌等三人見謝女明顯死亡後，由鄭嫌持菜刀毀壞謝女之臉部，並肢解其四肢。
◆ 沉默。	
駿洋	（恥笑家己）我他媽判決書倒背如流。
◆ 建志再次看往駿洋，這擺較久。	
駿洋	彼个被害者謝靜純就是我的親阿姊，嘛是這个世界上，我唯一的親人。
◆ 沉默。	
駿洋	我每一工攏佇咧想，這個鄭仔忠明出獄了後，我欲按怎替阮阿姊報仇。
◆ 駿洋看起來對這件代誌真痴迷入神，慢慢仔才恢復原本冷靜的模樣。	
駿洋	你敢知影外口有偌濟人想欲愛你死？無定著我是唯一一个想欲共你鬥相共的人。
◆ 沉默。純純行去駿洋身邊。	

駿洋： 被害人謝靜純之配偶林壽於施用第一級毒品海洛因過量致死後二日，警員鄭忠明基於共同之犯意，偕同謝女婆婆羅百惠、小姑林如棠，強押謝女使其不能抵抗後，由鄭嫌持木棍毆打謝女，並威脅謝女與鄭嫌性交，在謝女抵死不從下，仍被羅、林二人強壓並由鄭嫌以性器對謝女強制性交得逞，鄭嫌逞慾後，先以言語羞辱謝女人格，再以木棍攻擊謝女之頭、胸、腹等要害，直至謝女休克，鄭嫌更持剪刀刺擊謝女下體直至謝女死亡。鄭嫌等三人見謝女明顯死亡後，由鄭嫌持菜刀毀壞謝女之臉部，並肢解其四肢。

◆沉默。

駿洋： （自嘲地笑）我他媽判決書倒背如流。

◆建志再次看往駿洋，這次久一點。

駿洋： 那個被害人謝靜純是我姊姊。也是我世上唯一的親人。

◆沉默。

駿洋： 我每天都在想，這個鄭忠明出獄了以後，我要怎樣為我姊報仇。

◆駿洋露出一種著迷的表情，然後慢慢恢復了原本冷靜的樣子。

駿洋： 你知道外面有多少人想要你死嗎？我可能是唯一一個想幫你的人了。

◆沉默。純純走到了駿洋身邊。

◎	純純	其實阿棠嘛真可憐，十三歲就予鄭忠明設局開始接人客。阿壽個規家伙仔，是不幸才會去拄著鄭忠明。阮大家俗小姑，我攏無怪個，毋過鄭忠明，你愛幫我處理。

◆ 駿洋往阿棠的浴間看過去。
◆ 阿棠入浴間，穿的睡衫真暴露。浴桶放水。阿壽登場的方法共前一場全款，坐佇浴缸邊，看個小妹。

●	阿棠	（對門外的忠明講話）我真久以前就知影你一定會轉來。你抑無所在通好去矣。這工我已經想過真濟擺矣。

◆ 頓蹬。

◎	阿棠	我共阮阿母講，免驚，以早的恩恩怨怨，你已經付出代價矣，阮阿母嘛付出代價矣。

◆ 阿壽將阿棠轉過來面對家己，阿棠反抗。

●	阿棠	敢有食過豬腳麵線矣？阮阿母出來的時，我有煮予伊食。你若想欲食，明仔載我才去菜市仔買豬跤。這馬已經傷晏矣。先來洗一下仔身軀較實在。

◆ 阿壽擋佇浴間門口，阿棠將伊捒開，對外擛手。

◎	阿棠	來啦是咧客氣啥？傷久無敨 (tháu) 諾？

◆ 忠明上台，已經老去。阿棠對伊送秋波，主動去共嗙，為伊褪衫。

●	阿棠	哇，你攏無變呢。

◆ 阿壽無法度忍受，勼在角仔、背對個，耳仔掩咧，親像以早佇隔壁聽小妹接客的時。

◎	阿棠	欲做伙洗無？

| 純純： | 其實阿棠也很可憐，十三歲就被鄭忠明設局逼去接客，阿壽他們全家，是不幸，才會去遇到鄭忠明，我不怪我婆婆和小姑。但是鄭忠明，你要幫我處理。 |

◆駿洋往阿棠的浴室看。
◆阿棠進浴室，卸妝，穿著暴露的睡衣。放浴缸水後水聲進。阿壽跟前一場同樣的方式登場，坐在浴缸邊上，看著妹妹。

| 阿棠： | （對著門外的忠明講話）我很久以前就知道你一定會回來。你又沒有別的地方可以去。這一天我已經想過很多次。 |

◆頓。

| 阿棠： | 我叫媽不要怕，以前的恩恩怨怨，你已經都付出代價了。我媽也付出代價了。 |

◆阿壽將阿棠轉過來面對自己，阿棠抗拒。

| 阿棠： | 你吃過豬腳麵線了嗎？媽出獄時我有幫她煮。你想吃的話我明天去市場買豬腳。現在太晚了。先好好洗個澡比較實在。 |

◆阿壽擋在浴室門口，阿棠將他撥開，對外招手。

| 阿棠： | 進來啊，是在客氣什麼？太久沒做了喔？ |

◆忠明上，已經蒼老。阿棠對他嫵媚地笑，主動親吻他，為他脫衣服。

| 阿棠： | 哇，你都沒變呢。 |

◆阿壽不能忍受，縮在角落背對他們，摀住耳朵，像是以前在隔壁聽妹妹接客那樣。

| 阿棠： | 要一起洗嗎？ |

◆ 忠明頷頭。	
阿棠	（微微仔笑）來啦，我來幫你洗啊。

◆ 兩人攏入去浴桶，簾仔捔牢。

◆ 真長的沉默，只有一寡水聲。

◆ 阿棠離開浴桶，用上緊的速度提起吹風機，插電，開開關，共吹風機捔入去浴桶。

◆ 觀眾無一定會注意著，但是彼支吹風機是純純的，是佇《奈何橋》出現過的小道具。

◆ 燈暗。

◆忠明點頭。

阿棠：　　（微笑）來啦，我來幫你洗。

◆兩人都進了浴缸，拉上浴簾。
◆漫長的沉默，只有一些水聲。
◆阿棠離開浴缸，以最快的速度拿起吹風機，插電，開開關，把吹風機丟進去浴缸。
◆觀眾不一定會注意到，但那支吹風機是純純的，在《奈何橋》出現過的小道具。
◆燈暗。

鬼話 -3

◆ 警察悟空用「禁止進入」的黃色封條將阿棠的浴間圍起來。
◆ 駿洋佮建志的上場方式共前一場仝款。

駿洋

我做兵的時陣佇少年輔育院做替代役，內底有一个少年人佮你仝款攏無愛講話。有一工個女朋友來看伊。照規定邊仔愛有人紀錄個的對話，彼一工紀錄的人就是我。個女朋友講：「人規身軀的細胞，只要三個月，就會完全換掉。這馬你已經是一个全新的人矣，我嘛仝款。三個月前，我去共咱的囝仔提掉矣。」其實我就想欲共伊講，嚴格講起來，應該毋是三個月，是七冬，人所有的細胞才會代謝完。

毋過，我無講出喙，彼个少年犯嘛啥物攏無應，頭犁犁恬寂寂（tiām-tsih-tsih）。一直到個女朋友離開，伊攏無共頭攑起來。欲毛彼个少年人轉去的路裡，我共伊講：「你過去到現在的人生，將來猶會一直重來、重來再重來。佇這個過程中，每一擺，攏仝款，每一改痛苦，每一點快樂，每一個想法，每一聲怨嘆，猶有其他大大細細的代誌，攏會照仝款的程序，仝款的節奏，重來再重來。」其實，彼是我佇尼采的冊面頂看著的，是一個故事內底惡魔講的話。彼當陣我想欲做一個試驗，若佇人上孤單絕望的時陣，若是聽著遮的話伊是會按怎咧？我承認，我講這是因為傷過無聊，嘛足孽潲的。

（頓蹬）結果彼一暝，伊共兩條面巾縛做伙，吊脰自殺，無留半句話。

鬼話 -3

◆警察悟空用「禁止進入」的黃色封條把阿棠的浴室圍起來。
◆駿洋與建志的上場同前場。

我在少年輔導院當替代役的時候，裡面有一個跟你一樣不太
講話的少年犯。有一天他女朋友來看他。接見的時候照規定
要有人在旁邊紀錄談話的內容，那天那個記錄的人就是我。
他女朋友說：「人全身上下的細胞，只要三個月，就完全不
一樣了，你現在已經是一個全新的人，我也是。三個月前我
去墮胎了。」
其實我當時好想跟她說，嚴格講起來，應該不是三個月，是
七年，人所有的細胞才會代謝掉。
不過，我沒說出口。那個少年犯也什麼都沒答。頭低低的，
靜靜的，一直到他的女朋友離開，他的頭都沒有再抬起來。

駿洋： 在帶那個少年犯回去的路上，我跟他說：「你從過去到現在
的人生，將來還會一直重來、重來再重來；在這個過程中，
每一輪都一樣，每一次痛苦、每一點快樂、每一個想法、每
一聲哀嘆，還有其他大大小小的事情，都會完全照同樣的順
序，重來再重來。」
其實那是我在尼采的書上看到的，是一個故事裡惡魔講的
話，我那時想要做一個實驗，在人最寂寞、絕望的時候，要
是聽到這些話，會有什麼反應？我承認，我講那些只是因為
我太無聊，也太頑劣。
（頓）結果那天晚上，他用兩條毛巾綁在一起，上吊自殺。
什麼話都沒有留下來。

◆ 沉默。建志無反應。	
◎ 駿洋	毋過尼采真正的意思是欲講，就算你放棄抑是你無想欲面對命運，命運猶原會逼你去面對伊。按呢人就應該愛佮命運做永遠的對抗。 「拍我袂倒的會予我更加堅強。」 我真後悔，無共彼个少年人講遮的。後來我就對家己咒誓（tsiù-tsuā），袂當閣按呢隨在家己的性地，繼續落去矣，我是學法律的，我煞害死一个人。 毋過，想欲控制家己的本性，實在是真困難乎？ 你對你傷害過的人，敢有這種虧欠？我知影有一寡人無這條神經。就親像我的冤仇人。 你閣會記得無，我頂擺有共你講過，彼个刣死阮阿姊的冤仇人。
◆ 建志無反應。	
● 駿洋	伊死矣。洗身軀的時陣予吹風機電死的，彼支吹風機是我阿姊的。我問你喔，你感覺，這敢是冥冥之中的報應？
◆ 建志無反應。	
◎ 駿洋	其實乎，我會當坦白共你講，這毋是報應。這就親像是你的魔術全款，是技術。

◆ 建志看著駿洋提出名刺，佇桌頂真婿氣展開，收牌，閣展開一擺，名刺全部變作 khe-tsí-báng。
◆ 燈暗。

◆ 沉默。建志沒有反應。

駿洋： 但是尼采的意思應該是，就算你放棄或是不敢面對命運，命運依然會降臨在你身上逼你去面對，所以人應該要和命運做永恆的對抗。

「打不倒我的，會讓我更堅強。」

我很後悔，沒有跟那個少年說這些。後來我對自己發誓，不能再這樣放任自己的性情下去了，我是學法律的，我卻害死了一個人。

不過，想要控制自己的本性，真的很困難對不對？

你對你傷害過的人，有這樣的虧欠感嗎？我知道有些人沒有這種神經。就像我那個仇人。你還記得嗎？我上次跟你說過的，那個殺死我姊姊的仇人嗎？

◆ 建志無反應。

駿洋： 他死了。洗澡的時候被吹風機電死的，那支吹風機是我姊姊的。我問你，你覺得這是冥冥之中的報應嗎？

◆ 建志無反應。

駿洋： 我可以很肯定的跟你說不是。這不是報應。這跟你的魔術一樣，是技術。

◆ 建志看著駿洋拿出名片，在桌上漂亮的展開，收牌，再展開一次，名片變成了撲克牌。
◆ 燈暗。

鬼話 -4

◆浴間場景共前一場仝款。會客室暫時無人。
◆西遊記組上台，闖入去黃色警示線內，佇浴桶周圍比來畫去。

●	悟淨	規世人愛做偌濟歹代誌，才會跋落去這个萬丈的血池？伊敢袂後悔？
◎	悟空	地獄的血池又閣深又閣闊，在生進前若是逞慾過度、欺師滅祖、違背倫常、屠殺生靈、忘恩背義、失信詐欺、自殺墮胎者，往生了後，攏會予閻羅王判來到遮。
●	八戒	啊若照這个規則，毋就所有的人攏愛來遮體驗。
◎	三藏	噓！不要亂講。
●	徒兒們	是。師父請開示。

◆眾人恭敬聽三藏教示。三藏提出木魚開始摃十殿節奏。
◆三藏恬恬帶領弟子佇浴間內底踅、唸經。
◆駿洋上台，去伊的位仔坐落來，讀卷宗。純純綴佇駿洋後壁。

◎	三藏	這馬你的身軀，已經攏總好矣，無傷，無痕，無病，無痛。這馬你的魂魄，已經攏總好矣，無憂，無愁，無悲，無煞，無天，無地，無生，無死，無你，無我……

◆阿棠入來會客室，坐落來。阿壽綴阿棠入來。
◆西遊記組落台。
◆純純佮阿壽先各自看各自的親人，然後看向對方，行向對方。

●	阿棠	謝駿洋，歹勢。
◎	駿洋	林如棠，多謝你。

◆純純佮阿壽行來到阿棠與駿洋之間，夫妻逐欲接觸著對方的時，燈暗。

鬼話 -4

◆浴室場景同前。會客室暫且無人。
◆西遊記四人上，圍著浴缸指指點點。

悟淨： 這輩子做了什麼壞事才會後來跌落到這萬丈深淵的血池？他會感到後悔嗎？

悟空： 地獄的血池，又深又廣，在生前要是縱慾過度，或是欺師滅祖、違背倫常、屠殺生靈、忘恩負義，失信、詐欺、自殺、墮胎，死後，都會被被閻王判進來這裡。

八戒： 聽起來好像所有的人都會來體驗。

三藏： 噓！不要亂講。

徒兒們： 是。請師父開示。

◆眾人畢恭畢敬聽三藏教誨。三藏拿出木魚開始敲十殿節奏。
◆三藏帶領弟子們念經、繞行浴室。
◆駿洋上，在他的位子坐下，翻閱卷宗。純純尾隨著駿洋上。

三藏： 現在你的肉身，已經都好了，無傷，無痕，無病，無痛。現在你的魂魄，已經都好了，無憂，無愁，無悲，無煞，無天，無地，無生，無死，無你，無我……

◆阿棠進會客室，坐下。阿壽尾隨著阿棠上。
◆西遊記組下台。
◆純純與阿壽先看著各自的親人，然後看向對方，再走向對方。

阿棠： 謝駿洋，對不起。

駿洋： 林如棠，謝謝你。

◆純純與阿壽此時來到阿棠與駿洋之間，夫妻倆快要接觸到彼此的時候，燈暗。

團圓

2021 年

	安然	邱老師	家瑜	旭恆	阿壽	阿棠
出生年份	1964	1950	1954	1989	1980	1983
1992 年綁架	28	42	38	3	12	9
本單元年齡	57	71	67			
	忠明	百惠	黎月	建志	梅玲	宗翰
出生年份	1969	1962	1960	1985	1972	1981
1992 年綁架	23	30	32	7	20	11
本單元年齡						

團圓 -1

◆ 三藏佇天橋頂，看向人間。

三藏	我徛佇天橋頂頭，遠遠看著彼棟大樓，伊袂輸一跤破糊糊的櫃仔，櫃仔內底有真濟屜仔，有的屜仔家己會跳出來予人看，有的屜仔會發光，叫你緊共摵出來看，有的屜仔是恬寂寂（tiām-tsih-tsih）毋講話，毋過我知影內底藏真濟祕密。

◆ 舞台頂有一塊鑑識用的桌仔，悟空、八戒、悟淨演鑑識人員，細膩將糞埽袋仔拍開。

◆ 邱老師佮家瑜對舞台兩頭各自上台。

◆ 家瑜沓沓仔行去邱老師身軀邊。

團圓

2021 年

	安然	邱老師	家瑜	旭恆	阿壽	阿棠
出生年份	1964	1950	1954	1989	1980	1983
本單元年齡	28	42	38	3	12	9
本單元年齡	57	71	67			
	忠明	百惠	黎月	建志	梅玲	宗翰
出生年份	1969	1962	1960	1985	1972	1981
本單元年齡	23	30	32	7	20	11
本單元年齡						

團圓 -1

◆在天橋上，三藏俯視人間。

三藏： 我在橋上站著，遠遠就能看到那棟大樓，它好像是一座破爛的大櫃子，櫃子有很多抽屜，有的抽屜會自己跳出來給人看，有的會發光，叫你快打開，有的抽屜沉默不說話，但我知道裡面藏了很多祕密。

◆舞台上有一張鑑識用桌，悟空、八戒、悟淨扮成鑑識人員，小心翼翼地將垃圾袋打開。
◆邱老師與家瑜從舞台兩端各自上。
◆家瑜緩緩走到邱老師身邊。

◎	**家瑜**	警察通知講，旭恆的死體去予人藏佇電影院內底。DNA 已經確定矣，去予人裝佇一跤塑膠袋仔內面，抑無法度知影是啥物時陣予啥物人藏佇遮。（頓蹬）原來旭恆離咱遮近，咱攏毋知影。

◆ 鑑識組對行李袋仔內提出已經解體的旭恆骸骨，組成一具小屍體。
◆ 家瑜、邱老師哭出來，互相安慰。

●	**悟空**	男性孩童。量其約三歲至五歲。
◎	**悟淨**	頭骨有必巡（pit-sûn），可能是死亡的原因。
●	**悟空**	捌埋佇別的所在，閣予人挖出來裝佇這跤袋仔內，才閣徙來。
◎	**八戒**	電影院毋是第一現場。可能抑毋是第二現場。
●	**悟淨**	兇手到底是誰，目前抑無方向。
◎	**家瑜**	（毋甘）旭恆是死了後才予人袋入去，抑是佇袋仔內活活翕死、抑是伊是枵死佇內底？
●	**邱老師**	我需要一个解說。

◆ 燈漸禁。

| 家瑜： | 警方通知說，在電影院裡面找到了旭恆的屍體。DNA 已經確認。他被裝在一個垃圾袋裡面。不知道什麼時候被誰藏進去的。（頓）原來他一直在離我們那麼近的地方，我們卻沒發現。 |

◆鑑識組從行李袋裡拿出已經解體的旭恆骸骨，組成一具小屍體。
◆家瑜、邱老師對泣，互相安慰。

| 悟空： | 男性幼兒。大約三到五歲。 |

| 悟淨： | 頭蓋骨有裂痕。死因可能是頭部受傷。 |

| 悟空： | 曾經在別的地方被埋起來過，又被挖出來。重新裝進袋子裡。 |

| 八戒： | 電影院不是第一現場。可能也不是第二現場。 |

| 悟淨： | 兇手是誰，目前還不清楚。 |

| 家瑜： | （捨不得）他是死了以後才被裝進去袋子裡，還是被活活悶死、餓死在裡面的？ |

| 邱老師： | 我需要一個解釋。 |

◆燈漸暗。

團圓 -2

◆ 電影院廢墟，空台就會用。足烏的烏暗中，只有安然提的手電仔的光。

●	**安然**	旭恆，你的名字是恁爸母對你的期待。我替你號名的時陣，完全料想袂到你的人生竟然會變這款。旭恆，你是啥物時陣來到這個所在？你是按怎來？共你藏佇電影院的人，是欲共你藏起來，抑是希望你予人發現？（頓蹬）你的光足久以前就已經化去矣。（頓蹬）旭恆你莫驚。

◆ 燈光轉換。

◎	**安然**	阮老母佇嘉義的山頂出家，我嘛佇彼个佛寺佮伊蹛兩個月。伊出家了後就無啥欲插我，可能是共我當做伊紅塵（hông-tîn）的化身。驚講我會變成伊紅塵未了的感情，來影響伊後半世人的修行。 彼當陣阮阿母定定講人世間，正氣弱、邪氣旺、怨氣盛、殺氣重 (tāng)，天下動亂，火光四起，風雲變色，山 (san) 河哀鳴。 逐家攏講，伊痟去矣。 兩個月後，阮老爸對國外轉來共我炁走，我嘛想欲趕緊離開彼个山頭。 誰知影這馬變成我來共逐家講，現此時人世間，正氣弱、邪氣旺、怨氣盛、殺氣重，天下動亂，火光四起，風雲變色，山河哀鳴。 而且逐家嘛相信我。

團圓 -2

◆轉電影院廢墟，舞台空台即可。極黑的黑暗中，只有安然拿著的手電筒的光。

安然： 旭恆，這個名字充滿著父母對你的希望。我為你取名的時候，其實沒想到後來會是這樣的發展。孩子，你是什麼時候進來的？這是電影院，你怎麼會在這裡？把你放在這裡的人，是想把你藏起來，還是希望你被發現？（頓）你的光，已經消失很久了。（頓）不要害怕。

◆燈光轉換。

安然： 我在嘉義山上的佛寺裡曾經住了兩個月。我的母親在那裡出家，她出家後一直都對我很冷淡，可能把我當成紅塵的化身，怕我成為她未斷的塵緣，影響她的修行。

媽媽說，人間現在正氣弱、邪氣旺、怨氣盛、戾氣重，天下動亂，火光四起，風雲劇變，山河悲鳴。

大家都說，她應該是瘋了。

兩個月以後，我父親終於從國外回來把我帶走，我迫不及待地離開我母親。

誰知道，現在會變成是我在跟大家說，人間現在正氣弱、邪氣旺、怨氣盛、戾氣重，天下動亂，火光四起，風雲劇變，山河悲鳴。

而且大家還都相信我。

安然	我講這是一个毀滅的開始，嘛是一个新的開始。咱會看著失去理智的行為愈來愈濟，咱會看著地球的傷害愈來愈深。咱會看著天災人禍，咱會看著戰爭四起。 嘛會看著像你這款遮爾仔細漢的路旁屍(lōo-pông-si)！ （會當感動人的氣口）……這馬你看著一隻無底枋（pang）的船，船雖然無底，毋過你上船了後，發現你徛佇船頂攏袂落落去，這隻船真穩，你的心抑真平靜。（有自信）這个時陣對溪流的頂頭，有一个死體漂漂而來。你看著死體當然會驚，毋過莫驚莫驚，聽我講，你先共看予斟酌，彼个死體就是你。

◆ 鈃仔聲一下子突然若海湧湧入來，然後閣漸漸停止。

安然	（搖鈃仔）彼个死體就是你啊。恭喜啊恭喜。（激動）你聽著我講「恭喜喔！」的時陣，船也已經穩觸觸（ún-tak-tak）駛入去凌雲仙渡。這个意思就是講，你過去到現在的罪惡，攏已經無準算矣。你毋但（m̄-nā）是一个全新的人矣，而且你也成做一道永永遠遠的光！

◆ 足大聲的鈃仔聲對四面八方傳來。燈光嘛瞬間變足光，所有的人圍著安然，敢若是邪教的儀式，跪拜伊。燈急暗。

◆ 燈閣光的時，只賰安然佮三藏，場景變成安然感應著的某一个世界。

安然	你是？

我說，這是一個沉淪的開始，也有可能是一個新的開始。我們會看到失去理智的行為越來越多、我們會看到地球受到越來越深的傷害、我們會看到天災人禍、我們會看到戰爭。
我們會看到像你這樣，這麼小的屍體！

安然： （具有感染力）……現在，你看到一條無底船，雖然無底，但是你上船以後就會發現，你站在船上不但不會掉下去，反而覺得船很穩，心裡也覺得很平靜。（很有自信）這個時候，從大河的上游，漂來一個人的屍體。你看到屍體當然會嚇一跳。但是不要怕，聽我說，別怕。那個就是你。

◆鈴聲一下子突然如潮水湧入，然後又漸止。

安然： （搖鈴）那個就是你。恭喜喔。恭喜你。（激昂）當你聽到我說「恭喜喔」的那個時候，船也穩穩地駛過了凌雲仙渡。這個意思就是說，你過去的罪孽都不算數了，你不只是一個全新的人，你，現在已經變成一道永恆的光了！

◆鈴聲大作。燈瞬間極亮，所有的人們圍繞著安然，像是邪教儀式一般地跪拜她。燈急暗。
◆燈再亮時，只剩下安然與三藏，場景變成安然感應到的某個世界。

安然： 你是？

●	三藏	你袂記得我矣喔?我定定來摒掃啊。(頓蹬) 我是工地的工人啊, 我是警察啊, 我是屠宰場的豬啊, 我是阿彰的同事啊, 我是建志殺人案的證人啊, 我是看守所的法警啊, 我是式場唸經的師父啊, (溫柔)我是每一个人。
◎	安然	你是想欲共我講啥?
●	三藏	講因果。有人死去矣,有人閣痛苦咧活。這就是因果。世間若無因果就會亂糟糟。
◎	安然	我已經看傷濟矣。是按怎逐家攏已經遮可憐矣,閣欲講個現此時的不幸,看做是過去錯誤的因?
●	三藏	因為每一個人攏需要一個解說。抑若無你欲按怎共邱老師講,伊的旭恆是按怎會死?為啥物純純愛受遮濟痛苦?為啥物建志會去刣人?為啥物忠明仔遮爾仔惡質?阿壽的罪惡感到底對佗來?百惠是按怎予忠明仔控制牢牢?佇咧因果的世界,所有的一切攏有一個解說。
◎	安然	抑無你解說啊。

三藏：	你忘了？我常來這打掃啊。（頓） 我是工地的工人， 我是警察， 我是電宰場的豬隻， 我是阿彰的同事， 我是建志殺人案的目擊者， 我是看守所的戒護人員， 我是喪禮念經的師父， （溫柔）我是每一個人。
安然：	你想要讓我知道什麼？
三藏：	因果。有些人死掉了，有些人持續受到痛苦，這就是因果。 沒有因果，人間會亂成一團。
安然：	我已經看太多了。為什麼大家已經那麼可憐了，還要說這一切的不幸，都是因為他們以前曾經犯過什麼錯？
三藏：	因為大家需要一個解釋。不然你要怎麼跟邱老師說他的旭恆為什麼會死？為什麼純純要受那麼多苦？為什麼建志會去殺人？為什麼忠明這麼邪惡？阿壽的罪惡感是從哪裡來的？百惠為什麼受制於忠明？在因果的世界，所有的一切都會得到解釋。
安然：	那你解釋啊。

團圓 -3

三藏	時間來到一九九二年，彼當陣梅玲佇咧邱老師個兜做下跤手人，所以真了解個規家伙仔的食穿出入——譬如講伊會知影講：早時仔是家瑜會載個三歲的旭恆去予人育，下晡三點五十邱老師會去接旭恆轉來；家瑜時常愛應酬，所以袂轉來食暗，如此按呢。 旭恆袂吵鬧，較閉思（pì-sù）的一個囡仔，但是梅玲有當時仔唱歌予伊聽的時陣，伊嘛會曉綴咧唱，足得人疼的。雖然看到旭恆遮爾可愛，但是梅玲心內想：阮腹肚內這個，一定比你較乖巧的。 佇邱老師個兜，梅玲煮飯摒掃是無遮爾仔食力，但是因為伊有身，定定請假，久來家瑜就叫伊免閣來矣。梅玲想無，毋知影是按怎，有身，抑頭路煞無去。

三藏	按呢講到有一日，梅玲來接著一通電話，電話是彼个佇菜市仔買菜熟似的阿姊百惠敲來的。 這個百惠宛若（uann-na）是艱苦人，伊有兩個囡仔猶閣細漢：查埔的號做阿壽，另外一个妹妹號做阿棠，攏靠百惠一個查某人來晟養（tshiânn-ióng），百惠定定講：「艱苦人就是愛互相照顧。」因為按呢，梅玲佮百惠兩个人若親像姊妹仔咧倚足近的。 話頭講倒轉來這通電話。

團員 -3

◆三藏使用模型與小人偶說故事，即時投影。

三藏：

時間來到一九九二年，那時梅玲在邱老師家幫傭，所以很了解他們一家人的生活——例如她知道，早上是家瑜會載三歲的兒子旭恆去保姆那裡。下午三點五十分邱老師會去接旭恆回來，家瑜常要應酬，不回來吃晚餐，如此這般。

旭恆不太吵鬧，是比較害羞的孩子。但當梅玲偶爾唱歌給他聽的時候，他也會跟著唱，很討人喜歡。雖然看到旭恆這麼可愛，但是梅玲心裡相信，她肚子的這個孩子，一定比旭恆更乖巧。

在邱老師家，梅玲煮飯打掃還算輕鬆，但是因為梅玲懷孕後常常請假，久了家瑜就辭退她了。梅玲想不通，懷孕怎麼會讓她失去工作。

◆場景轉換、切換鏡頭。

三藏：

說到有一天，梅玲接到一通電話，電話是那個在菜市場買菜時認識的姊姊百惠打來的。

百惠也是個苦命人，帶著兩個年紀還小的孩子，男的叫阿壽，另外一個是妹妹叫阿棠，都靠百惠一個人扶養。百惠常說常說：「辛苦人就是要互相照顧。」因此，梅玲跟百惠就像是親姊妹一樣，感情很好。

回過頭來說這通電話。

三藏	百惠問梅玲哪會遮久無來菜市仔買菜，梅玲電話中聽著阿姊的聲，規個目屎就按呢輾（liàn）落來，那哭那將伊去予人辭頭路的委屈攏總吐吐出來。 百惠聽咧聽咧，講：「我有一个想法，你欲聽看覓無？」 這個想法，就是將邱老師佢兜的旭恆按呢共伊綁票過來。

◆ 場景轉換、切換鏡頭。

三藏	後來梅玲才知影，綁票，是另外一个買菜熟似的黎月伊的主意。 梅玲自本看到黎月遮爾仔勥跤（khiàng-kha）款，心內驚驚，無啥欲倚過去，但是伊對後生建志彼種關愛，看在梅玲的眼內，相信伊嘛是一个好人，就按呢兩人有交插。 旭恆綁票過來了後，三个人約束講，這件代誌若成，自此以後田無交水無流，路裡相拄也袂使相借問相頕頭，想袂到分錢彼工發生一件意外： 百惠的囡仔阿壽佮阿棠、黎月的囡仔建志，毋知影是按怎，無細膩將旭恆創死去矣。 黎月第一个發現，伊想欲出手救旭恆，但是已經袂赴矣。 一个可愛的囡仔，已經變成一具死體矣。

◆ 場景轉換、切換鏡頭。

三藏	阿壽佮建志，一个是驚甲欲死，講個只是想欲佮旭恆耍，毋是刁持（tiau-tî）的；一个是激外外（kik-guā-guā）講旭恆是家己無細膩才會去翹去的，阿棠佇咧邊仔顧咧哭。

三藏：	百惠問梅玲，怎麼這麼久沒來市場買菜，梅玲電話中聽到姊姊的聲音，眼淚就這樣滾了下來，邊哭邊把被辭退的委屈全說出來了。 百惠聽著聽著，說：「我有一個想法，你要不要聽聽看？」這個想法就是，把邱老師家的旭恆給綁架過來。

◆ 場景轉換、切換鏡頭。

三藏：	後來梅玲才知道，綁票，是另一個買菜時認識的黎月的主意。 梅玲本來看黎月那麼精明的樣子，心生畏懼，不太敢親近她，但是黎月對兒子建志關愛的樣子，看在梅玲眼裡，也相信黎月是個好人，兩人才有了交集。 綁票旭恆以後，三人約好了，這件事情了結以後，自此要完全斷絕關係，走在路上也都要當作不認識。沒想到在分錢的那一天發生了意外： 百惠的小孩阿壽和阿棠、黎月的小孩建志，不知道怎麼搞的，不小心把旭恆給弄死了。 黎月第一個發現，想要搶救旭恆，但是已經來不及了。 一個可愛的孩子，已經變成一具屍體了。

◆ 場景轉換、切換鏡頭。

三藏：	阿壽和建志，一個嚇死了說只是要跟他玩、不是故意的，另一個置身事外似地說是他自己不小心才會死掉的。阿棠在旁邊只會哭。

三藏	梅玲看到旭恆仝遐無喘氣矣，就按呢大聲哭出來，將分著的錢擲出來，講欲退出無愛參加矣，隨就欲走。 攏到這个坎站矣，黎月哪有可能放伊煞，伊佮百惠兩人將梅玲掠咧，黎月出手對梅玲的喉頓搧落去，梅玲才來恬去。 黎月威脅梅玲，這件代誌若煏空（piak-khang），你腹肚子內彼个，會比這个閣較悽慘。 梅玲驚甲袂應話，硞硞頕頭。 但是黎月毋知是按哪，忽然間欲放梅玲走，講，我無愛閣看著你。梅玲三步做兩步，phiu一下就按呢走出去，伊心內向望講這一切攏是一場夢。

◆ 場景轉換、切換鏡頭。

三藏	逐家看著黎月按呢處理代誌，攏恬甲若柴頭（tshâ-thâu）咧。 黎月斡頭過來對囡仔講，講，阿壽你是上大漢的，愛負責，抑若無，旭恆會做鬼來掠個媽媽佮個妹妹報仇。 伊用拐的叫阿壽佮阿棠兄妹仔兩个來咒誓，講誰人若是將遮的代誌講出去，誰人就會落地獄，講這地獄是「牛頭馬面閻羅王，惡鬼食肉碎筋骨」，阿壽你若是無照咒誓行，你的喙舌會去予人挽（bán）掉，指頭仔會去予人剪掉，你的皮會去予人剝掉，紲落來縛仝咧柱仔頂，予火燒九百年。阿壽那咒誓那講，我以後攏會聽媽媽的話，會好好照顧妹妹阿棠。 百惠恬恬仔徛咧邊仔聽。

三藏：

梅玲看到旭恆失去氣息，就大聲地哭了出來，將分到的錢一扔，就說要退出、不參加了，馬上就想走。

都到這地步了，黎月怎麼可能放過她，和百惠兩人將梅玲抓住，黎月出手打了梅玲一巴掌，梅玲才安靜下來。

黎月威脅梅玲，說，要是這件事洩漏出去，梅玲肚裡的孩子，會比旭恆死得更慘。

梅玲害怕地說不出話，頻頻點頭。

不知怎的，黎月竟突然就這樣放開了梅玲，說不要再見到她，梅玲三步併作兩步，連滾帶爬地逃走，心裡祈禱這一切只是一場夢。

◆ 場景轉換、切換鏡頭。

三藏：

大家看到黎月這樣處理事情，都嚇得一愣一愣的。

黎月轉過來對著孩子們說，阿壽，你是三個人裡面最大的，要負責，不然，旭恆會做鬼來抓媽媽和妹妹報仇。

黎月哄騙阿壽和阿棠發下毒誓，說，誰要是把這事說出去，就會下地獄，她說地獄是「牛頭馬面閻羅王，惡鬼食肉碎筋骨。」阿壽你要是不遵守誓言，你的舌頭會被拔掉、手指會被剪斷、還會被剝皮，然後綁在柱子上，被火烤九百年。阿壽邊發誓，邊說以後會聽媽媽的話、好好照顧妹妹阿棠。

百惠靜靜地在旁邊聽著。

三藏	黎月將一半的錢攃（tsinn）入去一跤袋仔內，紲落來共旭恆的死體橐（lak）入去一个糞埽袋仔，叫百惠處理掉。 百惠將錢袋子佮糞埽袋仔，兩捾做一捾，囡仔牽咧緊走去囉。 賰建志佮媽媽佇遮。 建志已經躘神去矣，但是伊敢若有聽著，聽著黎月對伊講啥物—— 「媽媽攏是為著你，媽媽絕對袂予你受委屈。」 建志敢若有感覺著，感覺著黎月彼句話講煞了後，將伊攬咧。 但是伊規粒頭殼底，攏佇咧想媽媽頭拄仔講的，彼地獄的情景。 建志想講媽媽咧怪伊，建志想講媽媽愛伊落地獄受報應；媽媽共我抱咧，是因為媽媽無愛閣看著我。

◆ 場景轉換、切換鏡頭。

三藏	仝彼日，另外一个猴死囡仔宗翰，對陸橋頂擲一粒石頭，造成一台汽車去撞著一台 oo-tóo-bái。駛車的是彼陣猶少年的警察忠明，騎 oo-tóo-bái 的是載囡仔、捾錢和旭恆死體的百惠。

◆ 場景轉換、切換鏡頭。

三藏	忠明落車來欲幫百惠將 oo-tóo-bái 牽起來，看著百惠三貼載兩个囡仔，閣無戴安全帽仔，喙內踅踅唸的時，發現彼兩个袋仔，打開一看，一跤袋仔全全錢，另外一跤糞埽袋仔內底是旭恆的死體。

三藏：　黎月把一半的錢塞進袋子裡，又把旭恆的屍體裝入一個垃圾袋，叫百惠處理掉。

百惠拿了錢袋和垃圾袋，一手提著，另一手牽著孩子們，也趕快逃走了。

剩下建志和媽媽在這了。

建志恍恍惚惚地，但是他好像有聽到，聽到黎月對他說什麼——

「媽媽都是為了你，媽媽絕對不會讓你受到任何委屈。」

他好像有感覺到，感覺到黎月講完那句話以後，來抱著他。

但他一心都在想著，想著他媽媽剛才說的，那地獄的景象。建志想，黎月在怪他。建志想，黎月要他下地獄受報應，抱著他也是因為媽媽不要看到他。

◆場景轉換、切換鏡頭。

三藏：　同一天，另一個死小鬼宗翰，從天橋上丟了一顆石頭，造成一台汽車撞到一台機車。開車的是當時還年輕的警察忠明，騎機車的是載著孩子們、錢袋和旭恆屍體的百惠。

◆場景轉換、切換鏡頭。

三藏：　忠明下了車要幫百惠把機車牽起來，看到百惠三貼載兩個小孩，又沒戴安全帽，嘴裡碎碎念的時候，注意到那兩個袋子，打開一看，一袋全都是錢，另一個垃圾袋裡是旭恆的屍體。

三藏	百惠想欲辯解，嘛辯解袂來矣。 百惠佇路裡哭甲嚨喉梢聲，直直對忠明喊冤枉，講，我猶有兩个囡仔愛飼，只要你放我一條生路，趁的錢攏總會當予你。 忠明仔笑咧笑咧，安慰百惠，叫伊先莫哭，紲落來對百惠講：「我有一个想法，你欲聽看覓無？」

◆燈漸暗。

三藏：　百惠想要辯解，也不知道從何說起。

百惠在路邊哭到喉嚨都啞了，一直對忠明喊冤，說她還有兩個孩子要養，求忠明給她一條生路，那些錢都可以給他。

忠明露出笑容，安慰百惠，叫她先別哭，接著對百惠說：「我有一個想法，你要不要聽聽看？」

◆燈漸暗。

團圓 -4

◆ 安然佮三藏佇天橋頂。演員搬招魂隊伍，掖（iā）金紙。天頂嘛有金紙飄落來。

●	安然	你這馬的意思是講，宗翰擲的彼粒石頭，是命中注定的巧合？按呢我問你，若準彼粒石頭，毋是宗翰擲出去的，按呢代誌，敢會全款？
◎	三藏	你想咧？
●	安然	共因果輪迴當做是面對痛苦的安慰，按呢，敢真正有效？敢真正有法度通透？這我無法度接受。

◆ 兩人以外的所有人上天橋。

◎	安然	個——個欲去佗？
●	三藏	無啥行、無啥走，來到遮，啥物所在。
◎	所有人	人間⋯⋯人世間⋯⋯

◆ 眾人輪流擲石頭，音效聲予人知影個擲出去的石頭拍著無全的物件，當然有時嘛包括無聲。

◆ 天橋的正中央是宗翰，伊是上尾擲出石頭的人。

◆ 車禍聲。

◆ 這擺伊無逃走。

◆ 煞戲。

團圓 -4

◆安然與三藏在天橋上。演員們演招魂隊伍撒著冥紙，天上也有冥紙飄落。

安然： 你現在是說，宗翰那顆石頭，是命中註定的巧合？那我問你，那個石頭如果不是宗翰丟的，會有差別嗎？

三藏： 你說呢？

安然： 把因果輪迴當作對痛苦的安慰，這樣就夠了嗎？這樣就救贖了嗎？我不能接受。

◆兩人以外的所有人上天橋。

安然： 他們——他們要去哪？

三藏： 沒啥行、沒啥走，來到這，什麼地方。

所有人： 人間……人世間……

◆眾人輪流丟出石頭，音效呈現丟出去的石頭打到不同東西的聲音，當然有時也包括無聲。
◆天橋的正中央是宗翰，他是最後丟出石頭的人。
◆車禍聲。
◆這次他沒有逃走。

◆劇終。

十　阮劇團台語劇本集 II　殿

作　　　　者	阮劇團
劇本創作相關人員	
作　　　　者	吳明倫
台 語 翻 譯	MC JJ
台 文 校 對	吳明倫、陳晉村
華 文 校 對	吳明倫、許惠淋
副 社 長	陳瀅如
總 編 輯	戴偉傑
主　　　編	李佩璇
行 銷 企 劃	陳雅雯、張詠晶
美 術 設 計	廖小子
內 文 排 版	李偉涵
印　　　製	漾格科技股份有限公司
出　　　版	木馬文化事業股份有限公司
發　　　行	遠足文化事業股份有限公司（讀書共和國出版集團）
地　　　址	23141 新北市新店區民權路 108-4 號 8 樓
電　　　話	(02)2218-1417
傳　　　眞	(02)2218-0727
郵 撥 帳 號	19588272 木馬文化事業股份有限公司
法 律 顧 問	華洋法律事務所　蘇文生律師
初　　　版	2024 月 4 月
定　　　價	540 元
I　S　B　N	978-626-314-638-9

文化部國家語言整體發展方案支持

 文化部
MINISTRY OF CULTURE

國家圖書館出版品預行編目 (CIP) 資料

阮劇團台語劇本集 . II , 十殿 / 阮劇團作 . -- 初版 . -- 新北市 : 木馬文化事業股份有限公司出版 :
遠足文化事業股份有限公司發行 , 2024.04
336 面 ; 14.8×21 公分
ISBN 978-626-314-638-9(平裝)
863.54　　　113003645

本書如有缺頁、裝訂錯誤，請寄回更換　歡迎團體訂購，另有優惠，洽：業務部 (02)2218-1417 分機 1124

《十殿》「人間罪孽，不顧天堂反對。」

大時代下，誰是身不由己的小人物？

脫胎台灣五大奇案，探問世上因果百態——

每個城市都有一顆擁有者賣不掉、一般人買不起的都市之瘤。那是一座住商混合大樓，因形形色色理由而終究在精華地段荒蕪，風波不斷、再起不能。

《十殿》就是以這樣一棟大樓爲背景，加上「台灣五大奇案」元素發展交織的十段故事。《奈何橋》與《輪迴道》互有關聯又可獨自成篇，起自九〇年代的風華，到近未來，跨距三十年，展演人們生活在其中的愛恨嗔癡，浮沉起落。

鬧區的新地標「金國際大樓」落成在即，卻有人墜樓身亡。以工安意外事故結案後，大樓風光開幕，立即成爲青年男女歡灑青春的娛樂所在，樓中套雅房也祕密活躍著各種聲色犬馬。而九二一地震讓一切風雲變色，大樓被判定爲危樓，商業活動終止，但住戶們卻遲遲沒搬出去，自成生態……

它是鬼影幢幢之地，是外遇的初始與結束，是拖不動的長照困局，是神明面前的恐怖瀕死，是來自未來的詐騙電話，是律師的私刑正義，是「你有愛過我嗎？」……一棟樓中，人間千百罪過流轉牽連，誰能得知其因何由？其果何往？

文化部國家語言
整體發展方案支持
文化部 MINISTRY OF CULTURE

發行平台
讀書共和國出版集團
BOOK REPUBLIC PUBLISHING GROUP 木馬文化
ISBN 9786263146389 NTD 540